多情劍客無情劍

（下）

古龍精品集 3

多情劍客無情劍（下）

五七　火花……001
五八　英雄……017
五九　勇氣……029
六十　友情……041
六一　承諾……053
六二　絕招……065
六三　斷義……079
六四　禍水……091
六五　利用……105
六六　怒火……117

目・錄

六七 自取其辱……127
六八 武學巔峰……141
六九 神魔之間……155
七十 是真君子……165
七一 毒婦的心……185
七二 互鬥心機……191
七三 人性無善惡……203
七四 蒸籠與枷鎖……217
七五 最慷慨的人……229
七六 生死一線間……239
七七 高明的手段……251
七八 興雲莊的秘密……263

目・錄

七九　恐怖的決鬥……273
八十　義氣的朋友……287
八一　可怕的錯誤……299
八二　無心鑄大錯……311
八三　無言的慰藉……325
八四　偉大的愛心……335
八五　忽然想通了……347
八六　錯的是誰呢……363
八七　血洗一身孽……375
八八　重生……381
八九　勝敗……389
九十　蛇足……401

五七 火花

他身上穿著套青布衣服，本來很新，但現在已滿是泥污、汗垢，肘間、膝頭已也被磨破。

他身上也很髒，頭髮更亂。

但他遠遠站在那裡，龍嘯雲都能感覺到一股逼人的殺氣！

他整個人看來就如同那柄插在他腰帶上的劍。

一柄沒有鞘的劍！

是阿飛！

阿飛畢竟來了。

世上也許只有阿飛一個人能追蹤到這裡！

最狡猾、最會逃避、最會躲藏的動物是狐狸。

最精明、受過最嚴格訓練的獵犬，也未必能追得著狐狸。

但阿飛十一歲時就曾經赤手空拳捉住了一條老狐狸。

這段追蹤的路程顯然很艱苦，所以他才會這麼髒。

但這才是真正的阿飛。

只有這樣，才能顯出他那種剽悍、冷酷、咄咄逼人的野性！

一種沉靜的野性，奇特的野性！

龍嘯雲居然很快恢復了鎮定，笑道：「原來是阿飛兄，久違久違。」

阿飛冷冷的瞧著他。

龍嘯雲道：「兄台竟真的能追蹤到這裡，佩服佩服。」

阿飛還是冷冷的瞧著，他的眼睛明亮、銳利，經過兩天的追蹤，似乎又恢復了幾分昔日那種劍鋒般的光芒。

那和荊無命死灰色的眼睛正是種極強烈的對比。

龍嘯雲笑了笑，道：「兄台追蹤的手段雖高，只可惜卻也被這位荊先生發覺了。」

阿飛的眼睛瞧向荊無命。

荊無命也在瞧著他。

兩人的目光相遇，就宛如一柄劍刺上了冰冷灰黯的千年岩石。

誰也猜不出是劍鋒銳利？還是岩石堅硬！

兩人雖然都沒有說話，但兩人的目光間卻似已衝激出一串火花！

龍嘯雲瞧了瞧荊無命，又瞧了瞧阿飛道：「荊先生雖已發覺了你，卻一直沒有說出來，你可知道是爲了什麼？」

阿飛的目光似已被荊無命吸引，始終未曾移開過片刻。

龍嘯雲又笑了笑，慢慢悠然道：「因爲荊先生本就希望你來。」

他轉向荊無命，接著笑道：「荊先生，在下猜的不錯吧？」

荆無命的目光似也被阿飛所吸引，也始終沒有移動過。

過了很久，龍嘯雲又大笑道：「荆先生希望你來，只有一個原因，因爲他要殺你！」

龍小雲立刻接著道：「荆先生要殺的人，至今還沒有一個人能活著的！」

阿飛的目光這才移向荆無命的劍。

荆無命的目光幾乎也在同一刹那間移向阿飛腰帶上插著的劍！

這也許是世上最相同的兩柄劍！

這兩柄劍既不是神兵利器，也不是名匠所鑄。

這兩柄劍雖然鋒利，但太薄，太脆！都很容易被折斷！

劍雖相同，兩人插劍的方法卻不同。

阿飛的劍插在腰中央，劍柄是向右的。

荆無命的劍卻插在腰帶右邊，劍柄向左。

這兩柄劍之間，似乎也有種別人無法了解的奇特吸引力！

兩人的目光一接觸到對方的劍，就一步步向對方走過去。但目光還是始終未離開過對方的劍！

等到兩人之間相距僅有五尺時，兩人突然一起停住了腳步！

然後，兩人就像釘子般被釘在地上。

荆無命穿的是件很短的黃衫，衫角只能掩及膝蓋，袖口是緊束著的，手指細而長，但骨裡凸出，顯得很有力！

阿飛的衣衫更短，袖口幾乎已被完全撕了下來，手背也很細、很長，但卻很粗糙，宛如砂石。

兩人都不修邊幅，指甲卻都很短。

兩人都不願存在任何東西防礙他們出手拔劍。

這也許是世上最相像的兩個人！

現在兩人終於相遇了。

只有在兩人站在一起時，你仔細觀察，才能發覺這兩人外貌雖相似，但在基本上，氣質卻是完全不同的。

荆無命臉上，就像是戴著個面具，永遠沒有任何表情變化。

阿飛的臉雖也是沉靜的、冷酷的，但目光隨時都可能像火焰般燃燒起來，就算將自己的生命和靈魂都燒燬也在所不惜。

而荆無命的整個人卻已是一堆死灰。

也許他生命還未開始時，已被燒成了死灰。

阿飛可以忍耐，可以等，但卻絕不能忍受任何人的委屈。

荆無命可以爲一句話殺人，甚至爲了某一種眼色殺人，但到了必要時，卻可以忍受任何委屈。

這兩人都很奇特，很可怕。

誰也猜不透上天爲什麼要造出這麼兩個人，又偏偏要他們相遇。

秋已殘。

木葉凋零。

風不大，但黃葉蕭蕭而落，難道是被他們的殺氣所摧落的？

天地間的確充滿了一種說不出的蕭索淒涼之意。

兩人的劍雖然還都插在腰帶上，兩人雖然還都連手指都沒有動，但龍嘯雲父子卻已緊張得透不過氣來。

突然間，寒光閃動！

十餘道寒光帶著尖銳的風聲，擊向阿飛！

龍嘯雲竟先出了手。

他自然也並不奢望這些暗器能擊倒阿飛，但只要阿飛因此而稍有分心，荊無命的劍就可刺他咽喉！

劍光暴起！

一連串「叮叮」聲音後，滿天寒光如星雨般墮了下來。

荊無命的劍已出手，劍鋒就在阿飛耳畔。

阿飛的手已握著劍柄，但劍尖還未完全離開腰帶。

暗器竟是被荊無命擊落的。

龍嘯雲父子的臉色都變了。

荊無命和阿飛目光互相凝注著，面上卻仍然全無絲毫表情。

然後，荊無命慢慢的將劍插回腰帶。

阿飛的手也垂下。

又不知過了多久，荊無命突然道：「你已看出我的劍是擊暗器，而非刺你？」

阿飛道：「是。」

荊無命道：「你還是很鎮定！」

暗器擊來荊無命的刺出，阿飛除了伸手拔劍，絕未慌張閃避。

荊無命沒有等阿飛答那句話，接著又道：「但你反應已慢了……」

阿飛沉默了很久，目中露出了一絲沉痛淒涼之色，終於道：「是！」

荊無命道：「我能殺你！」

阿飛想也不想道：「是！」

聽到這裡，龍嘯雲父子交換了個眼色，暗中都不禁鬆了口氣。

荊無命突又道：「但我不殺你！」

龍嘯雲父子臉色又都變了。

阿飛凝視著荊無命死灰色的眼色，過了很久，才緩緩道：「你不殺我？」

荊無命道：「我不殺你，只因你是阿飛！」

他死灰色的眼睛中突又露出了一種無法形容的痛苦之色，這種眼色甚至比阿飛現在的眼色還沉痛。

他遙注著遠方，彷彿遠處站著一個人。

一個仙子與魔鬼混合成的人。

又過了很久，他才緩緩接著道：「我若是你，今日你就能殺我。」

這句話也許連阿飛都聽不懂，只有荆無命自己心裡明白。

無論任何人，若是過了兩年阿飛那種生活，反應都會變得遲鈍的，何況，他每天晚上都被人麻醉。

無論任何一種有麻醉催眠的藥物，都可令人反應遲鈍。

荆無命不殺阿飛，絕不會動了同情惻隱之心，只不過因爲他了解阿飛的痛苦，因爲他自己也和阿飛有同樣的痛苦。

他要阿飛活著，也許只是要阿飛陪著他受苦。

——失戀的人知道有別人也被遺棄，痛苦就會減輕些，輸錢的人看到有別人比他輸得更多，心裡也會舒服些。

阿飛木立，似乎還在咀嚼著他方才的兩句話。

荆無命道：「你可以走了。」

阿飛霍然抬頭，斷然道：「我不走。」

荆無命道：「你不走？要我殺你？」

阿飛道：「是！」

荆無命沉默了很久，緩緩道：「你爲的是李尋歡？」

阿飛道：「是，只要我活著，就不能讓他死在你手裡。」

龍小雲忽然大聲道：「林仙兒呢？你難道忍心讓她爲你痛苦？」

阿飛心上宛如突然被人刺了一針，胸口似已突然痙攣。

荊無命再也不瞧他一眼，轉身走向龍嘯雲，一字字道：「我喜歡殺人，我喜歡自己殺，你明白麼？」

龍嘯雲勉強笑道：「我明白。」

荊無命道：「你最好明白，否則我就殺你。」

他也不再瞧龍嘯雲，又轉過身，道：「李尋歡在那裡？帶我去！」

龍嘯雲偷偷瞟了阿飛一眼，道：「可是他……」

荊無命冷冷道：「我隨時都可以殺他！」

阿飛只覺胃也在痙攣、收縮，突然彎下腰嘔吐起來。

他吐的是苦水，只有苦水。

因爲這一兩天來，他根本就沒有吃什麼。

「你一定要答應我，你一定要回來，我永遠都在等著你……」

這是他最心愛的人說的話。

爲了這句話，無論如何他也不能死。

可是李尋歡……

李尋歡不但是他最好的朋友，也是他平生所見人格最偉大的人，他能站在這裡，看著別人去殺李尋歡麼？

他繼續嘔吐。

現在，他吐的是血。

李尋歡根本不知道自己在那裡，也不想知道自己在那裡。

他也分不出現在是白天，還是晚上。

他甚至連動都不能動，因爲他所有關節處的穴道都已被點住。

沒有食物，也沒有水。

他已被囚禁在這裡十多天。

就算他穴道沒有被閉住，飢餓也早已消蝕了他的力量。

荆無命在冷冷的瞧著他。

他軟軟的倒在角落裡，就像是只已被掏空了的麻袋。

地室中很暗。看不清他的面色和表情，只能依稀分辨出他襤褸骯髒的衣衫、憔悴疲倦的神態，和那雙充滿了悲傷絕望的眼睛。

荆無命突然道：「這就是李尋歡？」

龍嘯雲道：「是！」

荆無命彷彿有些失望，又有些不信的再追問了一句，道：「這就是小李探花？」

龍小雲笑了笑，搶著道：「就算是雄獅猛虎，被餓了十幾天，也會變成這樣子的。」

龍嘯雲嘆息著，道：「我本不願這樣對他，可是……人無傷虎心，虎有傷人意，經過上次的教訓，我不願再有任何意外。」

荆無命沉默了很久，突又道：「他的刀呢？」

龍嘯雲考慮著，沉吟道：「荆先生是不是想看看他的刀？」

荆無命沒有回答，因爲這句話根本就是多問。

龍嘯雲終於自懷中取出了一柄刀。

刀很輕、很短、很薄，幾乎就宛如一片柳葉。

荆無命輕撫著刀鋒，彷彿不忍釋手。

龍嘯雲笑道：「其實，這不過是柄很普通的刀，並不能算是利器。」

荆無命道：「利器？……憑你這種人也配談論利器？」

他眼睛忽然掃向龍嘯雲，冷冷道：「你可知道什麼是利器？」

他的眼睛雖然灰黯無光，但卻帶著種無法形容的詭奇妖異之力，就好像你在夢中見到的妖魔之眼，令你醒來後還是覺得同樣可怕。

龍嘯雲覺得連呼吸都困難起來，勉強笑道：「請指教。」

荆無命眼睛這才回到刀鋒上，緩緩道：「能殺人的，就是利器，否則，縱是干將莫邪，到了你這種人手上，也就算不得利器了。」

龍嘯雲陪笑道：「是是是，荆先生見解的確精闢，令人……」

荆無命根本沒有聽他在說什麼，突又道：「你可知道至今已有多少人死在這種刀下？」

龍嘯雲道：「這……只怕已數不清了。」

荆無命道：「數得清。」

金錢幫之崛起，雖然只有短短兩年，但在創立之前，卻已不知經過多久的策劃，上官金虹最服膺的兩句話就是：

「凡事豫則立，不豫則廢。」

「一分耕耘，一分收穫。」

金錢幫之所以能在短短兩年中威震天下，並不是運氣。

龍嘯雲也聽說過，金錢幫未創立之前，就已將江湖中每個小有名氣的人的來歷底細都調查得清清楚楚。

這要花多大的人力物力？

龍嘯雲始終不能相信，此刻忍不住問道：「真的數得清？有多少人？」

荊無命道：「七十六。」

他冷冷接著道：「這七十六人中，沒有一人的武功比你差。」

龍嘯雲只能陪笑，目光緩緩轉向李尋歡，像是還要他證明一下，荊無命說的這數字是否可對。

但李尋歡卻似連點頭搖頭的力氣都沒有了。

龍小雲眨著眼，忽然笑道：「李尋歡自己若也死在這種刀下，那才真的大快人心。」

他話未說完，刀光一閃，飛向李尋歡。

龍小雲幾乎開心得要叫了起來。

但刀光並沒有筆直擊向李尋歡的咽喉，半途中突然一折，「噹」的，落在李尋歡身旁的石地上。

原來荊無命用暗器的手法也不錯。

荆無命突然道：「解開他的穴道。」

龍嘯雲愕然，道：「可是……」

荆無命沒有給他說話的機會，厲聲道：「我說解開他的穴道。」

龍嘯雲父子對望了一眼，立刻明白他的意思了。

龍嘯雲道：「上官幫主要的只是李尋歡，並不在乎他是死的？還是活的？」

龍小雲道：「上官老伯自己滴酒不沾，自然也很討厭酒鬼，真正的酒鬼只有死才能不喝酒，才會令人看得順眼些。」

龍嘯雲目光閃動著，道：「何況，帶個死人回去，總比帶活人方便得多，也絕不會再有任何意外。」

龍小雲道：「但荆先生自然不會向一個全無反抗之力的人出手，所以……」

荆無命厲聲道：「你們的話太多了。」

龍嘯雲笑道：「是是是，在下這就去解開他的穴道。」

出手點穴的人是他，要解開自然很容易。

龍嘯雲拍了拍李尋歡的肩頭，柔聲道：「兄弟，看來荆先生是想和你一較高下，荆先生劍法高絕天下，兄弟你出手可千萬不能大意。」

到了這種時候，他居然還能將「兄弟」兩字叫得出口來，而且說得深情款款，好像真的很關心。

這種人你能不佩服他麼？

李尋歡什麼話也沒有說。

他已無話可說，只是艱澀的笑了笑，慢慢的拾起了身旁的刀。

他凝注著手裡的刀，目中似已有淚將落。

這的確是名滿天下，例不虛發的小李飛刀。

現在，刀已回到他手裡。

可是他還有力將這柄刀發出麼？

美人遲暮，英雄末路，都是世上最無可奈何的悲哀。

這種悲哀最令人同情，也最令人惋惜。

但在這裡，沒有任何人同情他，更沒有人惋惜。

龍小雲目中閃動著狡黠的笑意，悠然道：「小李飛刀，例不虛發，這一次不知道還靈不靈？」

李尋歡抬頭瞧了他一陣，又慢慢的垂下頭。

荆無命緩緩道：「我要殺人，一定先給人一個機會，這就是你最後的機會，你明白麼？」

李尋歡笑了笑，笑得很淒涼。

荆無命道：「好，你站起來吧！」

李尋歡喘息著，又咳嗽起來。

龍小雲柔聲道：「李大叔若已站不起，小侄可以扶你一把。」

他眨了眨眼，立刻又接著笑道：「但我看這根本是用不著的，據說李大叔的飛刀不但能坐著發，就連躺著時發出來也同樣準。」

李尋歡嘆息了一聲，似乎想說話。

但他的話還未說完，已有一個人衝了進來。

阿飛！

阿飛的臉全無絲毫血色，嘴角卻帶著絲血痕。

在這片刻之間，他似已老了許多。

他飛一般衝進來，但身形在一刹那間就停頓，一停頓就靜如山石。

荊無命道：「你還不死心？」

李尋歡的頭已抬起，目中又似有熱淚盈眶。

阿飛瞧了他一眼，只瞧了一眼，就轉頭面對著荊無命，一字字道：「要殺他，就得先殺我！」

他說得很沉著很鎮靜，並沒有激動。

這更顯示了他的決心。

荊無命死灰色的眼睛又起了種很奇特的變化，道：「你已不再關心她？」

阿飛道：「我死了，她還是能活下去。」

說這句話的時候，他雖然還是同樣鎮靜，但目中卻不禁露出了一絲痛苦之色，呼吸似也有些困難。

這並沒有瞞過荊無命。

他心裡似乎立刻得到了某種奇特的安慰和解脫，淡淡道：「你不怕她傷心？」

阿飛道：「活著不安，就不如死，我若不死，她更傷心。」
荊無命道：「你認爲她是這種人？」
阿飛道：「當然！」
在阿飛心目中，林仙兒不但是仙子，也是聖女。
荊無命嘴角突然露出了一絲笑意。
誰也沒有看到過他的笑，連他自己都已幾乎忘卻上一次是什麼時候笑的。
他笑得很奇特，因爲他臉上的肌肉已不習慣笑，已僵硬！
他從不願笑，因爲笑可令人軟化。
但這種笑卻不同——這種笑正如劍，只不過劍傷的是人命，這種笑傷的卻是人心。
阿飛竟完全不懂他是爲何而笑的，冷冷道：「你不必笑，你雖有八成機會殺我，但也有兩成死在我劍下。」
荊無命笑容已消失不見，道：「我說過不殺你，就一定會留下你的命！」
阿飛道：「不必。」
荊無命道：「我要你活著，看著……」
這句話還未說完，劍光已飛起！

劍光交擊，如閃電。
但還有一道光芒比劍更快，那是什麼？

驟然間，所有的光芒都消失。

所有的動作也全都停止。

五八　英雄

荆無命的劍，已刺入了阿飛的肩胛，但只刺入了兩分。

阿飛的劍，距離荆無命咽喉還有四寸。

他肩上的血已開始滲出，滲入衣服，染紅了衣服。

荆無命的劍爲何沒有刺下去？

荆無命的肩胛處，斜插著一柄刀！

小李飛刀！

是什麼奇異的魔力使李尋歡能發出這柄刀來的？

龍嘯雲父子的臉色蒼白，手在發抖，一步步向後退，退到牆角。他父子心裡都很奇怪，李尋歡是那裡來的力量發刀的。

李尋歡已站起！

荆無命緩緩轉過頭，凝注著李尋歡，死灰色的眼睛中還是全無表情，也不知過了多久，突然道：「好刀！」

李尋歡笑了笑，道：「並不很好，只不過是你先對我有了輕視之心，竟全沒有將我放在眼裡，否則我未必能傷你！」

荆無命冷笑：「你能騙過我，就是你的本事，你就比我強。」

李尋歡淡淡道：「我並沒有騙你，也沒有說我不能發刀，只不過是你自己這麼想而已，是你自己的眼睛騙了自己。」

荆無命沉默了半晌，一字字道：「是，錯的是我，不是你。」

李尋歡嘆了口氣，道：「很好，你雖是兇手，卻不是小人。」

荆無命眼角瞟過龍嘯雲父子，冷冷道：「小人還不配做兇手。」

李尋歡道：「好，你走吧。」

荆無命厲聲道：「你為何不殺我？」

李尋歡道：「因為你也沒有要殺我的朋友。」

荆無命垂下頭，望著自己肩上的刀，緩緩道：「但我這一劍，本想廢去他這條手臂的。」

李尋歡道：「我知道。」

荆無命道：「你這一刀卻很輕。」

李尋歡道：「人予我一分，我報他三分。」

荆無命霍然抬頭，凝視著他，雖然沒有說一個字，但目中竟又有了種奇特的變化，就好像他在瞧著上官金虹時一樣。

李尋歡緩緩道：「我還要告訴你兩件事。」

荆無命道：「你說。」

李尋歡道：「我雖傷了七十六個人，其中卻有二十八人並沒有死，死的都是實在該死的。」

荊無命默然。

李尋歡低低咳嗽了幾聲，接著又道：「我這一生，從未殺錯過一個人！所以……我只望你以後在殺人之前，多想想，多考慮考慮。」

荊無命又沉默了很久，才緩緩道：「我也要告訴你一件事。」

李尋歡道：「我也在聽。」

荊無命道：「我從不願受人恩情，更不願聽人教訓！」

說到這裡，他突然在肩上那柄刀的刀柄上用力一拍。

露在外面的刀鋒，直沒入肉，直至刀柄。

鮮血湧出！

「噹」的，劍也落在地上。

荊無命的身子搖了搖，但面上還是冷如岩石，硬如岩石，全沒有半分痛苦之色，甚至連一根肌肉都沒有顫抖！

他沒有再說一個字，也沒有再瞧任何人一眼，大步走了出去！

英雄？……什麼叫英雄？難道這就是英雄？

英雄所代表的意思，往往就是冷酷！殘忍！寂寞！無情！

也有人曾經替英雄下過種定義，那就是：

殺人如草，好賭如狂，好酒如渴，好色如命！

當然，這都不是絕對的，英雄也有另一種。

但像李尋歡這樣的英雄世上又有幾人？

英雄也許只有一點是相同的——無論要做那種英雄，都不是件好受的事。

阿飛的神情也很蕭索，長長嘆了口氣，道：「他這一生，只怕永遠也不能使劍了。」

李尋歡道：「他還有右手。」

阿飛道：「但他習慣的是左手，用右手，就會慢得多。」

他又嘆了口氣，道：「對使劍的人說來，『慢』的意思，就是『死』！」

他一向很少嘆息。

現在，他嘆息的非但是荊無命，也是他自己。

李尋歡凝注著他，眼睛裡閃著光，緩緩道：「一個人只要有決心，就算兩隻手一起斷了，用嘴咬著劍，也會同樣快的，他的氣若已餒，就算雙手俱全，也沒有什麼用。」

他笑了笑，接著道：「世上雙手俱全的人很多，但出手快的又有幾人？」

阿飛靜靜的聽著，黯淡的眼睛中，終於又露出了逼人的神情。

他突然衝過去，緊緊握住了李尋歡的手臂，嘎聲道：「我明白你的意思。」

李尋歡道：「我知道你一定會明白的。」

這句話說完，兩人都已熱淚盈眶。若有第三人在旁邊瞧見，一定也會被感動得熱淚盈眶。

只可惜龍嘯雲父子都不是這種人，他們正在悄悄往外溜。

李尋歡是背對著他們的，彷彿根本沒有覺察。

阿飛彷彿瞧了一眼，卻並沒有說什麼。

直到他們父子都已溜出了門，阿飛才嘆了口氣，道：「我也知道你還是要放他們走的。」

李尋歡笑了笑，道：「他救過我。」

阿飛道：「他只救過你一次，卻害過你很多次。」

李尋歡笑得有些淒涼，道：「有些事很難憶起，有些事卻終生難以忘記。」

阿飛嘆了口氣，道：「那只不過因爲是有些事，你根本拒絕去想而已。」

他也許還是未經世故的少年，但對人生某些事的看法，他卻比大多數人都深刻、尖銳。

李尋歡也不禁嘆息了一聲，緩緩道：「但還有些事你縱然拒絕去想，卻偏偏還是時時刻刻都要想起，人，永遠都無法控制自己的思想，這也是人生的許多種痛苦之一。」

阿飛道：「你呢？你真的只記得他救過你，真的已將別的事全都忘了？」

李尋歡笑了笑，淡淡道：「也許並不是忘了，而是從未記恨，因爲他也有他的苦惱。」

阿飛沉默了很久，突也笑了笑，道：「我現在才知道，人生中的確有很多事是完全不公道的。」

李尋歡道：「不公道？」

阿飛道：「不公道，譬如說，有些人一生都很善良，只不幸做錯了一件事，這件事往往就會令他抱恨終生，非但別人不能原諒他，他自己也無法原諒自己。」

李尋歡默然。

他很了解「一失足成千古恨」這句話的意義。

阿飛接著道：「但像龍嘯雲這種人，他一生中也許只做過一件好事——只救過你，所以你就永遠不會覺得他是個十分壞的人。」

他語聲中顯然有很多感慨。

李尋歡忽然明白他的意思了。

他是在爲林仙兒不平。

他始終認爲林仙兒這一生中只做錯過一件，而李尋歡卻始終不能原諒她。

「愛」的確是奇妙的，有時很甜蜜，有時很痛苦，也有時很可怕——它不但能令人變成呆子，也能令人變成瞎子。

龍嘯雲父子溜出門的時候，心裡不但很愉快，也很得意。

龍嘯雲忍不住笑道：「你記著，別人的弱點，就是我們的機會。能把握住機會的人，就永遠不會失敗。」

龍小雲道：「李尋歡的弱點，孩兒現在已全都知道了。」

龍嘯雲道：「所以他遲早總要死在我們手上的。」

他忽然聽到有人在笑。

笑聲是從對面的屋簷上傳下來的。

一個人正箕踞在屋簷上，啃著條雞腿，卻赫然正是胡瘋子。

他眼睛盯在雞腿上，並沒有瞧這父子兩人一眼，彷彿連這雞腿都比他們父子好看多了。

他冷笑著道：「你們用不著溜得這麼快，李尋歡絕對不會追出來的，否則他就根本不會讓你們走出這道門。」

龍嘯雲的臉已有些發青。

他已明白李尋歡的力量是從那裡來的了。

但胡瘋子也是不能得罪的。

龍嘯雲突然笑了，抱拳道：「這些天讓你破費來照顧我那兄弟，實在過意不去。」

胡瘋子悠然道：「其實那也沒什麼，李尋歡吃得並不多，每天只要兩條雞腿幾個饅頭就夠了，替你守門的，又是個白癡，我每次點了他的睡穴，他都以爲是自己真的睡著了。」

龍嘯雲暗中咬著牙，只恨不得立刻讓那人長睡不醒。

胡瘋子接著道：「你對我有過好處，我也幫過你的忙，我們已互無賒欠，對你這種人，我本來連話都懶得說了。」

龍嘯雲只有陪著笑，聽著。

胡瘋子道：「但有句話我卻非說不可，最後一句話。」

龍嘯雲道：「在下正洗耳恭聽。」

胡瘋子道：「你雖是個混蛋，上官金虹更混蛋，你若真想和他結拜兄弟，還不如自己趕快找根繩子上吊好些。」

這果然是他最後一句話，說完了這句話，他就一個字都不再說了，凌空一個翻身，已落在屋背後，霎眼就瞧不見了。

龍嘯雲目送著他，嘴角漸漸露出一絲得意的微笑，悠然道：「想不到我和上官金虹結拜的事，江湖中已有這麼多人知道。」

沿著牆角，慢慢的走著。

李尋歡和阿飛都沒有說話。

他們都知道沉默通常都比言語更真摯、更可貴。

黃昏。

高牆內有人在吹笛，笛聲中也帶著秋的蕭瑟。

這種樂聲往往最容易令人憶起往事，也最容易引起相思。

阿飛忽然道：「我得回去了。」

李尋歡道：「她在等你？」

阿飛道：「嗯。」

李尋歡沉吟著，終於忍不住道：「你認爲她一定在等你？」

阿飛的臉色又蒼白了些，沉默了很久，才緩緩道：「這次是她要我來救你的。」

李尋歡說不出話來了。

他一向很了解林仙兒，但這次他卻很難猜得到她的用意。

阿飛道：「我這一生，只有兩個最親近的人，我希望……你們也能做朋友。」

這幾句話他分了很多次才說完，說得很艱澀，顯見他心裡很痛苦。

李尋歡瞧著他痛苦的眼色，心裡更是說不出的憐憫悲傷。

只有真正愛過的人，才能了解愛情的力量是多麼可怕。

笛聲已遠了，聽來卻更淒涼。

李尋歡忽然道：「我也想見見她。」

阿飛的嘴閉得很緊。

李尋歡笑了笑道：「若是不方便，你替我去謝謝她也一樣。」

阿飛終於開了口，道：「我……我只希望你莫要傷害她。」

阿飛本不會說這種話的，因爲他知道李尋歡從未傷害任何人——李尋歡傷害的只是他自己。

只有爲了林仙兒，阿飛才會說這種話。

猛抬頭，眼前一片燈火輝煌。

不知不覺間，他們又走回了那條長街。

這條街晚上比白天更熱鬧，各式各樣的攤子前，都懸著很亮的燈籠，每個人都在大聲吆喝著，吹噓著自己的貨物。

一串串亮晶晶的糖葫蘆，在燈光下看來更亮得如同寶石。

李尋歡腳步突然停下。

每一串糖葫蘆中，彷彿都映著一張臉。

一張穿紅衣服的小姑娘的臉，大大的眼睛，笑起來一邊一個酒渦。

然後，他就看到了那賣包子和水餃的小舖？

「鈴鈴是不是還在等著？」

李尋歡突然覺得很慚愧，他居然已將這件事完全忘記了。

他眼角雖已有了皺紋，但誰也不能說他已老了。

那正和鈴鈴第一次到這裡來的眼色一樣——阿飛也從未到過這種地方。

李尋歡笑了。

看到自己的朋友還沒有失去赤子之心，總是令人愉快的。

阿飛忽然道：「我們已有很久沒有在一起喝兩杯了。」

李尋歡笑道：「你想喝？」

阿飛微笑著，道：「也不知爲了什麼，只有和你在一起時，我才會想喝酒。」

他面上居然也露出了笑容。

李尋歡的心情更開朗，笑道：「餃子下酒，愈喝愈有……我們就到那邊的餃子舖去如何？」

阿飛笑道：「很好，再貴的地方，我就請不起了。」

這世上有很多種事很奇妙。

譬如說：

愈醜的女人愈喜歡作怪，愈窮的人愈喜歡請客。

請客的確也比被請愉快得多，只可惜這種愉快並不是人人都懂得享受。

餃子舖裡的生意並不太好，因爲生意大半已被外面的攤子搶走了，所以現在雖然正是吃晚飯的時候，店裡也只有四、五桌客人。

角落裡的桌子上，坐著個白衣人。

李尋歡第一眼就瞧見了他。

阿飛第一眼瞧見的也是他。

無論任何人走進來，目光首先就會被他所吸引。

雖然坐在這種煙燻油膩的小店裡，但這人全身上下仍是一塵不染，那件雪白的衣服就像是剛往熨斗下拿出來的。

他穿得雖簡單，卻很華貴。

但這些都不是他吸引人的地方——吸引人的，是他的氣質。

一種無法形容的傲氣。

他旁邊的幾張桌子都是空著的，因爲無論誰和他坐在一起，都會覺得自慚形穢，有他在這裡，別人的聲音都小了些。

這正是那天在屋簷下，以一小錠銀子擊斷青衣大漢扁擔的人，也正是手指宛如利剪，將賣卜瞎子銀棍剪斷的人。

他爲什麼還留在這裡？難道也在等人。

他本來正在舉杯，李尋歡一走進來，他的動作也立刻停止，目光也立刻瞬也不瞬的盯在李尋歡臉上。

他對面還坐著個人，是個身穿紅衣裳的小姑娘，辮子很長。

五九　勇氣

她隨著他的目光回過頭，才發現李尋歡，立刻雀躍著衝了過來，緊緊拉住了李尋歡的手嬌笑著道：「我知道你一定會來的，我知道你一定不會忘記我。」

鈴鈴果然還在這裡等著。

李尋歡也有些激動，反握住她的手，道：「你……你一直都在這裡等？」

鈴鈴點了點頭，眼眶已紅了，咬著嘴唇道：「你爲什麼來得這麼遲，人家都快等得急死了……」

阿飛突然道：「你真的是在等他？」

鈴鈴這才看到阿飛，神情立刻變得有些異樣——她當然是認得阿飛的，阿飛卻不認得她。

他非但未上過那小樓，甚至連做夢都未想到過。

鈴鈴眨了眨眼，終於道：「若不是等他，我在這裡幹什麼？」

阿飛冷冷道：「不等人，也有很多事情可以做，若是等人，眼睛總是看著門的，無論誰在等人，都不會背對著門的。」

李尋歡從未想到他會說這句話。

他平時本來一向不願刺傷人，現在卻忽然變得很尖銳，尖銳得可怕。

因爲他不能忍受別人欺騙他的朋友。

李尋歡心裡在嘆息。

阿飛的看法不但尖銳，而且和任何人都不同，對大多數事他都看得比別人透澈，比別人清楚。

在林仙兒面前他爲什麼就會變成瞎子呢？

鈴鈴眼圈又紅了，眼淚已快流了下來，淒然道：「你若也在同一個地方等人等了十幾天，你就會知道我爲什麼要背對著門了。」

她悄悄拭了拭淚痕，幽幽的接著道：「開始的時候，每個人走進來，我的心都會跳，總以爲是他來了，後來我才知道，你等的人若不來，就算將眼睛看著也沒有用的，用眼睛盯著門，只有令你等得更心焦，若再不轉過身，我簡直要發瘋。」

阿飛沒有再說什麼。

他發覺自己說得太多了。

鈴鈴頭垂得更低，道：「若不是那位呂……呂大哥好心陪著我，只怕我也會發瘋。」

李尋歡目光一轉過去，就立刻和那白衣人的目光相遇。

李尋歡微笑著走過去，道：「多謝……」

白衣人忽然打斷了他的話，淡淡道：「你用不著替她謝我，因爲我留在這地方，並不是爲了陪她，而是爲了等你。」

李尋歡道：「等我？」

白衣人道：「不錯，是等你。」

他笑了笑，笑容中也帶著種逼人的傲氣，緩緩接著道：「世上只有少數幾個人值得我等，小李探花就是其中之一。」

李尋歡還未表示出驚異，鈴鈴已搶著道：「我並沒有告訴你我等的是什麼人，你怎會認得他的？」

白衣人淡淡道：「你若想在江湖中走動，若想活得長些，就有幾個人是你非認識不可的，小李探花也正是其中之一。」

阿飛突然道：「還有其他幾個人是誰？」

白衣人眼睛盯著他，道：「別的人不說，至少還有我和你！」

阿飛瞧了瞧自己的手，目中突然露出一種說不出的凄涼蕭索之意，緩緩轉過身，在旁邊的桌上坐下，道：「酒，白乾。」

店伙陪著笑，道：「客官要什麼菜下酒？」

阿飛道：「酒，黃酒。」

會喝酒的人都知道，一個人若想快醉，最好的法子就是用酒來下酒，用黃酒來下白乾。只不過這種法子雖然人人都知道，卻很少有人用，因爲一個人心裡若沒有很深的痛苦，總希望自己醉得愈慢愈好。

白衣人一直在很留意的瞧著。

他鋒利的目光漸漸鬆弛，甚至還露出種失望之色，但當他目光轉向李尋歡時，瞳孔立刻又收縮了起來。

李尋歡也正在瞧著他，道：「閣下大名是……」

白衣人道：「呂鳳先。」

這的確是個顯赫的名字，足以令人聳然動容。

但李尋歡卻沒有覺得意外，只淡淡的笑了笑，道：「果然是銀戟溫侯呂大俠。」

呂鳳先冷冷道：「銀戟溫侯十年前就已死了！」

這次，李尋歡才覺得有些意外。

但他並沒有追問，因爲他知道呂鳳先這句話必定還有下文。

呂鳳先果然已接著道：「銀戟溫侯已死了，呂鳳先卻沒有死！」

李尋歡沉默著，似在探索著這句話的真意。

呂鳳先是個很驕傲的人。

百曉生在兵器譜上，將他的銀戟列名第五，在別人說來已是種光榮，但在他這種人說來，卻一定會認爲是奇恥大辱。

他絕不能忍受屈居人下。但他也知道百曉生絕不會看錯。

他一定毀了自己的銀戟，練成了另一種更可怕的武功！

李尋歡慢慢的點了點頭，道：「不錯，我早該想到銀戟溫侯已死了。」

呂鳳先盯著他，冷冷道：「呂鳳先也已死了十年，如今才復活。」

李尋歡目光閃動，道：「是什麼事令呂大俠復活的？」

呂鳳先慢慢的舉起了一隻手，右手。

他將這隻手平放在桌上，一字字道：「令我復活的，就是這隻手！」

在別人看來這並不是隻很奇特的手。

手指很長，指甲修剪得很乾淨，皮膚很光滑、很細。

這正很配合呂鳳先的身分。

你若看得很仔細，才會發現這隻手的奇特之處。

這隻手的拇指、食指和中指，膚色竟和別的地方不同。

這三根手指的皮膚雖也很細很白，卻帶著很奇特的光采，簡直就不像是血肉骨骼組成的，而像是某一種奇怪的金屬所鑄。

但這三根手指卻又明明是長在他手上的。

一隻有血有肉的手上，怎會突然長出三根金屬鑄成的指頭！

呂鳳先凝注著自己的手，突然長長嘆息了一聲，道：「只恨百曉生已死了。」

李尋歡道：「他不死又如何？」

呂鳳先道：「他若不死，我倒想問問他，手，是不是也可算做兵器？」

李尋歡笑了笑，道：「我今天才聽人說過一句很有趣的話？」

呂鳳先道：「說的是什麼？」

李尋歡道：「只有殺人的，才可算做利器。」

他接著又道：「手，本來不是兵器，但一隻能殺人的手，就不但是兵器，而且是利器。」

呂鳳先沉默著，彷彿並沒有什麼舉動。

但他的拇指、食指和中指，卻突然間就沒入了桌子裡。

沒有發出任何聲音，甚至連杯中盛得很滿的酒都沒有溢出，他手指插入桌子，就好像用快刀切豆腐那麼容易。

呂鳳先悠然道：「這隻手若也能算兵器，不知能在兵器譜中排名第幾！」

李尋歡淡淡道：「現在還很難說。」

呂鳳先道：「爲什麼？」

李尋歡道：「因爲一件兵器要對付的是人，不是桌子。」

呂鳳先忽然笑了。

他笑得很傲，也很冷酷，道：「在我眼中看來，世人本就和這張桌子差不多。」

李尋歡道：「哦？」

呂鳳先緩緩道：「其中當然也有幾個人是例外的。」

李尋歡道：「幾個人？」

呂鳳先冷冷道：「我本來以爲有六個，現在才知道只有四個。」

他有意間掃了阿飛一眼，接著道：「因爲郭嵩陽的人已死了，還有一個，雖然活著卻也和死了相差無幾。」

阿飛是背對著呂鳳先的，根本沒有看到他的臉色。

但就在這一剎那間，他臉色突又發了青。

他顯然已聽懂了呂鳳先的意思。

李尋歡突然笑了笑，道：「那人也會復活的，而且用不著十年。」

呂鳳先道：「只怕未必。」

李尋歡道：「閣下既能復活，別人爲什麼就不能復活？」

呂鳳先道：「那不同。」

李尋歡道：「有什麼不同？」

呂鳳先冷冷道：「因爲我的『死』並不是死在女人手上的，而且心也一直沒有死。」

「喳」的一聲，阿飛手裡的酒杯碎了。

但他還是靜靜的坐著，動也沒有動。

呂鳳先連瞧都不瞧了，眼睛盯著李尋歡，道：「我這次出來，爲的就是要找這四個人，證明我的手能不能算利器，所以我才會在這地方等著你！」

李尋歡沉默了很久，才緩緩道：「你一定要證明？」

呂鳳先道：「一定。」

李尋歡道：「你要證明給誰看？」

呂鳳先道：「給我自己。」

李尋歡突又笑了笑，道：「不錯，任何人都可以騙得過，只有自己是永遠騙不過的……」

呂鳳先霍然站起來，一字字道：「我就在外面等著你！」

餃子店裡的客人，不知何時都已走得乾乾淨淨。

鈴鈴咬著嘴唇，似已嚇呆了。

李尋歡慢慢的站了起來。

鈴鈴忽然拉住他衣角，悄悄道：「你……你一定要出去！」

李尋歡笑得很辛酸，道：「人生中有些事，你只要遇著，就永遠再也無法逃避。」

他目光轉向阿飛。

阿飛沒有回頭。

呂鳳先已將走出了門。

阿飛突然道：「慢著。」

呂鳳先腳步停下，也沒有轉身，冷笑道：「你也有話要說？」

阿飛道：「不錯，我也想證明一件事。」

呂鳳先道：「你想證明什麼？」

阿飛的手緊握著酒杯的碎片。

鮮血，正一滴滴自他手中滴落。

他一字字緩緩道：「我只想證明我究竟是活著的？還是已死了！」

呂鳳先霍然轉身。

他像是這才第一次看到了阿飛這個人。

然後，他瞳孔又漸漸收縮，嘴角卻露出了一絲冷酷的笑，道：「好，我也等著你！」

墳墓。

江湖中每天都有決鬥，各式各樣的人，爲了各種不同的原因以各式各樣不同的方式決鬥。

但決鬥的地方只有幾種。

荒野，山林，墳墓……

若真是不死不休的決鬥，十次中必有九次是選在這種地方的——彷彿這種地方的本身，就帶著種「死」氣息。

夜已漸深，有霧。

呂鳳先白衣如雪，靜靜的站在灰色的墳碑前，在淒迷的夜霧中看來，正就好像來自地獄的使者，要將「死」的信息帶給世人。

鈴鈴依偎在李尋歡身旁，似在顫抖。

是冷？還是怕？

阿飛突然道：「你走開！」

鈴鈴的身子又往後縮了縮，道：「我……」

阿飛道：「你。」

鈴鈴咬著嘴唇，抬頭去望李尋歡。

李尋歡的目光彷彿很遙遠。

是他的心已遠？還是霧太濃？

鈴鈴垂下頭，囁嚅著道：「你們要說的話，我不能聽麼？」

阿飛道：「你不能聽，任何人都不能聽。」

李尋歡輕輕嘆息了一聲，柔聲道：「人家陪了你很多天，你至少也該去陪陪他。」

鈴鈴垂著頭，呆了半晌，突然跺著腳，大聲道：「你根本不想留在這裡，根本不想來的，你們這些人什麼都不知道，只知道殺……你殺我，我殺你，究竟是爲了什麼，連你們自己都不知道……假如要這樣才算英雄，最好天下的英雄都一起死光！」

李尋歡、阿飛、呂鳳先，都只是靜靜的聽著。

然後再靜靜的瞧著她飛奔出去。

阿飛甚至連瞧都沒有瞧，等她腳步聲遠，才抬頭面對李尋歡，道：「我從未求過你什麼事，是嗎？」

李尋歡道：「你從未求過任何人。」

阿飛道：「現在，我卻有事要求你。」

李尋歡道：「你說。」

阿飛咬著牙，道：「這一次，你無論如何再也不能阻攔我，一定要讓我去！你若搶著出手，我……我就死！」

李尋歡神色顯得很痛苦，黯然道：「可是，你根本用不著這麼做。」

阿飛道：「我一定要這麼樣做，因爲……」

他神情更痛苦，慘然接著道：「因爲呂鳳先說的實在不錯，再這樣下去，我活著，也和死了差不多，我絕不能放過這機會。」

李尋歡道：「機會？」

阿飛道：「我若想復活，若想新生，這就是我最後的機會。」

李尋歡道：「以後難道就沒有機會了麼？」

阿飛搖了搖頭，道：「以後縱然還有機會，可是我！……今天我若失去了這勇氣，以後就永遠不會再有勇氣振作！」

一個人受的打擊太大，就會變得消沉，若是消沉得太久，無論多堅強的人，也會變得軟弱，勇氣也必定會消失。

李尋歡沉默了很久，才嘆息著道：「你的意思，我明白，可是……」

阿飛打斷了他的話，道：「我知道我出手已慢了，因爲這兩年，我也已感覺到自己的反應漸漸遲鈍，甚至已有些麻木。」

李尋歡柔聲道：「只要你有決心，一切都會恢復的，只不過，現在還不是時候。」

阿飛道：「現在正是時候！」

李尋歡道：「現在？爲什麼？」

阿飛慢慢的攤開手掌。

鮮血已染紅了他的手，酒杯的碎片還嵌在肉裡。

阿飛道：「因爲現在我忽然發現，肉體上的痛苦不但可以減輕心裡的苦惱，而且還可以使人精進、振作，也可以使人敏銳。」

他說的不錯。

痛苦本就可刺激人的神經，令人的反應敏銳，也可以激發人的潛力——就算是一匹馬，當你鞭打牠，令牠覺得痛苦時，牠也會跑得快些。負了傷的野獸也通常都比平時更可怕！

李尋歡沉思著，道：「你有信心？」

阿飛道：「你對我沒有信心？」

李尋歡突然笑了，用力拍了拍他肩頭，道：「好，你去吧！」

六十 友情

阿飛卻還在沉吟著，終於忍不住道：「方才那小姑娘……她是誰？」

李尋歡道：「她叫鈴鈴，也很可憐。」

阿飛道：「我只知道她很會說謊。」

李尋歡道：「哦？」

阿飛道：「她並不是真的在等你——她等你，也許還有別的原因。」

李尋歡道：「哦？」

阿飛道：「她若真的在等你，自然一定對你很關心。」

李尋歡道：「也許……」

阿飛搶著道：「你現在的樣子，誰都看得出你必定受了很多罪，可是她卻根本沒有問你是怎麼會變成這種樣子的。」

李尋歡淡淡道：「也許她還沒有機會問。」

阿飛道：「女孩子若是真的關心一個人，絕不會等什麼機會。」

李尋歡沉默了半晌，突又笑了，道：「你難道怕我會上她的當？」

阿飛道：「我只知道她說的不是真話。」

李尋歡微笑道：「你若想活得愉快些，就千萬不要希望女人對你說真話。」

阿飛道：「你認爲每個女人都會說謊？」

李尋歡顧然不願正面回答他這句話，道：「你若是個聰明人，以後也千萬莫要當面揭穿女人的謊話，因爲你就算揭穿了，她也會有很好的解釋，你就算不相信她的解釋，她還是絕不會承認自己說謊。」

他笑了笑，接著道：「所以，你若遇見了一個會說謊的女人，最好的法子，是故意裝作完全相信她，否則你就是在自找苦吃。」

阿飛凝注著李尋歡，良久良久。

李尋歡道：「你是不是還有話要說？」

阿飛突也笑了笑，道：「就算有，也不必說了，因爲我要說的你都已知道。」

望著阿飛的背影，李尋歡心裡忽然覺得說不出的愉快。

這倔強的少年畢竟沒有倒下去。

而且，這一次，他說了很多話，居然全沒有提起林仙兒。

愛情，畢竟不能佔有一個男子漢的全部生命。

阿飛畢竟是個男子漢！

男子漢若是覺得自己活著已是件羞辱時，他就寧可永不再見他所愛的女人，寧可去天涯流浪，死！

因爲他覺得已無顏見她。

但阿飛真能勝得了呂鳳先麼？

這次他若又敗了，呂鳳先縱不殺他，他還能再活得下去麼？
李尋歡彎下腰，劇烈地咳嗽起來。
他又咳出了血。

呂鳳先還在那裡等著，沒有說過一句話。
這人的確很沉得住氣。
只有能沉得住氣的敵人，才是可怕的對手。
阿飛突然一把扯下了衣衫，用那隻已被鮮血染紅了的手在身上揉著。
酒杯的碎片又刺入他肉裡。
血，即使在如此淒迷的夜霧中，看來還是鮮紅的！
只有鮮血才能激發人原始的獸性——情慾和仇恨，別的東西或許也能，但卻絕沒有鮮血如此直接。
阿飛彷彿又回到了原野中。
「你若要生存，就得要你的敵人死！」
呂鳳先望著他漸漸走近，突然覺得一種無法形容的壓力。
他忽然覺得走過來的簡直不是個人，而是隻野獸。
負了傷的野獸！
「仇敵與朋友間的分別，就正如生與死之間的分別。」
「若有人想要你死，你就得要他死，這其間絕無選擇的餘地！」

這是原野上的法則！也是生存的法則。

「寬恕」這兩個字，在某些地方是完全不實際的。

血在流，不停的流。

阿飛身上的每根肌肉都已因痛苦而顫抖，但他的手，卻愈來愈堅定。

他的目光也愈來愈冷酷。

呂鳳先永遠無法了解這少年怎會在忽然間變了。

但他卻很了解阿飛的劍法。

阿飛劍法的可怕之處並不在「快」與「狠」，而是「穩」與「準」。

他一出手就要置人於死命，至少也得有七成把握，他才會出手。

所以他必須「等」！

等對方露出破綻，露出弱點，等對方給他機會——他比世上大多數人都能等得更久。

但現在，呂鳳先似已決心不給他這機會。

呂鳳先看來雖然只是隨隨便便的站在那裡，全身上下每一處看來彷彿都是空門，阿飛的劍彷彿可以隨便刺入他身上任何部位。

但空門太多，反而變成了沒有空門。

他整個人似已變成了一片空靈。

這「空靈」二字，也正是武學中最高的境界。

李尋歡遠遠的瞧著，目中充滿了憂慮。

呂鳳先的確値得自傲。

李尋歡實未想到他的武功竟如此高，也看不出阿飛有任何希望能勝得了他——因爲阿飛簡直連出手的機會都沒有！

夜更深。

荒墳間忽然有碧光閃動，是鬼火！

吹的是西風，呂鳳先的臉，正是朝西的。

有風吹過，一點鬼火隨風飄到了呂鳳先面前。

呂鳳先鎭靜的眼神突然眨了眨，左手也動了動，像是要拂去這點鬼火，卻又立刻忍住。

在生死決鬥中，任何不必要的動作，都可能帶來致命的危險。

只不過他的手雖沒有動，但左臂由肩的肌肉已因這「要動的念頭」而緊張起來，已不能再保持那種「空靈」的境界。

這當然不能算是個好機會，但再壞的機會，也比沒有機會好。

只要有機會，阿飛就絕不會錯過。

他的劍已出手！

這一劍的關係實在太大。

阿飛今後一生的命運，都將因這一劍的得失而改變。

這一劍若得手，阿飛就會從此振作，洗清上一次失敗的羞辱。

這一劍若失手，他勢必從此消沉，甚至墮落，那麼他就算還能活著，也會變得如呂鳳先說的那樣——生不如死。

這一劍實在是只許成功，不許失敗的。

但這一劍真能得手麼？

劍光一閃，停頓！

「嗆」，劍已折！

阿飛後退，手裡已只剩下半柄斷劍。

另半柄劍被挾在呂鳳先的手指裡，但劍尖卻已刺入了他的肩頭。

他雖然挾住了阿飛的劍，但出手顯然還是慢了些。

鮮血正從他肩頭流落。

這一劍畢竟得手了！

阿飛臉上彷彿突然露出了一種奇異的光輝——勝利的光輝！

呂鳳先臉上卻連一絲表情也沒有，只是冷冷的瞧著阿飛，斷劍猶在他肩頭，他也沒有拔出來。

阿飛也只是靜靜的站著，並沒有再出手的意思。

他的積鬱和苦悶已因這一劍而發洩。

他要的只是「勝利」，並不是別人的「生命」。

呂鳳先似乎還在等著他出手，等了很久，突然道：「好，很好！」

這句話的意思很明顯，能從他這種人嘴裡聽到這句話，就已是令人覺得振奮，覺得驕傲。

但他在臨走前，卻又突然加了句！

「李尋歡果然沒有說錯，也沒有看錯你。」

這句話是什麼意思？李尋歡曾經對他說過什麼？

呂鳳先的身影終於在夜色中消失。

李尋歡的笑臉已出現在眼前。

他用力拍著阿飛的肩頭，笑道：「你還是你，我早就知道那點打擊決不會令你洩氣的，世上本就沒有常勝的將軍，連神都有敗的時候，何況人？」

他笑得更開朗，接著又道：「可是從現在開始，我對你更有信心了……」

阿飛突然打斷了他的話，道：「你認為我從此不會再敗？」

李尋歡笑道：「呂鳳先的武功，已絕不在任何人之下，若連他也躲不過你的劍，只怕世上就沒有別人能躲得過？」

阿飛道：「可是……我卻覺得這一次勝得有些勉強。」

李尋歡道：「勉強！」

阿飛道：「我出手已不如以前快了。」

李尋歡道：「誰說的？」

阿飛道：「用不著別人說，我自己也能感覺得出……」

他目光還停留在呂鳳先身影消失處，緩緩接著道：「我覺得他本可勝我的，他出手絕不該比我慢。」

李尋歡道：「他武功的確很高，甚至也許比你還高，但你卻把握住了最好的機會，這才是別人絕對比不上你的地方，所以你才能勝！」

他笑了笑接著道：「所以呂鳳先雖敗了，也並沒有不服，連他這種人都對你服了，你自己對自己難道還沒有信心？」

阿飛終於笑了。

對一個受過打擊的人說來，世上還有什麼比朋友的鼓勵更珍貴？

李尋歡笑道：「無論如何，這件事都該慶祝……你喜歡用什麼來慶祝？」

阿飛笑道：「酒，當然是酒，除了酒還能有什麼別的？」

李尋歡大笑道：「不錯，當然是酒，慶祝時若沒有酒，豈非就好像炒菜時不放鹽……」

阿飛笑道：「那簡直比炒菜時不放鹽還要淡而無味。」

阿飛睡了。

酒，的確很奇妙，有時能令人興奮，有時卻又能令人安眠。

這幾天，阿飛幾乎完全沒有睡過，縱然睡著也很快就醒，他總想不通自己在「家」時怎會一躺下去就睡得像死豬。

等阿飛睡著，李尋歡就走出了這家客棧。

轉過街，還有家客棧。李尋歡突然飛身掠入了這家客棧的後院。

三更半夜，他特地到這家客棧中來做什麼？

已將黎明，後院中卻有間房還亮著燈。

李尋歡輕輕拍門，屋裡立刻有了回應，一人道：「是李探花？」

李尋歡道：「是！」

門開了，開門的人竟是呂鳳先。

他怎會在這裡？李尋歡怎會知道他在這裡？爲什麼來找他？

難道他們兩人之間還有什麼秘密的約定？

呂鳳先嘴角帶著種冷漠而奇特的微笑，冷冷道：「李探花果然是信人！果然來了。」

一個女孩子的聲音接著道：「我早就說過，只要他答應，就絕不會失信。」

站在呂鳳先身後的，竟是鈴鈴。

鈴鈴怎會和呂鳳先在一起？

李尋歡究竟答應過什麼？

燈光昏黃，李尋歡的臉卻蒼白得可怕，他默默的走進屋子，突然向呂鳳先深深一揖道：「多謝。」

呂鳳先淡淡道：「你不必謝我，因爲這根本是件交易，誰也不必謝誰。」

李尋歡也淡淡的笑了笑，道：「這種交易，並不是人人都會答應的，我當然要謝你。」

呂鳳先道：「這的確是件很特別的交易。你要鈴鈴對我說時，我的確吃了一驚。」

李尋歡道：「所以我才會要她解釋得清楚些。」

呂鳳先道：「其實用不著解釋，我也已很了解，你要我故意敗給阿飛，只不過是希望他能因此而振作起來，莫要再消沉。」

李尋歡道：「我的確是這意思，因爲他的確値得我這麼樣做！」

呂鳳先道：「這只因你是他的朋友，但我卻不是，……我簡直想不到世上會有人向我提出如此荒謬的要求來。」

李尋歡道：「但你卻終於還是答應了。」

呂鳳先目光刀一般盯著他，道：「你算準了我會答應？」

李尋歡又笑了笑，道：「我至少有些把握，因爲我已看出你不是凡俗的人，也只有你這種非凡的人，才會答應這種非凡的事。」

呂鳳先還在盯著他，目光卻漸漸和緩，緩緩道：「你也算準了他絕不會要我的命。」

李尋歡道：「我知道他勝了一分就絕不會再出手的。」

呂鳳先突然嘆了口氣，道：「你果然沒有看錯他，也沒有看錯我。」

他忽又冷笑道：「我只答應你讓他勝一招，那意思就是說，他若再出手，我就要他的命。」

李尋歡目光閃動，道：「你有這把握？」

呂鳳先厲聲道：「你不信？」

兩人目光相視，良久良久，李尋歡突又一笑，道：「現在也許，將來卻未必。」

呂鳳先道：「所以我本就不該答應你的，讓他活著，對我也是種威脅。」

李尋歡道：「但有些人就喜歡有人威脅，因爲威脅也是種刺激，有刺激才有進步，一個人若是真的達到『四顧無人』的巔峰處，豈非也很寂寞無趣。」

呂鳳先沉默了很久，緩緩道：「也許……但我答應你，卻並不是爲了這緣故。」

李尋歡慢慢的點了點頭，道：「你當然不是。」

呂鳳先道：「我答應你，只因爲你交換的條件很優厚。」

李尋歡笑了笑，道：「若沒有優厚的條件，怎能和人談交易。」

呂鳳先道：「你說，只要我答應你這件事，你也會答應我一件事。」

李尋歡道：「不錯。」

呂鳳先道：「但你卻沒有指明是什麼事。」

李尋歡道：「不錯。」

呂鳳先道：「所以我可以要你做任何事。」

李尋歡道：「不錯。」

呂鳳先目光突又變得冷酷起來，一字字道：「我若要你去死呢？」

李尋歡神色不變，淡淡道：「以我的一條命，換回了他的一條命，這也很公道。」

他淡淡的說著，嘴角甚至還帶著微笑，就彷彿他的生命本就不屬於自己，所以他根本漠不關心。

鈴鈴的身子卻已顫抖起來，忽然撲倒在呂鳳先面前，嘶聲道：「我知道你絕不會這麼樣做的，我知道你也是個好人……是不是？是不是？……」

呂鳳先的嘴緊緊的閉著，連瞧都沒有瞧她一眼。

他只是冷冷的凝視著李尋歡，緊閉著的嘴角，顯得說不出的冷酷、高傲。

這種人本就不會將別人的生死放在心上。

鈴鈴望著他的嘴，臉色愈來愈蒼白，身子的顫抖愈來愈劇烈。

她很了解李尋歡。

她知道這張嘴裡只要吐出一句話，李尋歡立刻就會去死的。

他既然能為別人活著，自然更可以為別人而死！

死，往往都比活容易得多。

她也很了解呂鳳先。

別人的生命，在他眼中本就一文不值。

她突然暈了過去。

因為她不願，也不敢從他嘴裡聽到那句話。

暈厥，其實也是上天賜給人類的許多種恩惠之一，人們在遇著自己不願做、不願說、不願聽的事時，往往就會以「暈厥」這種方法來逃避。

李尋歡從不逃避。

他始終面對著呂鳳先，正宛如面對死亡。

也不知過了多久，呂鳳先突然長長嘆了口氣，道：「想不到世上真有你這種人，阿飛能交到你這種朋友，真是福氣。」

李尋歡笑了笑，道：「你若對他了解得多些，就會知道我能交到他這種朋友更福氣。」

這是何等深摯，何等偉大的友情！

六一 承諾

呂鳳先冷傲的眸子裡，突然露出一種寂寞之意——一個人覺得寂寞的時候，就表示他正在渴望著友情。怎奈真摯的友情並不是人人都能得到的。

呂鳳先冷冷道：「你的意思是說，你能爲他死，他也會爲你死，是不是？」

李尋歡道：「是。」

呂鳳先聲音更冷酷，道：「但你已算準了我不會殺你，至少不會在這種情況下殺你，是不是？」

李尋歡默然。

沉默，通常只代表兩種意思——默認和抗議。

呂鳳先瞪著他，臉孔漸漸鬆散，突又嘆了口氣，道：「我的確不會殺你……你可知道是爲了什麼？」

李尋歡還沒有說話，呂鳳先已接著道：「因爲我要你永遠欠著我的，永遠覺得我對你有恩……」

他竟也笑了笑，道：「因爲我若要殺你，以後還有機會，但這種機會以後只怕永遠不會再有了。」

他心裡的意思，是不是想以此換得李尋歡的友情？

李尋歡沉默了很久，突也笑了笑，道：「你還有機會。」

呂鳳先道：「哦？」

李尋歡道：「我還要求你做一件事。」

呂鳳先瞪著他，就像是從未見過這個人似的，過了很久，才冷笑道：「你第一次交易還未付出代價，就想要我做第二件事了？這算是什麼樣的交易？」

李尋歡道：「這不是交易，是我求你。」

呂鳳先臉色雖很黯，眼睛卻在發著光，道：「既然不是交易，我爲何要答應？」

李尋歡微笑著，他的眸子平和、明朗，而真誠。

他凝視著呂鳳先，微笑著道：「因爲這是我求你的。」

這句話回答得不但很妙，甚至有些狂妄。

這本不像李尋歡平時說的話。

但呂鳳先卻沒有生氣，心裡反而忽然覺得有種奇特的溫暖之意，因爲他已從李尋歡的眸子裡看到了一絲友情的光輝。

這也許就是唯一能驅走人間寂寞與黑暗的光輝。

這是永恆的光輝，只要人性不滅，就永遠有友情存在。

呂鳳先喃喃道：「別人都說李尋歡從不求人，今日居然肯來求我，看來我的面子倒不小。」

李尋歡笑道：「我既已欠了你的，再多欠些又何妨。」

呂鳳先又笑了，這次才是真心的笑。

他微笑道：「有人說，學做生意最大的學問就是要懂得如何欠帳，看來你本該去做生意的。」

李尋歡道：「你肯答應？」

呂鳳先嘆了口氣，道：「至少我現在還未想出拒絕的法子，你趁此機會，趕快說吧。」

李尋歡咳嗽了幾聲，神情又變得很沉重，緩緩道：「你若在兩年前遇見阿飛，我縱不求你，你只怕也要敗在他手下。」

呂鳳先沉默著，也不知是默認，還是抗議？

他能以沉默表示抗議，也已很不容易。

李尋歡道：「你若在兩年前見到過他，就會發現那時的他和現在簡直不像是同一個人。」

呂鳳先道：「只不過短短兩年，他怎會改變得如此多？」

李尋歡長長嘆息了一聲，道：「只因他不幸遇上了一個人。」

呂鳳先道：「女人？」

李尋歡道：「自然是女人，世上也許只有女人才能改變男人。」

呂鳳先冷笑道：「他不是改變，而是墮落，一個男人為了女人而墮落，這種人非但不值得同情，而且愚蠢得可笑。」

李尋歡嘆息著道：「你說得也許不錯，只因你還未遇到過那樣的女人。」

呂鳳先道：「我遇見了又如何？」

李尋歡道：「你若遇見了她，說不定也許變得和阿飛一樣的。」

呂鳳先笑了，道：「你以為我也是個沒見過女人的小伙子。」

李尋歡道：「你也許見過各式各樣的女人，可是她……她卻絕對和別的女人不同。」

呂鳳先道：「哦？」

李尋歡道：「曾經有個人將她形容得很好……她看來如仙子，卻專門帶男人下地獄。」

呂鳳先目光閃動，忽然道：「我已知道你說的是誰了。」

李尋歡嘆道：「你本該猜到的，因爲世上只有她這麼一個女人，也幸好只有一個，否則只怕大多數男人都已活不下去。」

呂鳳先道：「有關這位『天下第一美人』的傳說，我的確已聽到過不少。」

李尋歡凝注著自己的指尖，緩緩道：「阿飛現在總算已振作起來，我不能眼看著他再沉淪下去，所以……」

呂鳳先道：「所以你要我去殺了她？」

李尋歡黯然道：「我只希望阿飛永遠莫要再見到她，因爲只要一見到她，阿飛就無法自拔。」

呂鳳先又沉默了很多，緩緩道：「你本可自己動手的。」

李尋歡道：「只是我不能。」

呂鳳先道：「爲什麼？」

李尋歡笑得很淒涼，道：「因爲阿飛若知道了，必將恨我終生。」

呂鳳先道：「他應該明白你這是爲他好。」

李尋歡苦笑道：「無論多聰明的人，若是陷入情感而不能自拔，都會變成呆子。」

呂鳳先用手指輕敲著下巴，道：「你爲何不找別人做這件事？爲何要找我？」

李尋歡道：「因爲別人縱有力量能殺她，見了她之後只怕也不忍下手，因爲……」

他抬起頭，凝視著呂鳳先，緩緩接著道：「我本就很難找到一個我可以去求他的人。」
兩人目光相遇，呂鳳先心裡忽又充滿了溫暖的感覺。
他似已從李尋歡的眸子裡看到了他的寂寞和悲痛。
那是英雄唯有的寂寞和悲痛。
也只有英雄才能了解這種寂寞是多麼淒慘，這種悲痛是多麼深沉。
呂鳳先突然道：「她在那裡？」
李尋歡道：「鈴鈴知道她在那裡，只不過……」
鈴鈴已暈過去很久，到現在居然還沒有醒來。
李尋歡瞧了她一眼，緩緩接著道：「你若想她帶你去，只怕並不容易。」
呂鳳先笑了笑，悠然道：「這倒用不著你擔心，我自然有法子的。」

阿飛醒來時，李尋歡已睡著。
在睡夢中，他還是在不停的咳嗽，每當咳得劇烈時，他全身都因痛苦而扭曲痙攣……。
陽光往窗外斜斜照進來。
阿飛這才發現他頭上的白髮，和臉上的皺紋都更多了。
他只有一雙眼睛還是年輕的。
每當他閉上眼睛時，就會顯得很憔悴、很蒼老，甚至很衰弱。
他的衣衫已很陳舊殘破，已有多日未洗滌。

又有誰能想到在如此衰弱、如此僵僂的軀殼裡，竟藏著那麼堅強的意志，那麼高尚的人格，那麼偉大的靈魂？

阿飛瞧著他，熱淚已盈眶。

他活著，本就是在忍受著煎熬——各式各樣不同的煎熬、折磨、打擊。

但他卻還是沒有倒下去！也並沒有覺得生命是冷酷黑暗的。

因爲只要有他在，就有溫暖，就有光明。

他帶給別人的永遠都是快樂，卻將痛苦留給了自己。

阿飛的熱淚已奪眶而出，流下面頰……

李尋歡還是睡得很沉。

睡眠，在他說來，幾乎也變成了件很奢侈的事。

阿飛雖然急著想回去，急著想看到那春花般的笑臉，但還是不忍驚動他，悄悄掩起門，悄悄走了出去。

還很早，陽光剛照上屋頂，趕路的人都已走了，所以院子裡很靜，只剩下一株頑強的梧桐，在晚秋。

李尋歡豈非也正如這梧桐一樣，雖然明知秋已將盡，冬已將至，但不到最後關頭，他們是絕不會屈服的。

阿飛長長嘆了口氣，慢慢的穿過院子。

梧桐的葉子，已開始凋零，一片片飄過他眼前，飄落在他身上……

爐火猶未熄，豆漿，慢慢的啜著。

他吃得一向不快，慢慢的讓這微溫的豆漿自舌流入咽喉，流入胃裡——一個人的胃若充實，整個人都彷彿充實了起來。

他一向喜歡這種感覺。

自半夜就起來忙碌的店伙，到現在才算空閒了下來，正坐在爐火的餘燼旁，在慢慢的喝著酒。下酒的雖只不過是根已冷了的「油炸檜」，喝的雖只不過是粗劣的燒刀子，但看他的表情，卻像是正在享受著世間最豐美的酒食。

他顯然很快樂，因爲他已很滿足。

世上也唯有能滿足的人，才能領略到真正的快樂。

阿飛對這種人一向很羨慕，心裡實在也想能過去喝兩杯。

但他卻控制著自己。

「也許，今天我就能見到她……」

他不願她聞到自己嘴裡有酒氣。

這世上大多數人本就是爲了別人而活著的——有些是爲了自己所愛的人，也有些是爲了自己所恨的人——這兩種人都同樣痛苦。

這世上真正快樂的人本就不多。

風很大，砂土在風中飛舞，路上的行人很寥落。

阿飛抬起頭，目光移向門外時，正有兩個人自門外走過。

這兩人走得並不快，行色卻似很匆忙，只管低著頭往前趕路，連熱豆漿的香氣都未能引動他們轉頭來瞧一眼。

前面走的是個身形佝僂，白髮蒼蒼的老頭子，手裡提著管旱煙，身上的藍布衫已洗得發白。

後面跟的是個小姑娘，眼睛很大，辮子很長。

阿飛認得這兩人正是兩年前他曾見過一次的「說書先生」和孫女，他還記得這兩人姓孫。

但他們卻全沒有瞧見阿飛，很快就從門口走過。

——他們若是見到了阿飛，所有的一切事也許都會完全不同了。

阿飛喝完了豆漿，再抬起頭，又瞧見一個人自門外走過。

這人身材很高，黃袍，斗笠，笠簷壓得很低，走路的姿勢很奇特，也沒有轉過頭來瞧一眼，行色彷彿也很匆忙。

阿飛的心跳突然快了。

荊無命！

荊無命的眼睛一向盯住前面，彷彿正在追蹤方才走過的那「說書先生」，並沒有發覺阿飛就坐在路旁的小店裡。

阿飛卻看到了他，看到他腰帶上插著的劍。卻沒有看到他那條斷臂——用布帶懸著的斷臂。

只要看到這柄劍，阿飛的眼睛裡就再也容不下別的。

就是這柄劍，令他第一次嚐到失敗和屈辱的滋味。

就是這柄劍，令他幾乎永遠沉淪下去。

阿飛的拳已緊握，掌心的傷口又破裂，鮮血流出，疼痛卻自掌心傳至心底，他全身的肌肉立刻全都緊張了起來。

他已忘了荊無命的斷臂。

他一心只盼望能和荊無命再決高下，除此之外，他再也想不到別的。

荊無命也很快就從門口走過。

阿飛緩緩站起，手握得更劇烈。

痛苦愈劇烈，他的感覺就愈敏銳。

坐在門口的伙計突然感覺到一陣無法形容的寒意襲來，轉過頭，就瞧見了阿飛的眼睛——雙火焰般熾熱的眼睛，卻令人自心底發冷。

「噹」的，店伙手裡的酒杯跌了下去。

但這酒杯還未跌在地上，阿飛突然伸手，已抄在手裡。

誰也瞧不清他如何將這酒杯接住的。

店伙整個人都被嚇呆了。

阿飛慢慢的將酒杯放在他面前的桌上，倒了杯酒，自己一飲而盡。

他心裡忽然充滿了信心。

就在這時，門外又有個人走了過去。

這人也是黃衫，斗笠笠簷也壓得很低，走路的姿態也很奇特，蒼白的臉，在斗笠的陰影下看來，就宛如是用灰石雕成的。

上官飛！

阿飛並不認得上官飛，但一眼就看出這人必定和荊無命有很密切的關係，而且顯然正在追蹤著荊無命！

上官飛身材雖比荊無命矮些，年紀也較輕，但那種冷酷的神情，那種走路的姿態就好像是荊無命的兄弟。

他爲什麼也在暗中追蹤荊無命呢？

這地方本就很荒僻，再轉過這條街，四下更看不到人蹤。

阿飛走得很快，始終和上官飛保持著一段距離。

前面走的「說書先生」早已瞧不見了，荊無命也只剩下一條淡黃色的人影，但上官飛也還是走得很慢，並不著急。

阿飛發現這少年也很懂得「追蹤」的訣竅。

要追蹤一個人而不被發覺，就不能急躁，就要沉得住氣。

前面有座土山，荊無命已轉過山坳。

上官飛的腳步突然加快，似乎想在山後追上荊無命。

等他的人也消失在山後，阿飛就以最快的速度衝上土山。

他知道在山上一定可以看到一些有趣的事。

他果然沒有失望。

荆無命從未感覺到恐懼——一個人若連死都不怕，還有什麼可怕的？
但現在，也不知爲了什麼，他目中竟帶著種恐懼之意。
他怕的是什麼？

六二 絕招

轉過山，景色更荒涼，秋風蕭殺。

荊無命的手，突然按上了劍柄——但這是右手，並不是使劍的手，他的劍在這隻手裡，已不能算是殺人的利器！

他的手握起，又放下。

他的腳步也停下，彷彿知道他的路已走到盡頭。

就在這時，他聽到了上官飛的冷笑。

上官飛已到了他身後，冷笑著道：「你已經可以不必再做戲了！」

荊無命緩緩回身，死灰色的眼睛又變得全無表情，漠然凝注著上官飛，良久良久，才一字字道：「你說我在做戲？」

上官飛道：「不錯，做戲，你故意跟蹤孫老兒，就是在做戲，因爲你根本沒有追蹤他們的必要。」

荊無命道：「那麼，我追蹤他們，爲的是什麼？」

上官飛道：「爲的是我。」

荊無命道：「你？」

上官飛道：「你早已知道我在盯著你了。」

荆無命冷冷道：「那只因你並不高明。」

上官飛道：「雖不高明，現在已是能殺你，你當然也早就知道我要殺你！」

荆無命的確早已知道，所以他並未感覺到驚異。

驚異的是阿飛。

這兩人本是同一門下，爲何要自相殘殺？

上官飛道：「十年前，我已想殺你，你可知道爲了什麼？」

荆無命拒絕回答——他一向只問不答。

上官飛突然激動起來，目中更充滿了怨毒之色，厲聲道：「這世上若是沒有你，我就可活得更好些，你不但搶走了我的地位，也搶走了我的父親，自從你來了之後，本來屬於我的一切，就忽然都變成了你的。」

荆無命冷冷道：「那也只怪你自己，你一向比不上我。」

上官飛咬著牙，一字字道：「你心裡也明白並不是爲了這緣故，那只因……」

他雖然在極力控制著自己，卻還是忍不住爆發了起來，突然大吼道：「那只因你是我父親的私生子，我母親就是被你母親氣死的。」

荆無命死灰色的眼睛突然收縮，變得就像是兩滴血。

兩滴早已乾枯，變色了的血。

在山上的阿飛，目中突也露出了極強烈的痛苦之色，竟彷彿和荆無命有同樣的痛苦，而且痛苦得比荊無命更深。

上官飛道：「這些事你們一直瞞著我，以爲我真不知道。」

他說的「你們」指的就是荊無命和他的父親。

這兩字自他嘴裡說出來，並沒有傷害到別人，傷害的只是自己。

他更痛苦，所以神情反而顯得平靜了些，冷笑著接道：「其實自從你來的那一天，我已經知道了，自從那一天，我就在等著機會殺你！」

荊無命冷冷道：「你的機會並不多。」

上官飛道：「那時我縱有機會，也未必會下手，因爲那時你還有利用的價值，但現在卻不同了。」

他冷笑著，又道：「那時你在我父親眼中，就像是一把刀，殺人的刀，我若毀了他的刀，他絕不會饒我，但現在，你已只不過是塊廢鐵，你的生死，他已不會放在心上。」

荊無命沉默了很久，竟慢慢的點了點頭，一字字道：「不錯，我的生死，連我自己都未放在心上，又何況他？」

上官飛道：「這話你也許能騙得過別人，騙得過你自己，卻騙不過我的。」

荊無命道：「騙你？」

上官飛冷笑道：「你若真的不怕死，爲何還要拖延逃避？」

荊無命道：「拖延？逃避？」

上官飛道：「你故意作出追蹤孫老頭的姿態，就是在拖延、在逃避。」

荊無命道：「哦？」

上官飛道：「你追蹤的若不是孫老頭，我一定會讓你先追出個結果來，看你是想追出他的下落，還是在等機會殺他，然後我才會對你下手。」

他冷笑著，接道：「只可惜你選錯了人，因爲你根本追不出他的下落，更殺不了他，你根本不配追蹤他，根本不是他的對手！」

荊無命突然笑了笑，道：「也許……」

他笑容不但很奇特，而且還彷彿帶著種說不出的譏誚之意。

上官飛並沒有看出來，又道：「所以你的追蹤，只不過是種煙幕，要我不能向你出手？」

他盯著荊無命，厲聲道：「因爲你現在已怕死了！」

荊無命道：「怕死？」

上官飛道：「你以前的確不怕死，但那只不過是因爲那時還沒有人能威脅你的生命，所以你根本還無法了解死的恐懼。」

「叮」的一聲，他龍鳳雙環已出手，冷冷接著道：「但現在我已隨時可殺你！」

荊無命沉默了很久，緩緩道：「看來你好像什麼事都知道。」

上官飛道：「我至少比你想像中高明得多。」

荊無命突又笑了笑，道：「只可惜你還有一件事不知道。」

上官飛道：「什麼事？」

荊無命道：「別的事你全不知道也不要緊，但這件事你若不知道，你就得死！」

上官飛冷笑道：「這件事若真的如此重要？我就絕不會不知道。」

荆無命道：「你絕不會知道，因爲這是我的秘密，我從未告訴過別人……」

上官飛目光閃動，道：「你現在準備告訴我？」

荆無命道：「不錯，我現在準備告訴你，但那也是有交換條件。」

上官飛道：「什麼條件？」

荆無命死灰色的眼睛又收縮了起來，緩緩道：「我若告訴了你，你就得死！」

上官飛道：「你要我死？」

荆無命道：「我要你死，因爲活著的人，沒有人能知道這秘密。」

上官飛瞪著他，突然縱聲大笑了起來。

這件事的確是很可笑。

一個殘廢了的人，居然還想要別人的命？

上官飛大笑道：「你想用什麼來殺我？用你的頭來撞，用你的嘴來咬？」

荆無命的回答很簡短，也很妙，只有兩個字。

「不是。」

上官飛的笑聲已漸漸小了。

如此簡短的回答，已不像是在嚇人，更不像是在開玩笑。

荆無命緩緩道：「我要殺你，用的就是這隻手！」

他的手已抬起，是右手。

上官飛已笑得很勉強，卻還是大笑著道：「這隻手……你這隻手連狗都殺不死。」

荆無命道：「我只殺人，不殺狗！」

上官飛笑聲突然停頓，龍鳳雙環已脫手飛出。

「一寸短，一寸險」，龍鳳雙環本是武林中至絕至險之兵刃，這一著「龍翔鳳舞脫手雙飛」更是險中之險，若非情急拚命，或是明知對方已被逼入死角時，本不該使出這一著。

這一著若是使出，對方也就很難閃避得開。

但就在這時，劍光已飛出。

劍光只一閃，已刺入了上官飛咽喉。

劍鋒入喉僅七分。

上官飛的呼吸尚未停頓，額上青筋一根根暴露，眼珠子也將凸了出來，死魚般瞪著荆無命。

他死也不明白荆無命這一劍是怎麼刺出來的。

荆無命也在冷冷的瞧著他，一字字緩緩道：「我的右手比左手更快，這就是我的秘密！」

上官飛身子突然一陣抽搐，咽喉中發出了「格」的一響。

劍拔出，鮮血飛激。

上官飛死魚般的眼睛還是在瞪著荆無命，目中充滿了懷疑、悲哀、驚懼……

他還是不相信，死也不相信。

但他必須相信。

上官飛脫手擊出的龍鳳雙環，已打入了荊無命的左臂。

他拚著以這條斷臂，去硬接上官飛的雙環，然後以右手劍自左脅之下刺出，一劍刺入了上官飛的咽喉。

這是何等詭異的劍法。

這一劍好準！好毒！好快！好狠！

「我的右手比左手更快，這就是我的秘密！」

他的確沒有說謊。

但這事實卻又多麼令人無法思議，難以相信。

上官飛和他同門十餘年，從未見他練過一天右手劍，所以死也不明白他這右手劍是如何練成的。

但他必須相信，因為世上絕沒有比「死」更真實的事。

荊無命垂首望著他的屍身，神情看來似乎有些惆悵、失望。

良久良久，他突然輕輕嘆息了一聲，喃喃道：「你何必要殺我？我何必要殺你？……」

他轉過身，走了出去。

他走路的姿勢還是那麼奇特，彷彿在暗中配合著某一種奇特的韻律。

那對龍鳳雙環還是嵌在他左臂裡。

懷疑，驚懼，不能相信。

這也正是阿飛此刻的心情。

荊無命的劍法的確可怕，也許並不比他快，但卻更狠毒、更詭秘。

「難道我真的無法勝過他？」

就算明知這是事實，也是阿飛這種人絕對無法忍受的！

望著荊無命逐漸遠去的背影，阿飛突然覺得胸中一陣熱血上湧，忍不住就要跳下土山，追上去。

但就在這時，突然有一隻手從後面伸過來，拉住了他。

這是隻很穩定的手，瘦削而有力。

阿飛回過頭，就看到了李尋歡那對充滿了友情和生和熱愛的眼睛。

能拉住阿飛的並不是這隻手，而是這雙眼睛。

阿飛終於垂下頭，長長嘆息了一聲，黯然道：「也許我真的不如他。」

李尋歡道：「你只有一點不如他。」

阿飛道：「一點？」

李尋歡道：「爲了殺人，荊無命可以不擇一切手段，甚至不惜犧牲自己，你卻不能。」

阿飛沉默了很久，黯然道：「我的確不能。」

李尋歡道：「你不能，只因你有感情，你的劍術雖無情，人卻有情。」

阿飛道：「所以……我就永遠無法勝過他？」

李尋歡搖了搖頭，道：「錯了，你必能勝過他。」

阿飛沒有問，只是在聽。

李尋歡接著說了下去，道：「有感情，才有生命，有生命，才有靈氣，才有變化。」
阿飛又沉默了很久，才慢慢的點了點頭，道：「我明白了。」
李尋歡道：「但這還並不是最重要的。」
阿飛道：「最重要的是什麼？」
李尋歡道：「最主要的是你根本不必殺他，也不能殺他！」
阿飛道：「爲什麼不必？」
李尋歡道：「因爲他本已死了，何必再殺？」
阿飛沉思著，緩緩道：「不錯，他的心實已死……但既已不必，爲何又不能？」
李尋歡沒有回答這句話，卻反問道：「你可知道他爲何要在暗中苦練右手劍法？」
阿飛道：「你說他是爲的什麼？」
李尋歡緩緩道：「若是我猜得不錯，他爲的就是上官金虹。」
阿飛道：「你認爲上官金虹也不知道他這秘密？」
李尋歡道：「絕不會知道。」
阿飛道：「怎見得？」
李尋歡道：「荆無命的右手既然比左手更快，本可一劍取那上官飛的命，上官飛本無還手的餘地。」
阿飛道：「不錯。」
李尋歡道：「但他卻偏偏要等上官飛先出手，然後再拚著以左臂去挨上官飛的雙環，他又何苦多此一舉。」

阿飛沉吟著，道：「那只因他左臂本已廢，再多挨一次也無妨。」

李尋歡道：「這也不是最重要的原因。」

阿飛等著他說下去。

李尋歡道：「他這麼樣做，爲的也是上官金虹。」

阿飛道：「我不懂。」

李尋歡道：「他當然很了解上官金虹，知道上官金虹將任何人都當做工具，這人若是失去了利用的價值，上官金虹就會殺了他。」

阿飛道：「這點上官飛也說過。」

李尋歡道：「荆無命生怕上官金虹也會這麼樣待他。」

阿飛道：「上官金虹若知道他右手比左手更快，真會這麼樣對他？」

李尋歡道：「但上官金虹並不知道！」

阿飛道：「他爲什麼不告訴上官金虹？」

李尋歡道：「因爲他和上官金虹之間，似乎有著某種極奇異的情感，他希望上官金虹對他好，並不是爲了他的劍，而是爲了他的人！」

阿飛默然。

李尋歡道：「所以他現在就想去試探試探上官金虹，看他的左臂斷了後，上官金虹對他是否還能和以前一樣對他。」

阿飛終於點了點頭，道：「我想大概已經明白了。」

李尋歡道：「上官飛說的不錯，荆無命現在的確有種恐懼，但他恐懼的並不是『死』，而是上官金虹的冷淡與輕蔑。」

阿飛道：「如此說來，他這人豈非也有情感？」

李尋歡道：「他對別人雖無情，但對上官金虹卻例外，因爲他這一生本是爲上官金虹而活著的。」

阿飛嘆息道：「這世上能完全爲自己而活的又有幾人？」

李尋歡道：「他可以爲上官金虹去死，卻不願死在上官金虹手上。」

阿飛道：「所以他才要在暗中苦練右手的劍法。」

李尋歡道：「不錯。」

阿飛道：「他拚著去挨上官飛的龍鳳雙環，就是想先練一練對付雙環的方法。」

李尋歡道：「這也正是我的想法。」

阿飛道：「所以……上官金虹對他的態度若是改變了，他就會用這法子去殺上官金虹。」

李尋歡道：「也許他做不到，但他至少會去試一試。」

阿飛沒有再說什麼，目光卻漸漸在黯淡。

他似乎又被觸及了什麼隱痛。

李尋歡道：「上官金虹的龍鳳雙環能在兵刃譜中名列第二，並不是因爲他招式的狠毒、詭險，而是因爲他的穩。」

阿飛茫然道：「穩？」

李尋歡道：「能將天下至險的兵器，練到一個『穩』字，這才是上官金虹非人能及之處，上官飛的武功，根本難及他父親之萬一。」

阿飛道：「哦？」

李尋歡道：「上官飛之所以恨荆無命，也是認爲他父親沒有將武功的奧秘傳授給他，而傳給了荆無命。」

阿飛道：「嗯。」

李尋歡道：「上官金虹若不用『龍翔鳳舞脫手雙飛』那樣的險招，荆無命能勝他的機會就很少。」

阿飛道：「是。」

李尋歡道：「但上官金虹說不定會使出來的，因爲他見到荆無命的左臂已斷，就不會再有顧慮，再留著不用，所以荆無命也並非完全沒有機會。」

阿飛像是突然自夢中驚醒，大聲道：「可是，無論如何，上官金虹總是荆無命的父親。」

李尋歡道：「絕不是。」

阿飛道：「剛才上官飛明明……」

李尋歡打斷了他的話，道：「那只不過是上官飛的猜想，而且猜的不對。」

阿飛道：「那麼，他說的那些話，難道也是假的？」

李尋歡道：「那些事自然不會假，但他的看法卻錯了。」

阿飛道：「看錯了？」

李尋歡道：「他說，自從荊無命一去，他父親就開始對他冷淡疏遠，這自然是事實，但他卻不知道這麼做，爲的只是愛他。」

阿飛道：「既然愛他？爲何疏遠。」

李尋歡道：「因爲上官金虹全心全意要將荊無命訓練成他殺人的工具，荊無命這一生，也就因此而毀在他手上。」

阿飛思著，黯然道：「不錯，一個人若只爲了殺人而活著，的確是件很悲哀的事。」

李尋歡道：「所以我說荊無命自從見到上官金虹那一日起，就已死了！」

阿飛默然。

李尋歡道：「但上官金虹也是人，人都有愛子之心，自然不忍對自己的兒子也這麼做，所以才沒有將武功傳給上官飛。」

他也長笑了一聲，接著道：「只可惜上官飛並不能了解他父親的這番苦心。」

阿飛突然道：「所以上官飛其實也等於是死在他父親手上的。」

李尋歡道：「一個人的慾望若是太大，往往就難免會做錯許多事……」

六三 斷義

秋林，枯林。

穿過枯林，就是條很僻靜的小路。

阿飛遙指著小路盡頭處的一點孤燈，道：「那就是我的家。」

家。

這個字聽在李尋歡耳裡，竟是那麼遙遠，那麼陌生……

阿飛的目光還在遙視著那點燈火，接著道：「燈亮著，她大概還沒睡。」

小屋中，一燈瑩然，一個布衣粗裙，蛾眉淡掃的絕代佳人，正在燈下補綴著衣衫，等候自己最親近的人歸來……

這是一幅多麼美麗的圖畫。

只要想到這裡，阿飛心裡就充滿了甜蜜和溫暖，那雙銳利的眼睛也立刻變得溫柔了起來。

他本是孤獨而寂寞的人，但現在，他卻知道有人在等著他……他最心愛的人在等著他。

這種感覺的確是幸福的，世上絕沒有任何事能比擬，也沒有任何事能代替。

李尋歡的心沉了下去。

看到阿飛那充滿了幸福光輝的臉，他忽然有種負罪之感。

他本不忍令阿飛失望。

他寧可自己去背負一切痛苦，也不願阿飛失望。

但現在，他卻必須要使阿飛失望。

他無法想像阿飛回去發現林仙兒已不在時，會變成什麼模樣？

雖然他這樣只是為了要阿飛好，好好的活下去，堂堂正正的活下去，活得像是個男子漢。

但他還是覺得有些對不起阿飛。

「長痛不如短痛。」

他只希望阿飛能很快的擺脫痛苦，很快的忘記她。

她既不值得愛，更不值得思念。

不幸的是，一個人往往會偏偏去愛一個不值得愛的人，因為情感本就如一匹脫韁的野馬，誰也無法控制，誰都無可奈何。

這本也是人類最深邃的悲哀之一。

也正因如此，所以人世間永遠不斷有悲劇演出。

燈亮著，門卻是虛掩著的。

燈光自隙間照出，照在門外的小徑上。

昨夜彷彿有雨，路是濕的，燈光下可以看出路上有很多很零亂的腳印。

男人的腳印。

「是誰來過了？」

阿飛皺了皺眉，但立刻又開朗。

他一向很信任林仙兒，他確信她絕不會做任何對不起他的事。

李尋歡遠遠的跟在後面，彷彿不敢踏入這小屋。

阿飛回頭笑道：「我希望她今天燉的湯裡沒有放筍子，你也可以喝一點，才會知道她做菜的本事比使用刀還好。」

李尋歡也笑了。

又有誰知道他笑得是多麼酸楚？

那大碗的排骨湯裡若沒有放筍子，李尋歡也許還不能完全發現林仙兒的秘密，那麼，今天發生的事也許就會完全不同了。

李尋歡簡直無法想像一個女人，怎能用如此殘酷的手段來欺騙一個如此深愛著她的男人。

「但我又何嘗不是在欺騙他？」

「我爲什麼不敢告訴他，林仙兒已『不在』了，而且完全是我的意思？」

李尋歡彎下腰，劇烈的咳嗽起來。

阿飛道：「你若肯在我這裡多住些時候，咳嗽也許就會好些，因爲這裡只有湯，沒有酒。」

他永遠不會知道，「湯」對他的傷害，遠比酒還嚴重得多。

門裡沒有人聲。

阿飛又道：「她一定在廚房裡，沒有聽到我們說話，否則她一定早就迎出來了。」

李尋歡一直沒有開口，因爲他實在不知道該說些什麼。

門，終於被推開。

小小的客廳裡，還是那麼乾淨。

桌上的油燈並不亮，但卻有種溫暖寧靜的感覺。

阿飛長長吐出口氣。

他終於回到家了，平平安安的回到家了。

他畢竟沒有令林仙兒失望。

但她的人呢？在那裡？

廚房裡根本連燈光都沒有，更沒有菜湯的香氣。

林仙兒住的那間屋子，門也是關著的。

阿飛回頭向站在門口的李尋歡笑了笑，道：「她也許已睡了……她一向睡得早。」

李尋歡正想笑一笑，面上的肌肉已僵硬。

他已聽到一陣陣的呻吟聲，女人的呻吟聲。

是垂死的呻吟！

呻吟聲正是從林仙兒的那間屋子裡傳出來的。

阿飛的臉色立刻也變了，一步衝過去，用力拍門，大聲道：「你怎麼樣了，請開門。」

沒有回應，甚至連呻吟都停止。

她顯然是想回答，想呼喚，卻已發不出聲音。

阿飛的額上已沁出了冷汗，用力以肩頭撞開了門。

李尋歡黯然閉上了眼睛。

他不敢去看阿飛此刻面上的表情——一個人見到自己心上的人正在作垂死的掙扎，會有什麼樣的表情？

李尋歡非但不敢看，不忍看，簡直連想都不敢去想。

但門被撞開後，就再沒有別的聲音。

阿飛難道受不了這可怕的打擊，難道已暈了過去？

李尋歡張開眼，阿飛還怔在門口。

奇怪的是，他臉上的表情竟只有驚異，卻沒有悲戚。

那屋子裡究竟發生了什麼事？只怕李尋歡永遠想不到的。

血。

李尋歡第一眼看到的就是血。

然後，他就看到倒臥在血泊中的人。

但他永遠也想不到這倒臥血泊中，作垂死掙扎的人竟是鈴鈴！

李尋歡的血已凍結，心已下沉。

阿飛靜靜的瞧著他，面上的表情很奇特。

他是不是已猜出什麼？

他並沒有問：「這小姑娘是怎麼會到這裡來的？」

他只是冷冷問道：「這一次，她是不是也在這裡等你？」

李尋歡的心似被割裂，撲過去，抱起了血泊中的鈴鈴，試探她的脈搏和呼吸——他只希望還能救治她的一條命。

他已絕望。

鈴鈴終於張開了眼睛，看到了李尋歡。

她眼睛立刻湧出了淚，是悲哀的淚，也是歡喜的淚。

她臨死前畢竟還是見到了李尋歡。

李尋歡也已淚水盈眶，柔聲道：「振作些，你還年輕，絕不會死。」

鈴鈴似乎根本沒有聽到他這句話，只是斷續著道：「這件事，你錯了。」

李尋歡慘然道：「是我錯了。」

鈴鈴道：「你該知道，世上本沒有一個男人能忍心殺她。」

李尋歡的聲音已嘶啞，一字字道：「是我害了你，我對不起你。」

鈴鈴突然用力抓住了他的手，道：「你一直對我好，害我的不是你，是他。」

李尋歡道：「他。」

鈴鈴淚落如雨，道：「他騙了我，我……我卻騙了你。」

李尋歡道：「你沒有……」

鈴鈴的指甲，已刺入李尋歡的肉裡，道：「我騙了你……我早已失身給他，在等你的時候……我只恨自己爲什麼一直沒有勇氣告訴你。」

她話聲忽然清楚了起來，彷彿已有了生機。

但李尋歡卻知道那只不過是迴光反照而已——鈴鈴若非還如此年輕，一定無法活到現在。

鈴鈴淒然道：「我一直不肯死，掙扎著活到現在，爲的就是要告訴你這些話，只要你能了解，我死也甘心。」

李尋歡黯然道：「本就是我不好，我本該好好保護你的……」

鈴鈴忽然點了點頭，道：「他雖然騙了我，我並不恨他，因爲我知道他一定也會得到報應，比我要慘十倍的報應。」

李尋歡道：「是，他……」

這句話還沒有說完，阿飛突然用力推開了他。

阿飛瞪著鈴鈴，一字字道：「你帶呂鳳先到這裡來了？」

鈴鈴咬著嘴唇。

阿飛道：「是他要你帶呂鳳先到這裡來的？」

鈴鈴忽然用盡最後一分力氣，大叫了起來，道：「不錯，是他，但你可知道他爲的什麼？你可知道他曾經爲你做過什麼事？爲了你，他不惜……」

說到這裡，她聲音突然斷裂。

她呼吸已停頓。

靜寂，死一般的靜寂，沒有任何動作，也沒有任何聲音。

若非還有風在吹動，連大地都似已失去了生機，變成了一座墳墓，可以埋葬所有生命的墳墓。

但風也是淒涼的，風聲聽來也令人心碎。

也不知過了多久，阿飛才徐徐站直了身子。

但他卻沒有面對著李尋歡。

他似已不願再瞧李尋歡一眼，只是冷冷道：「你爲什麼要這樣做？」

這句話李尋歡本來很容易回答，但他卻一個字都沒有說。

他知道有些話若是說了出來，不但令自己傷心，也令別人難受。

阿飛還是沒有回頭，慢慢的接著道：「你以爲是她使我消沉的？你以爲只要她離開了我，我就會振作？……但你可知道，沒有了她，我根本活不下去！」

李尋歡黯然道：「我只希望你不被欺騙，只希望你能找到個你所值得愛的人，那麼……你會將這些不幸的事全都忘記。」

阿飛的胸膛起伏，聲音已有些激動，道：「你認爲她在騙我？你認爲她不值得我愛？」

李尋歡道：「我只知道，自從一開始，她帶給你的就只有不幸！」

阿飛道：「你又怎知道我是幸福？還是不幸？」

他猝然轉過身，瞪著李尋歡，厲聲道：「你以爲你是什麼人？一定要左右我的思想，主宰我的命運？你根本什麼都不是，只是個自己騙自己的傻子，不惜將自己心愛的人送入火坑，還以爲自己做得很高尙，很偉大！」

這些話，每個字都像是一根針。

世上絕沒有任何別的話能更傷李尋歡的心。

阿飛咬著牙，道：「就算她帶給我的是不幸，你呢？你又帶給人什麼？林詩音一生的幸福已斷送在你手裡，你還不滿足？還想來斷送我的？」

李尋歡的手在顫抖，還未彎下腰，已咳出了血。

阿飛冷冷的瞧著他，良久良久，徐徐轉身，大步走了出去。

李尋歡的咳嗽還未停，掙扎著撲過去，擋住了門。

阿飛道：「你還想幹什麼？」

李尋歡用衣袖擦了擦嘴角的血，喘息著道：「你……你要去找她？」

阿飛道：「是！」

李尋歡道：「你絕不能去！」

阿飛道：「誰說的？」

李尋歡道：「我說的，因為就算你能將她再找回來，也只有更痛苦，她遲早總有一天要毀了你……我絕不能眼看著你毀在這種女人手上。」

阿飛的手本已握得很緊，李尋歡每說一句話，他就握得更緊一分。

他指節已因用力而發白，臉色更蒼白，雙目中卻佈滿了紅絲，正如一條條燃燒的火焰。

李尋歡道：「現在你們分開，你固然難免痛苦一時，但你們若在一起，你卻要痛苦一生，你別的事都看得很清楚，為什麼這件事……」

阿飛突然打斷了他的話，一字字道：「你一直是我的朋友。」

李尋歡道：「是。」

阿飛道：「到現在爲止，你還是我的朋友。」

李尋歡道：「是。」

阿飛道：「但以後卻不是了！」

李尋歡的面色慘變，道：「爲什麼？」

阿飛道：「因爲我可以忍受你侮辱我，卻不能忍受你侮辱她。」

李尋歡慘然道：「你認爲我是在侮辱她？」

阿飛道：「我一直忍受到現在，因爲我們一直是朋友，但以後，你若再侮辱她一個字，這侮辱就得要用血來洗清！」

他身子也因激動而顫抖，一字字接著道：「無論是你的血，還是我的血，都得用血來洗清！」

李尋歡彷彿驟然被人當胸打了一拳，踉蹌後退，退到門邊。

他又在咳嗽，卻沒有聲音，因爲他的牙咬得很緊，嘴也閉得很緊。

鮮血，又從他緊閉著的嘴角沁出。

阿飛再也沒有瞧他一眼，嘎聲道：「現在我就去找她，無論如何也要找到她，我希望你莫要跟來，千萬莫要跟來，否則你必將後悔終生！」

說完了這句話，他就走了出去。

頭也不回的走了出去！

眼淚本是鹹的。

但有些淚卻只能往肚裡流，那就不但鹹，而且苦。

血，本也是鹹的。

但一個人的心若碎了，自心裡滴出的血，就比淚更酸苦。

李尋歡也不知道已咳了多久，衣袖已被染紅。

他的腰似已無法挺直。

地上有個腳印，是血染成的腳印。

李尋歡忽然想起了門外那些零亂的腳印，他掌心立刻冰冷。

阿飛一定能找到她。

因爲林仙兒一直會故意留下些線索，讓他找到。

他並不需要太多的線索，阿飛血液裡天生就像是有種追蹤的本能，甚至比野獸還靈敏，還直接。

但追到了以後呢？

阿飛勢必要和呂鳳先一決生死——林仙兒本就喜歡看男人爲她拚命。

想到這裡，李尋歡掌心已沁出了冷汗。

阿飛現在還不是呂鳳先的對手。

能救阿飛命的人，只有李尋歡，可是……

「你千萬莫要跟來，否則就必將後悔終生！」

阿飛說出的話，一向永無更改！

何況，現在夜色更深，李尋歡又沒有阿飛那種追蹤的本能，就算想去追，也很少有機會能追到。

李尋歡掙扎著，站起，將鈴鈴的屍身抱上床，用床單覆蓋。

無論如何，他都要追去，他已下了決心。

就算阿飛已不再將他當做朋友，但他依舊永遠是阿飛的朋友，他的友情絕不會因任何事而更改。

那也正如他的愛情一樣，縱然海枯石爛，他的心永不會變。

「詩音，詩音，你現在活得還好嗎？」

六四 禍水

李尋歡一想到林詩音，他的心又是一陣劇痛。

但他並不想去找她，因為他知道龍嘯雲一定會好好的照顧著她——龍嘯雲雖善變，對林詩音的心卻未變。

只要他對詩音的心不變，別的一切事就全都可原諒。

此刻龍嘯雲的心情，真是說不出的愉快。

再過兩三天，他就要坐上金錢幫的第二把交椅，成為當今天下最有勢力的人的結拜兄弟。

就連龍小雲的氣色看來都像是好得多了。

唯一令他覺得遺憾的，是他的妻子。

「她為什麼不肯跟我一起來？為什麼不肯分享我的光采？」

他拒絕再想下去。

有些人最大的慾望是金錢，有些人最大的慾望是權勢，這兩種慾望若是能滿足，情感上的痛苦就淡了。

龍小雲正凝視著窗外，也不知在想些什麼。

龍嘯雲拍了拍他肩頭，道：「你想這次上官金虹會不會親自來迎接我？」

子。」

龍小雲回過頭，說道：「當然會，而且儀式一定很隆重。」

龍嘯雲也點了點頭，道：「我也這麼想，我既是他的兄弟，他給我面子，豈非也正如給自己面子。」

他沉吟了半晌，忽又道：「他來接我時，你想我是該稱他幫主？還是該喚他大哥？」

龍小雲道：「當然該稱大哥，孩兒今後也要改口，喚他一聲伯父了。」

龍嘯雲仰面大笑，道：「有這樣的伯父，真是你的運氣，只怕……」

他笑聲突又停頓，皺眉道：「李尋歡既然未死，他會不會食言反悔？」

龍小雲笑道：「天下英雄都已知道此事，帖子也早就發了出去，他再反悔，豈非自食其言，以後說的話還有誰相信？」

龍嘯雲又笑了，道：「不錯，武林中人之所以信服他，就因爲他令出如山，言出法隨，現在他就算想反悔，也來不及了。」

桌上的卷宗非但沒有少，反而在一天天加多。

金錢幫管轄的範圍，已愈來愈廣了。

上官金虹的責任也的確愈來愈重，因爲每件事他都要自己來決定。

他絕不信任任何人。

現在，他已工作了五個時辰，幾乎完全沒有停過手，但他非但不覺得辛苦，反而覺得這是種快樂。

門開了。
一個人走了進來。
上官金虹連頭都沒有抬，因爲能直接走進這屋子的，只有一個人。
荊無命。
荊無命還是和往常一樣，一走進來，就站到他的身後。
上官金虹道：「李尋歡呢？」
荊無命道：「走了。」
上官金虹猝然回頭，瞧了他一眼。
只瞧了一眼，目光自他斷臂上滑落，就又低下頭，做自己的事，非但沒有再說一句話，臉上也連一點表情都沒有。
荊無命面上也全無表情，死灰色的眼睛茫然凝注著遠方。
一切事彷彿都沒有改變。
既沒有責問，也沒有安慰。
荊無命的手斷了也好，腿斷了也好，卻像是和上官金虹全無關係。
又不知過了多久，有人拍門，請示。
又有一大堆卷宗被送了進來。
淡黃色的卷宗中，只有一封信是粉紅色的。
上官金虹先抽出了這封信，也只瞧了一眼，因爲信上只有幾個字：「老地方等候，呂鳳先也在等你。」

上官金虹靜靜的站著，似在沉思，然後就立刻下了決定。

他慢慢的走了出去。

荊無命還是像影子般跟在他身後。

兩人走出門，穿過秘道，走出寬闊的院子，穿過一個垂首肅立著的侍黨，走到陽光下。

殘秋的陽光就像是遲暮的女人，已不再有動人的熱力。

兩人還是一前一後的走著，走著……荊無命突然發覺上官金虹腳步的韻律已變了。

荊無命已無法再與他配合。

上官金虹也並沒有加快，也不知爲什麼，兩人的距離卻已愈來愈遠，愈來愈遠……

荊無命的腳步漸緩，終於停下。

上官金虹並沒有回頭。

望著他逐漸遠去的背影，荊無命死灰色的眼睛裡，漸漸露出了一種無法形容的、深邃的悲痛……

密林。松林。

松林常青，陽光終年都照不進這松林。

林間雖黝黯，卻不潮濕，風中也帶著松木的清香。

林仙兒斜倚在樹上，緊握著呂鳳先的手，始終沒有放開，那無比溫柔的眼波，也始終沒有離開過呂鳳先的臉。

呂鳳先的臉更蒼白，眼角的皺紋也像是多了些。

秋風入了林，也變得溫柔起來。

林仙兒柔聲道：「你不後悔麼？」

呂鳳先點了點頭，道：「後悔？我爲什麼要後悔？有了你，任何男人都不會覺得後悔。」

林仙兒「嚶嚀」一聲，倒入他懷裡，輕輕道：「我真的那麼好？」

呂鳳先摟著她的腰肢，笑道：「你當然好，比我想像中還好，比任何人想像中都要好……」

他的手向上移動，又向下……

林仙兒的呼吸開始急促，嬌喘著道：「現在不行……」

呂鳳先道：「爲什麼？」

林仙兒咬著嘴角，道：「你……你還要留著力氣對付上官金虹。」

她身子巧妙的扭動著，彷彿在閃避，又彷彿在迎湊……

呂鳳先的手停了停，卻又開始移動，帶著笑道：「我對付了你，還可以再對付他。」

林仙兒道：「你千萬莫要看輕了他，他絕不如你想像中那麼好對付。」

呂鳳先冷笑道：「你認爲我不如他強？」

林仙兒道：「我不是這意思，只不過……」

他輕咬著呂鳳先的耳朵，柔聲道：「你只要殺了上官金虹，天下就都是我們的了，以後我們的日子還長著哩，你現在何必著急。」

親蜜的耳語，在清風中似已化作歌曲。

呂鳳先的心已軟了，手卻摟得更緊，柔聲道：「想不到你真的這麼關心，我——」

他語聲突的停頓。

林仙兒也突然離開了他的懷抱。

密林中已傳來一陣奇特的腳步聲——其實這腳步聲也並沒有什麼奇特之處，但也不知爲了什麼，卻令人聽來每一步都像是踏在自己心上。

腳步聲已停頓。

上官金虹就站在那邊一株松樹的陰影下，靜靜的站著，動也不動，看來就像是一座冰山。高不可攀的冰山。

呂鳳先的呼吸突然停頓了一下，一字字問道：「上官金虹？」

上官金虹還是戴著頂大竹笠，壓住了眉目，道：「呂鳳先？」

他非但沒有回答，而且還反問。

呂鳳先道：「是。」

他終於回答了。

他回答了之後，就立刻後悔，因爲他自覺在氣勢上已弱了一分，上官金虹人已佔取了主動！

上官金虹似乎笑了笑，冷冷道：「很好，呂鳳先總算還值得我出手。」

呂鳳先冷笑道：「你若非上官金虹，我也不屑殺你！」

他說了這句話，又後悔。

這句話雖也充滿了冷傲之意，但聽來卻像是跟上官金虹學的。

上官金虹沉默了很久，目光突然自笠簷下射出掃向林仙兒。

林仙兒還倚著那棵樹，溫柔的眼波已漸漸變得熾熱——

她知道很快就要看到血。

她喜歡看男人們爲她流血！

上官金虹突然道：「你過來。」

林仙兒彷彿怔了怔，瞧了呂鳳先一眼，目光移向上官金虹。

呂鳳先冷笑道：「她絕不會過去。」

林仙兒又瞧了他一眼，目光又移向上官金虹。

她知道現在已必須在兩人之間作一個選擇。

這就像是在押寶，這一注她必須要押在勝的那一面。

但勝的會是誰呢？

上官金虹還是靜靜的站著，彷彿充滿了自信。

呂鳳先的呼吸卻已有些不勻，似乎已有些不安。

林仙兒突然向他笑了笑。

他剛在暗中吐了口氣，林仙兒卻已燕子般投向上官金虹！

她終於作了選擇。

她相信自己絕不會選錯！

呂鳳先的瞳孔在收縮，心也在收縮。

生平第一次，他忽然嚐到了羞侮的滋味，也忽然嚐到了失敗的滋味——這是雙重的痛苦！

這也是雙重的打擊，他的「自尊」和「自信」都已被打得粉碎。

他的手似已在發抖。

上官金虹冷冷的瞧著他，忽然道：「你已敗了！」

呂鳳先的手抖得更劇烈。

上官金虹冷冷道：「我不殺你，因爲你已不値得我出手！」

他忽然轉身，大步走出松林。

林仙兒跟在他身後，走了幾步，忽然回眸向呂鳳先一笑，柔聲道：「我勸你不如還是死了的好。」

這一戰呂鳳先還未出手，就已敗了。

他心裡先已承認自己敗了。

這一戰他雖未流血，但整個生命與靈魂卻已全被摧毀，信心和勇氣也已被摧毀。

望著上官金虹走出松林，他竟沒有勇氣追出去。

上官金虹雖未出手，卻已無異奪去了他的生命。

「我勸你不如還是死了的好。」

活著，的確已很無趣了。

呂鳳先突然撲倒在地上，失聲痛哭了起來。

林仙兒趕上去，拉住上官金虹的手，柔聲道：「現在我才真的服了你了！」

上官金虹道：「哦？」

林仙兒道：「荊無命殺人出手雖然快，但你卻比他更快十倍！因爲……因爲你殺人根本用不著出手。」

上官金虹淡淡道：「那只因到現在我還未遇著一個人配我出手。」

林仙兒眼波流動，悠悠道：「這世上能令你出手的人確實不多……也許只有一個。」

上官金虹道：「李尋歡？」

林仙兒嘆了口氣，道：「這人好像隨時都可能倒下去，又好像永遠都不會倒下去，有時候我實在想不透他是個怎麼樣的人，君子？呆子？還是英雄？」

上官金虹冷冷道：「你對他好像一直都很有興趣。」

林仙兒笑了笑，道：「我一定要對他有興趣，因爲我不願死在他手上。」

上官金虹道：「哦？」

林仙兒道：「一個人對自己的情人就算再有興趣，日子久了，也會漸漸變淡的，但對自己的敵人，反而不同了。」

她仰面凝注著上官金虹，道：「這道理我想你一定比誰都明白？」

上官金虹道：「興趣也有很多種，你是恨他？怕他？還是愛他？」

林仙兒又笑了，道：「你現在好像也漸漸變得會吃醋了。」

上官金虹沉默了半晌，道：「阿飛呢？」

林仙兒嫣然道：「他當然也會吃醋。」

上官金虹道：「我只是在問你，你爲何不殺他？」

林仙兒道：「我也想問你，荊無命爲何不殺他？」

上官金虹道：「我本要你自己下手的，你難道不忍？」

林仙兒眨著眼，道：「要殺人很容易，若要一個人甘心聽你的話，那就困難多了，到現在爲止，我還沒有找到一個像他那麼樣聽話的人。」

她忽然倒入上官金虹懷裡，柔聲道：「我來找你，並不是爲了要跟你吵架，你若真的要我殺他，以後的機會還多的是，我一定聽你的話。」

沒有人能對她發脾氣。

她就像是一隻最乖的小貓，就算偶爾會用爪子抓抓你，但你還沒有感覺到疼的時候，她已經在用舌頭舔著你了。

上官金虹凝視著她的臉。

她的臉在淡淡的夕陽下看來，彷彿用手指輕輕一觸就會破，連最溫柔的春風也比不上她的呼吸。

上官金虹的頭也漸漸垂下……

他的嘴唇已將觸及她，她突然從他懷抱中倒了下去，倒在地上。

上官金虹的瞳孔也就在這同一剎那間收縮了起來，但他的姿勢還是沒有變，連指尖都沒有動。

他也沒有去瞧林仙兒一眼，只是冷冷的瞧著面前一片已枯黃的草地。

地上什麼也沒有，過了很久，才慢慢的現出了一條人影。

有人來了！

夕陽將這人的影子拖得很長。

沒有腳步聲，這人的腳步聲輕得就像是一匹正在獵食的狐狸。

上官金虹還是沒有回頭，倒在地上的林仙兒卻已開始在呻吟。

人影更近了，就停在上官金虹身後。

一人緩緩道：「我從來不在背後殺人，但這一次，卻也是例外！」

這人的聲音本是冷酷而堅定的，此刻卻已因緊張與憤怒而發抖。

這的確是種準備要殺人的聲音。

上官金虹非但神色不變，連一個字都沒有。

地上的人影，手已抬起。

手裡有劍，卻遲遲未刺出，突然厲聲道：「你還不回頭？」

上官金虹淡淡道：「在背後殺人，也一樣能殺得死的，又何必回頭？」

這句話說完，呻吟聲也已停止。

林仙兒的眼睛已張開，突然失聲而呼：「阿飛！」

呼聲中她已自上官金虹身旁衝了過去，她的影子立刻和地上的人影交疊在一起。

上官金虹凝注著地上的兩條人影，忽然開始慢慢的向前走……慢慢的踩上了這兩條人影。

阿飛手裡的劍已跌下。

林仙兒拉著他的手，正反反覆覆的低語：「你果然來了，我知道你一定會來的……」

就只這兩句話，她已不知說了多少遍，每說一遍，她的聲音就會變得更輕、更緩、更柔和、更甜美。

這種聲音足以令冰山融化。

阿飛的心正在融化。所有的緊張、憤怒、仇恨都已融化。

林仙兒道：「我知道你回去見不到我，一定會很著急，一定會找我。」

看到阿飛蒼白憔悴的臉，她眼圈也紅了，淒然道：「爲了找我，你一定吃了不少苦。」

阿飛的聲音也已有些哽咽，緩緩道：「我已找到你，這已足夠。」

不錯，只要能找到她，無論要多大的代價，他都不在乎。

只要能找到她，無論什麼他都可忍受。

「我已找到你，這已足夠。」

九個字，只有短短九個字，但這九個字中所包含的情意，縱然用九十萬個字，也未必能完全描述得出。

突然間，劍光一閃。

跌落在地上的劍突然被挑起，劍光如靈蛇一閃，落入了一個人的手。

上官金虹不知何時已來到他們面前。

他冷漠的目光凝注著劍鋒——這只不過是柄很普通的青銅劍，是阿飛在半途中從一個鏢客身上「借」來的。

但上官金虹卻像是對這柄劍很有興趣。

只要有林仙兒在身側，就沒有別的事再能吸引阿飛。

直到現在，他再想起這裡還有個人——他本來想殺的人。

此刻他的劍卻已到了這人手上。一隻穩定得出奇的手，這種手只要握住了劍柄，就隨時都可能將劍鋒送入別人的心臟。

這柄平凡的青銅劍似也突然變得有了劍氣、殺氣！

阿飛厲聲道：「你是誰？」

上官金虹沒有回答，也沒有瞧他一眼，冷漠的目光還是停留在劍鋒上，嘴角彷彿帶著一絲微笑，輕蔑的微笑。

他淡淡笑著：「你就想用這柄劍來殺我？」

阿飛道：「這柄劍又如何？」

上官金虹道：「這柄劍不能殺人。」

阿飛道：「無論什麼樣的劍，都可以殺人的！」

上官金虹笑了笑，道：「但這卻不是你用的劍，你若用這柄劍，只能殺得死你自己。」

劍光又一閃，劍已倒轉。

上官金虹手捏著劍尖，將劍柄遞了過去，微笑著道：「你若不信，不妨試試。」

阿飛的手雖未伸出，臂上的肌肉已緊張。

他忽然發覺自己在這人面前，始終總是被動的，在別人面前他未有過這種感覺，這種感覺令他緊張得連胃都似乎在收縮，似已要嘔吐。

但他又怎能不將這柄劍接過來？

他的手終伸出，剛伸出，劍柄已被另一隻手搶了過去——一隻柔若無骨，春蔥般的手。

林仙兒的眼中似已有淚，道：「你要殺他？你可知道他是誰？」

林仙兒接道：「他是我的恩人。」

六五　利用

阿飛道：「恩人？」

林仙兒道：「呂鳳先一直在逼我、折磨我，我想死都不能，若不是他救了我，我只怕已……」

說到這裡，她的淚已流下。

阿飛怔住。

林仙兒流著淚道：「我本來以爲你會爲我報答他的，可是現在，現在你……」

上官金虹突然道：「殺人，也是許多種報答的方法之一。」

林仙兒轉過頭，道：「你……你要他爲你殺人？」

上官金虹道：「他欠我一條命，爲何不該將另一人的命拿來還我？」

林仙兒道：「你救的是我，不是他。」

上官金虹道：「你的債就是他的債，是麼？」

林仙兒轉回頭，凝注著阿飛。

阿飛咬著牙，一字字道：「她的債，我還！」

上官金虹道：「你不欠人的債？」

阿飛道：「從不！」

上官金虹嘴角又有了笑意，道：「你準備用誰的命來還我？」

阿飛道：「除了一個人，都可以。」

上官金虹道：「除了誰？」

阿飛道：「李尋歡！」

上官金虹冷笑道：「你不敢去殺他？」

阿飛目中充滿了痛苦，道：「我不敢，因爲我欠他的更多。」

上官金虹居然笑了，道：「很好，你既不欠他，也就不會欠我。」

阿飛道：「你要我去殺誰？」

上官金虹慢慢的轉過身，道：「你跟我來。」

夜已臨，阿飛並沒有挽著林仙兒的手，因爲他心裡突然感覺到一陣奇異的不安，卻說不出是爲了什麼？

上官金虹走在他前面，沒有回頭。

可是阿飛總覺得自己彷彿還是在他的目光逼視下，心裡總覺得有一種無法形容的壓力。走得愈遠，壓力愈重。

天畔已有星升起，四野空闊，風已住。

四下聽不到一絲聲音，連秋蟲的低訴都已停止。

天地間唯一的聲音，只剩下他們的腳步聲——

阿飛忽然發覺自己也有了腳步聲，而且彷彿正在和上官金虹的腳步配合，一聲接著一聲，配合成一種奇特的節奏。

一隻蟋蟀自枯草叢中躍出，竟似被這種奇特的腳步聲所驚，突又躍了回去——連這腳步聲中都彷彿帶著種殺氣。

這是爲了什麼？

阿飛走路一向沒有聲音，現在他的腳步怎會忽然重了？

這又是爲了什麼？

阿飛垂下頭，突然發現了這原因——他每一步踏下，竟都恰巧在上官金虹的前一步和後一步之間。

他踏下第一步，上官金虹才踏下第二步，他踏下第三步，上官金虹立刻踏下第四步——從來也沒有錯過一步。

他若走快，上官金虹也走快，他若走慢，上官金虹也走慢。

開始時，當然是上官金虹在配合他的。

但現在，上官金虹走快，他腳步也不由自主跟著快了，上官金虹走慢，他腳步也慢了下來。

他的步法竟似已被上官金虹所控制，竟無法擺脫得開！

阿飛掌心沁出了冷汗。

但也不知爲什麼，他心裡卻又覺得這種走法很舒服，覺得身上每一根肌肉也都已放鬆。

他身心都似已被這種奇異的節奏所催眠。

這節奏竟似能攝人的魂魄。

林仙兒顯然也發覺了，美麗的眼睛裡突然露出一種混合著警惕、恐懼，和怨恨的惡毒之意。

阿飛是她的。

只有她才能控制阿飛。

她絕不許任何人從她這裡將阿飛搶過去！

荆無命還是站在那裡，站在方才他腳步停下來的地方。

日斜、日落、夜臨、星升起……

他的人沒有移動，目光也沒有移動，還是停留在路的盡頭，方才上官金虹的身影正是從此處消失的。

現在，上官金虹的身影又自此處出現。

荆無命首先看到他那頂寬大的斗笠，寬大的黃袍，看到他手裡的青銅劍，劍光在星光下閃動。

然後，荆無命就看到了阿飛。

若是別人遠遠見到，一定會以爲此刻走在上官金虹身後的人是荆無命，因爲兩人走路的步伐，竟如此奇特。

誰也想不到阿飛竟已取代了荆無命的位置。

荆無命的眼色更灰黯，黯得就像是無星無月，黎明前將曉的夜空，空空洞洞的，沒有生命，甚至連「死」的味道都沒有。

什麼都沒有。

他的臉卻比眼色更空洞，更呆滯。

上官金虹漸漸走近了，突然在他面前停下。

阿飛的腳步竟也停下。

上官金虹目光遙視著遠方，並沒有瞧荊無命一眼，突然伸手，抽出了荊無命腰帶上插著的劍，淡淡道：「這柄劍你已用不著了。」

荊無命道：「是。」

他的聲音也空洞得可怕，連他自己都不能確定是否從自己嘴裡說出來的。

上官金虹手裡還是捏著那柄青銅劍的劍尖，將劍柄遞了過去，道：「這柄劍給你。」

荊無命慢慢的伸出手，接過劍。

上官金虹緩緩道：「現在你反正用什麼劍都沒有分別了。」

他的人已走了過去，自始至終，從未瞧過荊無命一眼。

阿飛也走了過去，也沒有瞧他一眼。

林仙兒卻向他嫣然一笑，柔聲道：「死，難道真的很困難麼？」

一片烏雲掩住了星光。

突然間，霹靂一聲，暴雨傾盆。

荊無命還是動也不動的站在那裡，站在暴雨中。

他全身都已濕透，眼角有水珠流落，是雨？還是淚？

荊無命又怎會流淚？

不流淚的人，通常只流血！

劍，薄而鋒利，也沒有劍鍔。

燈光很穩定，劍光閃動，青光。

窗子是關著的，窗外雨如注，屋子裡沒有風。

阿飛在穩定的燈光下，凝注著這柄劍，目光也已久久未移動。

上官金虹卻在凝注著他，悠然道：「你看這柄劍如何？」

阿飛長長吐出口氣，道：「好，很好。」

上官金虹道：「比你以前用的劍如何？」

阿飛道：「更輕些。」

上官金虹突然自他手中取過劍，用兩根手指將劍尖一拗，劍身立刻變成了圓圈，又「嗡」的一聲，反彈了出去。

「嗡嗡」之聲如龍吟，良久不絕。

阿飛冷漠的眼睛已熾熱。

上官金虹嘴角帶著笑意，道：「這比你以前用的劍如何？」

阿飛道：「我的劍如此一拗，已斷了。」

上官金虹一反手，劍削出。

桌上的茶杯立被削斷，如削腐竹。

阿飛忍不住脫口讚道：「好劍！」

上官金虹緩緩道：「的確是柄好劍，雖輕而不鈍，雖薄而不脆，剛中帶柔，柔中帶韌，只因這柄劍看來雖粗劣簡陋，其實卻是當今鑄劍的第一高手古大師的精品，而且是特地爲荆無命淬煉的。」

他忽然向阿飛笑了笑，淡淡道：「你的劍路，彷彿和荆無命相同，是麼？」

阿飛道：「有幾分相同。」

上官金虹道：「他出手雖比你更毒更狠，但你卻比他更穩更準，只因你比他能等，所以這柄劍你用來可能比他更合適。」

阿飛沉默了很久，緩緩道：「這不是我的劍。」

上官金虹道：「劍本無主，能者得之。」

他慢慢的將劍遞過去，目中閃動著一種奇特的笑意，道：「現在，這柄劍已是你的了。」

阿飛又沉默了很久，還是說出了同樣的一句話：「這不是我的劍。」

上官金虹道：「只有這柄劍，才是你的劍，因爲只有用這柄劍，你才能殺得了別人。」

他忽又笑了笑，接著道：「說不定也能殺得了我。」

這一次，阿飛沉默得更久。

上官金虹悠然道：「你欠我的，所以要爲我殺人，我給你殺人的劍，這本就很公道。」

阿飛終於伸出手，接過了劍。

上官金虹道：「好，很好，有了這柄劍，明天你的債就可還清了！」

阿飛道：「你要我殺誰？」

上官金虹緩緩道：「我要你殺的人，絕不會是你的朋友……」

這句話未說完，他已走了出去，掩起門。

只聽他語聲在門外道：「這兩人都是我的客人，明日正午前，誰也不許打擾。」

現在，屋子裡又只剩下阿飛和林仙兒兩個人了。

林仙兒坐在那裡，頭始終未曾抬起。

上官金虹在這屋裡也耽了很久，始終沒有瞧過她一眼。

她也沒有開過口，只有在阿飛伸手去接劍，她嘴唇才動了動，彷彿想說什麼，卻又忍住。

現在，屋子裡只剩下他們兩人，林仙兒忽然道：「你真的要爲他去殺人？」

阿飛嘆了口氣，道：「我欠他的，而且我已答應。」

林仙兒道：「你可知道他要你去殺誰？」

阿飛道：「他還沒有說。」

林仙兒道：「你猜不出？」

阿飛道：「你已猜出？」

林仙兒緩緩道：「若是我猜的不錯，他要你殺的人，一定是龍嘯雲。」

阿飛皺眉道：「龍嘯雲？爲什麼？」

林仙兒笑了笑，道：「因爲龍嘯雲想要利用他，他卻一向只會利用別人。」

阿飛默然半晌，一字字道：「龍嘯雲本就早該死了的！」

林仙兒道：「但你絕不能出手。」

阿飛道：「爲什麼？」

林仙兒沒有回答，卻反問道：「你可知道上官金虹爲什麼要你替他下手？」

阿飛沉吟著，道：「要別人去殺人，總比自己去殺容易。」

林仙兒道：「但上官金虹要殺龍嘯雲，也不過是舉手之勞而已，何況，金錢幫門下高手如雲，莫說一個龍嘯雲，就算有一百個、一千個，金錢幫還是一樣可以殺得乾乾淨淨。上官金虹縱然自己不屑出手，爲何不令他屬下出手？」

阿飛道：「你知道這原因？」

林仙兒笑了笑，道：「我當然知道……再過兩天，就是初一了。」

阿飛道：「初一又如何？」

林仙兒道：「江湖中人人都知道，下個月初一，上官金虹就要和龍嘯雲結爲兄弟。」

阿飛皺眉道：「上官金虹的眼睛莫非瞎了？」

林仙兒道：「他自然不屑和龍嘯雲結爲兄弟，卻又不願揹上『失言背信』的惡名，所以，唯一的法子就是將龍嘯雲殺了。」

她微笑著，緩緩道：「活人自然不能和死人結爲兄弟的，是麼？」

阿飛沒有說什麼。

林仙兒道：「但兩人既已有結義之約，上官金虹自己就不能下手，也不能動用金錢幫的力量，所以才會來利用你。」

她嘆了口氣，接著道：「要殺龍嘯雲，你的確比任何人都合適。」

阿飛道：「為什麼？」

林仙兒道：「因為……你不是金錢幫的人，卻是李尋歡的朋友，龍嘯雲對不起李尋歡，江湖中已有很多人知道。」

她又嘆了口氣，接著道：「所以，你殺了龍嘯雲，別人一定會認為你是在替李尋歡出氣，誰也不會懷疑到上官金虹頭上。」

阿飛冷冷道：「就算不為任何人，我也不容這種人活在世上。」

林仙兒道：「可是，你若殺了龍嘯雲，上官金虹就會殺你。」

阿飛默然。

林仙兒道：「他殺你不但是為了要滅口，還要別人認為他是在替龍嘯雲復仇，認為他很夠義氣。」

阿飛目光移向手中的劍。

林仙兒眼波流動，道：「上官金虹武功深不可測，你……你絕不是……」

她沒有說完這句話，忽然投入阿飛懷裡，柔聲道：「趁他不在，我們趕快逃吧。」

阿飛道：「逃？」

林仙兒道：「我知道你從不逃，但為了我，你能不能委屈一次？」

阿飛道：「不能。」

林仙兒咬著嘴唇，道：「為了我也不能。」

她的聲音已發抖，淚已將落。

她又用出了她的武器。

阿飛卻沒有瞧他，目光彷彿已到了遠方，緩緩道：「就因爲你，我才不能這麼樣做。」

林仙兒道：「爲什麼？」

阿飛緩緩道：「爲了你，我絕不能做食言背信的懦夫。」

林仙兒道：「可是……可是……」

她終於伏在阿飛胸膛上，痛哭起來，繼續著道：「我不管你是英雄也好，懦夫也好，我愛的只是你，我只想要你活著，陪著我。」

阿飛冷漠的目光似已又將融化，輕撫著她的柔髮，道：「我現在不是在陪著你麼？」

林仙兒道：「可是明天呢？以後呢？……」

她緊緊摟住了他，用鼻尖在他胸膛上磨擦，道：「只要你這一次依了我，我以後什麼都依你。」

阿飛的手忽然縮回。

他目光忽然間又恢復了堅定，一字字道：「我什麼事都可以依你，只有這件事不能。」

林仙兒道：「爲什麼……爲什麼……爲什麼……」

阿飛道：「活也有很多種方式，你若真的爲我好，就該讓我好好活下去，堂堂正正的活下去。」

林仙兒道：「活就是活，總比死好。」

六六　怒火

阿飛道：「以前我也認爲如此，但現在，我卻已知道，有時活著還不如死了的好。」

林仙兒咬著嘴唇，道：「這話簡直不像你說的，就像李尋歡說的，只有像他這樣孤獨的人才會說得出這種可笑的話。」

阿飛目中又露出了痛苦之色，道：「你認爲這話很可笑？」

林仙兒道：「當然可笑，假如每個人想法都和他一樣，世上也不知有多少人早就該去死了，別人既然都不……」

阿飛突然打斷了她的話，緩緩道：「我不是別人，我就是我！」

林仙兒凝注著他的臉，幽幽道：「我發現你對他比對我好，是麼？」

阿飛的嘴閉起，閉成了一條線。

林仙兒黯然道：「可是，你爲什麼不想想，他總是要你爲他殺人，我只不過是要你爲我活下去，我對你難道不比他好得多？」

阿飛終於長長嘆了口氣，道：「可是，我不能讓他覺得我只要跟你在一起，就會消沉，我一定要他明白，我只有跟你在一起，才能振作！」

林仙兒淚又流下，道：「我有時真不明白，你心裡想的究竟是什麼？」

阿飛道：「我想的很簡單，所以不會改變。」

愈簡單，變化就愈少。

林仙兒抬起了淚眼，盯著他，道：「永遠也不會改變？」

阿飛道：「永遠！」

他的回答也很簡單。

林仙兒站起來，慢慢的走到窗前。

窗外悄無人聲，甚至連蟲鳴鳥語都聽不見——無論是那一種生命，只要到了這裡，生命的價值都會突然變得很卑賤。

在這裡，最真實的感覺就是「死」，無論你是坐著，還是站著，無論你是在窗內，還是在窗外，隨時隨地都能感覺到它的存在。

良久良久，林仙兒才嘆了口氣，道：「我忽然發覺你和李尋歡之間的關係，很像上官金虹和荊無命。」

阿飛道：「哦？」

林仙兒道：「荊無命這個人幾乎完全是為了上官金虹而活著的，上官金虹當然也對他很好，直到現在……」

她嘴角帶著種辛澀的笑意，緩緩接著道：「現在荊無命已失去了利用的價值，立刻就被上官金虹像野狗般趕了出去，這樣的結局，只怕是他做夢也想不到的。」

阿飛道：「也許他早就想到了。」

林仙兒道：「他若早知結局如此，還會那麼樣做？」
阿飛道：「他會，因爲他別無選擇的餘地。」
林仙兒道：「你呢？」
阿飛不說話了。
林仙兒道：「李尋歡對你好，只因爲這世上唯有你能真正的幫助他，除了你，他幾乎完全孤立，但等你也沒有利用價値的時候，他是不是也會像上官金虹對荊無命那樣對你？」
阿飛沉默了很久，突然道：「你回過頭來！」
這句話他說得很慢，但卻很堅決，很嚴厲。
他從未對林仙兒這麼樣說過話。
林仙兒扶在窗欞上的手忽然握緊，道：「回過頭去？爲什麼？」
阿飛道：「因爲我要告訴你兩件事。」
林仙兒道：「這樣我也能聽得見。」
阿飛道：「但我卻要你看著我，有些話，你不但要用耳朵聽，還要用眼睛，否則你就永遠不能了解它的意思。」
林仙兒的手握得更緊，卻終於還是回過了頭。
她看到阿飛的眼睛，已了解他的意思。
阿飛的眼睛突然變得幾乎和上官金虹完全一樣了。
一個人的眼睛若是變成這樣子，那就表示他無論說什麼你都只有聽著，而且絕不能違背。

否則你就一定要後悔的！

在這一瞬間，林仙兒才知道自己錯了。

她本來一直以爲自己已完全控制住阿飛，現在才知道這想法錯得多麼厲害。

阿飛的確是愛她的，愛得很深。

但在一個男人的生命中，卻還有很多很多比「愛」更重要的事——比生命都重要的事。

阿飛以前一直對她很順從，那只因爲她還沒有觸及這些事。

她可以要他爲她死，卻絕不能要他將這些事拋棄。

又過了很久，林仙兒才笑了笑，道：「你要對我說什麼？我在聽著。」

她笑得還是很甜，卻已有些勉強。

阿飛道：「我要你明白，李尋歡是我的朋友，我不許任何人侮辱我的朋友……任何人！」

林仙兒垂下了頭，道：「還有呢？」

阿飛道：「你剛才說的那些話，不但低估了我，也低估了荊無命。」

林仙兒霍然抬起頭，目中充滿了驚訝和疑問，道：「他？……」

阿飛道：「他走，只因爲他要走，並不是被人趕走的。」

林仙兒道：「可是，我不懂……」

阿飛道：「你不必懂，你只要記著。」

林仙兒又垂下了頭，幽幽道：「你說的每一句話，我都永遠記著，我只希望你也莫要忘記，你說過……你對我永遠都不會變心的。」

阿飛凝注著她，良久良久。

他心裡就算有座冰山，此刻也已被融化。

他慢慢的走了過去，走向她，她身上彷彿有種奇異的力量在吸引著他，令他完全不能抗拒。

林仙兒卻閃開了，彷彿生怕沾著他，道：「今天不要……」

阿飛的身子突然僵硬。

林仙兒卻又笑了，柔聲道：「今天你一定要好好休息，快睡吧，我會守在你旁邊的。」

上官金虹站在那裡，眼睛瞧著門，像是在等待。

他在等什麼？

門外守候的人都已撤走，因為上官金虹已吩咐過他們：「今天晚上有人要來，我不許任何人打擾他。」

是誰要來？

上官金虹為什麼對他如此重視？

上官金虹無論做什麼事都有目的，這次他的目的是什麼？

夜深，更靜。

阿飛閉著眼，呼吸很均勻，似已睡得很酣。

其實他卻是完全清醒著的，幾乎從來也沒有如此清醒過。

他一直很少睡不著，因為他不到非常疲倦的時候，絕不會睡下去，這些日子來，他卻是只要一沾著枕頭，就立刻睡著。

但現在，他卻失眠了。

林仙兒就睡在他身旁，呼吸得也很均勻。

阿飛只要一翻身，就可擁抱起她溫暖和柔軟的胴體。

但他卻勉強控制自己，連看都不敢看她一眼，他生怕自己看了她一眼，意志就會完全崩潰。

林仙兒永遠都如此信任他，他怎能做這種事？

但他卻還是能感覺到她那帶著甜香的呼吸，他幾乎要用出他所有的精神和力氣，才能勉強將自己控制。

這絕不是件很好受的事。

慾望就像是浪潮，一陣平靜了，立刻又有一陣捲了過來。

他不斷的在忍受著煎熬，簡直就像是一條在熱鍋裡的魚。

他怎麼能睡得著？

林仙兒的呼吸彷彿更沉重，可是她的眼睛卻已慢慢的睜開。

發亮的眼睛在黑暗中靜靜的凝注著阿飛。

零亂的頭髮，搭在他寬闊的前額上，他睡得就像是個孩子。

林仙兒忽然發現他的睫毛也很長，彷彿想伸手去輕輕撫摸……

在這一瞬間，她若真的伸出了手，阿飛以後也許就永遠是她的了，也許就會爲她拋卻一切，放棄一切。

在這一瞬間，她的目光是溫柔的，但卻只不過是短短一瞬間而已，她的手已縮回，溫柔的眼波也結成了冰，卻輕喚道：「小飛你睡著了麼？」

阿飛沒有回答，也沒有張開眼睛。

他不敢。

他怕自己……

林仙兒又等了很久，忽然悄悄的滑下床，悄悄的提起了鞋子。

她手提鞋，悄悄的開門走了出去。

這麼晚了，她還要到那裡去？

阿飛心上彷彿突然被刺入了一根針，刺得他的心在收縮。

「眼不見心不煩，有些事，你永遠不知道反而好。」

阿飛也懂得，真實往往最殘酷，最傷人。

只可惜他卻再也無法控制住自己。

門開了。

上官金虹目中突然閃過一絲笑意。

他笑的時候甚至比不笑時還殘酷。

林仙兒掩起門，靠在門上，凝注著他，「噗」的，手裡提著的鞋子落下去一只，又落下去一只。

她長長嘆息了一聲，道：「你早就算準我會來的，是不是？」

上官金虹道：「是。」

林仙兒咬著嘴唇，道：「可是我……我自己卻不知道我爲什麼要來。」

上官金虹道：「我知道。」

林仙兒道：「你知道？」

上官金虹道：「你來，因爲你已發現阿飛並不如你想像中那麼可靠，你若還想活著，活得很好，就只有來投靠我。」

林仙兒道：「你……你可靠麼？」

上官金虹笑了笑，道：「那就得問你自己了。」

世上本沒有絕對可靠的男人。

一個男人是否可靠，全得要看那女人的手段對他是否有效。

這道理林仙兒當然很明白。

她也笑了，道：「你一定會很可靠的，因爲我永遠不會讓你覺得失望。」

開始的時候，她用眼睛笑。

然後，她再用手，用腰肢、用腿……

她似已下決心，不惜用任何法子，都要將這男人纏住。

她以最快的速度，用出了她最有效的武器。

在男人眼中，世上絕沒有任何一樣東西比赤裸著的女人更有吸引力，何況是林仙兒這樣的女人。

奇怪的是，上官金虹的眼睛卻還是在盯著門。

他似乎覺得這扇門比她還好看得多。

林仙兒喘息著，道：「抱起我，我……我已經走不動了。」

上官金虹抱起了她，但眼睛還是盯著門。

「砰」的，門竟被撞開。

一個人撞了進來，就像是一團燃燒著的火。

怒火！

阿飛！

沒有人能形容阿飛現在的憤怒，也沒有人能想像。

上官金虹目中卻已閃過一絲笑意。

「他難道也早就算準阿飛要來的？」

阿飛像是完全沒有看到他。

他眼睛裡簡直連任何人都看不見，看到的只是個噩夢。

他全身都在顫抖。

林仙兒卻連眼睛都沒有瞬一瞬，還是勾著上官金虹的脖子，道：「到你這裡來的人，難道都不敲門的嗎？」

阿飛突然反手一拳，打在門上。

是鐵門！

阿飛的拳頭已出血，疼得嘴唇發白。

但世上又有那種痛苦能比得上他此刻心裡的痛苦。

林仙兒卻笑了，道：「原來這人是瘋子。」

阿飛終於爆發，狂吼道：「原來你竟是這種女人。」

林仙兒淡淡道：「你想不到麼……其實我一直都是這種女人，從來也沒有改變過，你想不到只因爲你自己太愚蠢。」

她冷笑著，接道：「你只要稍微聰明些，就不該來的！」

阿飛厲聲道：「我已來了。」

林仙兒道：「你來了又有什麼好處？難道還能咬我一口？……我跟你有什麼關係？你能管得了我？我無論幹什麼，你都只有看著。」

阿飛的眼睛裡本似有淚，但此刻淚似已突然凝結成冰。

他的眼睛似已變成了死灰色。

絕望的死灰色，就像是荊無命眼睛的顏色。

他的血淚似已在這一瞬間流盡，生命似已在這一瞬間終止。

他彷彿突然變成了個死人！

「不該來的，的確不該來的……」

明知不應該，爲什麼要來呢？

人們爲什麼總是會做出些不應做的事來傷害自己？

六七　自取其辱

阿飛也不知自己是怎麼走出去的。

上官金虹一直冷冷的瞧著他，瞧著他走出去。

林仙兒透出口氣，柔聲道：「我是全心全意的對你，你現在總該相信了吧。」

上官金虹道：「我相信。」

這句話只有三個字，三個字還沒有說完，他已將林仙兒重重摔在床上，大步走了出去。

林仙兒的身子也已僵硬。

但她面上的表情既不是悲哀，也不是憤怒，而是恐懼。

當她發現自己並沒有真的完全征服阿飛時，也有過這種恐懼，只不過恐懼得還沒有如此深。

「我究竟做了些什麼？又得到了什麼？」

「什麼才是真正可靠的？」

她慢慢的站起來，將方才脫下的衣服一件件拾起，一件件疊好，疊得很慢，而且很仔細。

等她四肢的肌肉又恢復柔軟，她就又躺了下去，擺出了最甜蜜的微笑、最動人的姿勢。

她決心還要試試。

甬道的盡頭，有道門檻。

想。

阿飛像逃一般奔到這裡，忽然絆到了門檻，噗地跌出門外。

他就這樣平平的跌了下來，就這樣平平的伏在地上，既沒有動，也沒有爬起，甚至什麼都沒有去想。

在這種時候，他腦子裡竟會突然變成一片空白。

這真是件奇怪的事。

秋已殘，乾燥的泥土中帶著種落葉的芬芳。

阿飛用嘴啃著泥土，一口口嚥了下去。

粗澀乾燥的泥土，慢慢的經過他的咽喉，流入他的腸胃。

他似乎想用泥土來將自己填滿。

因爲他整個人都已變成空的，沒有思想，沒有感覺，沒有血肉，沒有靈魂，二十幾年的生命，到現在竟只剩下一片空白！

上官金虹已走了出來，靜靜的瞧了他半晌，從他身上跨了過去，走到他屋子裡，取出了那柄劍。

「哧」的一聲，劍插下。

就貼著阿飛的臉，插入了泥土中。

冰冷的劍鋒，在他面頰上劃破了一條血口，血沿著劍鋒滲入泥土。

上官金虹的聲音比劍鋒更銳利，冷冷道：「這是你的劍！」

阿飛沒有動。

上官金虹道：「你若想死，很容易！」

阿飛還是沒有動。

上官金虹道：「你現在若死了，絕沒有人會爲你悲哀，更沒有人會覺得可惜，不出三天，你的屍體就會像野狗般腐爛在陰溝裡。」

他冷笑著，接道：「因爲一個人若爲了那種女人而死，簡直連狗都不如。」

阿飛突然跳了起來，反手拔出了劍。

上官金虹背負著雙手，冷冷的瞧著他。

阿飛的眼睛血紅，嘴裡塞滿了泥土，看來就像是野獸。

上官金虹道：「你想殺我？是不是？爲什麼還不出手。」

阿飛的手顫抖，手背上一根根青筋暴露。

上官金虹道：「你若想去殺她，我也絕不阻攔你。」

阿飛霍然轉身，又停住。

上官金虹冷笑道：「難道你現在已連殺人的膽子都沒有了？」

阿飛突然彎下腰，嘔吐起來。

上官金虹的目光漸漸柔和，道：「我也知道你現在活著比死困難得多，你現在若死了，就是逃避，我想你絕不是這樣的懦夫。」

他緩緩接著道：「何況，你答應我的事，現在還沒有做。」

阿飛的嘔吐已停止，不停的喘息著。

上官金虹道：「你若還有勇氣活下去，現在就跟著我走！」

他驟然轉過身，再也不瞧阿飛一眼。

阿飛望著自己吐在地上的東西，突也轉過身，跟著他走了出去。

他始終沒有流淚。

不流淚的人，只流血！

他已準備流血！

穿過側門，還有個小小的院子。

院子裡一株孤零零的白楊正在秋風中嘆息，嘆息著生命的短促，人的愚蠢，竟不知對這短促的生命多加珍惜。

還有燈光。

燈光從門縫裡照出來，照在上官金虹腳上。

上官金虹停住了腳，忽然轉身拍了拍阿飛的肩頭，道：「挺起胸膛來，走進去，莫要讓人瞧著噁心。」

阿飛走了進去。

這屋子裡有什麼人？

上官金虹爲什麼將他帶到這裡來？

阿飛根本不去想。

一個人的心若已死，還有何懼？

屋子裡有七個人。

七個絕頂美麗的女人。

七張美麗的笑臉都迎著他，七雙美麗的眼睛都瞧著他。

阿飛怔住了。

上官金虹目中又閃過一絲笑意，悠然道：「你看，世上美麗的女人並不止她一個，是麼？」

少女銀鈴般笑了，走過來，拉住了阿飛的手。

脂粉中還有酒香。

屋角堆著幾只箱子。

上官金虹打開了一只箱子，燈光立刻黯淡了下去。

箱子裡珠光寶氣輝煌。

上官金虹道：「你只要有這麼樣一口箱子，至少也可以買到一百個少女的心。」

少女們吃吃笑著道：「我們的心已經是他的了，用不著再買。」

上官金虹笑了笑，道：「你看，會說甜言蜜語也不只她一個，這本是女人天生就會說的。」

少女們道：「我們說的是真話。」

上官金虹道：「真就是假，假就是真，真真假假，本不必太認真。」

他慢慢的走到阿飛面前，凝注著他，道：「你還想死麼？」

阿飛將一壺酒全都喝了下去，突然仰面大笑道：「死？誰想死？」

上官金虹笑了，道：「好，只要你活下去，這些全都是你的！」

阿飛用力抱起了一個少女。

他抱得這麼緊，似乎想將她揉碎。

上官金虹悄悄退了出去，悄悄掩起了門。

笑聲不停的從門裡傳出來。

上官金虹負手走到院中，仰望著天邊殘月，喃喃道：「明天一定也是好天氣……」

上官金虹喜歡好天氣。

天氣好的時候，血乾得快，人死得也快！

好天氣！

飛砂、塵土、長街。

陽光新鮮而強烈。

一騎快馬，自「如雲客棧」內飛馳而出。馬上人濃眉、環眼、神情剽悍，身上的黃衣服敞開，鐵一般的胸膛迎著陽光和飛砂。

他心裡只想著一件事。

「將阿飛帶到這裡來，要他殺兩個穿紫紅衣裳的人！」

這是上官金虹的命令！

金錢幫屬下，只要得到上官金虹的命令，心裡就再也不會去想別的。

龍嘯雲的臉色，幾乎就和他身上的衣服一樣，紅得發紫。

他並沒有喝酒。

權力之醉人，比酒更強烈。

上官金虹居然親自來迎接他，這是何等威風，何等光采。

他恨不得將武林中所有的人全都請到這裡來，瞧瞧他今日的威風和光采。

只可惜來的人並不多。

在江湖中混的人，也並不是每個人都喜歡惹痲煩的。

酒筵已張。

三杯酒下肚，龍嘯雲的臉更紅了，舉杯笑道：「大哥的隆情厚意，實令做兄弟的永生難忘，來，兄弟敬大哥一杯。」

上官金虹淡淡道：「我從不沾酒。」

站在身後的龍小雲立刻倒了杯茶過來，陪笑道：「既然如此，老伯就以茶代酒如何？」

上官金虹道：「我也不喝茶。」

龍嘯雲怔了怔，勉強笑道：「大哥平日喝的是什麼？」

上官金虹道：「水。」

龍嘯雲又怔了怔，道：「只喝水？」

上官金虹道：「水能清心，只喝水的人，心絕不會亂。」

龍小雲已倒了杯水過來，雙手奉上，道：「這是淨水。」

上官金虹道：「我只有渴的時候才喝水，現在我不渴。」

龍嘯雲臉色已有些發苦。

龍小雲還是面不改色，陪笑道：「既然如此，小侄就替老伯喝一杯如何？」

上官金虹道：「你倒的，你喝。」

龍小雲將一杯茶，一杯酒，一杯水，全都喝了下去，緩緩道：「古人歃血爲盟，以示高義，老伯與家父都是通達之士，自然不必如此看重形式，但香燭之禮卻總是不可少的。」

上官金虹道：「香燭又有什麼用？」

龍小雲道：「祀天地，祭鬼神。」

上官金虹道：「鬼神不來祭我，我爲何要祭他？」

龍小雲笑道：「不錯，像老伯這樣的蓋世英雄，鬼神必也十分相敬。」

上官金虹道：「我不敬他，他爲何要敬我？」

龍小雲咳嗽了兩聲，陪笑道：「那麼，老伯的意思……」

上官金虹板著臉道：「是令尊要和我結拜，還是你？」

龍小雲道：「當然是家父。」

上官金虹冷冷道：「那麼你就站到一邊去。」

龍小雲躬身道：「是。」

他垂手退下，居然還是面不改色。

龍嘯雲臉上卻已有些發青，勉強道：「犬子無禮，大哥千萬莫要見怪。」

上官金虹突然一拍桌子，厲聲道：「這樣的兒子，怎能說是犬了？」

他忽又長長嘆了口氣，道：「只可惜他不是我的兒子。」

龍嘯雲呆在那裡，還不知該說什麼才好。

只見一條濃眉環目的大漢匆匆奔了進來，匆匆磕了個頭，轉到上官金虹的身後，躬身低語道：

「令已傳去，只不過……」

上官金虹道：「只不過怎樣？」

大漢的聲音更低，道：「看來他已醉了，醉得很厲害。」

上官金虹皺了皺眉，道：「用冷水潑，若潑不醒，就用尿。」

大漢道：「是！」

他心裡實在佩服極了。

除了死人外，世上絕沒有連尿也潑不醒的人。

龍嘯雲也沒有聽到他們在說什麼，試探著道：「大哥莫非在等人？」

上官金虹道：「誰配要我等？」

龍嘯雲道：「既然人都已到了，大哥為何還不……」

上官金虹忽然向他笑了笑，打斷了他的話，道：「貴庚？」

龍嘯雲道：「虛長五十一。」

上官金虹道：「你比我大，是否我該叫你一聲大哥才對。」

龍嘯雲趕緊離席而起，陪笑道：「年無長幼，能者爲師，大哥千萬莫折煞小弟。」

上官金虹淡淡道：「既然我是大哥，你就該聽我的。」

龍嘯雲道：「是。」

上官金虹道：「好，坐下來喝酒……先敬這些朋友一杯。」

能坐在這桌子上喝酒的人，面子必定不小。

但坐在這裡喝酒，簡直是受罪。

上官金虹根本沒有動過筷子，別人也覺得手裡的這雙筷子彷彿有幾百斤重，那裡吃得下去。

只聽上官金虹道：「酒菜已叫來，不吃就是浪費，我最恨浪費，各位請。」

七、八雙筷子立刻同時伸了出去。

龍嘯雲陪笑道：「這魚還新鮮，大哥爲何不也嚐一些？」

上官金虹道：「我餓的時候才吃，現在我不餓。」

他一字字接著道：「不餓的時候吃，也是浪費。」

立刻又有幾雙筷子放了下來。

其中一人面白身長，手上戴著好大的一塊翡翠斑指，綠得耀眼，腰畔懸著的烏鞘長劍上，也鑲著幾塊翡翠。

這人雖也一直沒有說話，但眉目間卻已隱隱露出不耐之色。

他的確從來也沒有受過這種氣，只後悔這次爲何要來。

他本不該來的。

「碧華軒」金字招牌，普天之下，做珠寶生意的一聽到「碧華軒」三個字，就好像練刀的人聽到「小李飛刀」一樣。

「碧華軒」的少主人西門玉，更是從小就被人像鳳凰般捧著，他要往東，絕沒有人敢說西。

他要練劍，立刻就有人將能請得到的名劍客全都請來，又有人設法替他找來一柄「鬆紋古劍」。

十歲的時候，西門玉就用這柄劍殺過人。

沒有別的原因，只因爲他想嚐嚐殺人是什麼滋味，所以就有人想法子去找個人來讓他殺。

像這麼樣一個人，現在卻坐在這裡受這種氣，豈非冤枉得很。

他也根本沒有動過筷子。

上官金虹眼睛就盯著西門玉的眼睛。

西門玉本來也想扭過頭，去瞧別的地方，但上官金虹的目光卻似有一種奇異的吸引力。

他若盯著一個人，那人竟只有被他盯著。

被這種目光盯著，的確不是件好受的事。

西門玉只覺得自己的身子漸漸發冷，從指尖開始，一直冷入背脊，冷入骨髓，冷到心裡去。

上官金虹突然道：「這酒菜中有毒？」

西門玉勉強笑道：「怎會有毒。」

上官金虹道：「既然無毒，你爲何不吃？」

西門玉道：「在下也不餓，不敢浪費幫主的酒菜。」

上官金虹道：「真的不餓？」

西門玉道：「真……真的。」

上官金虹道：「浪費還可原諒，說謊卻不可恕，你明白麼？」

西門玉的火氣也忍不住要上來了，道：「這種小事，在下又何必說謊。」

上官金虹道：「說謊就是說謊，大事小事全都一樣。」

西門玉道：「不餓就是不餓。」

上官金虹道：「現在已過了午飯時候，你怎會不餓？」

西門玉道：「也許在下吃的早點還未消化。」

上官金虹道：「你早點是在城南『奎元館』吃的，是麼？」

西門玉道：「不錯。」

上官金虹道：「你一個人要了一碗麻油雞，一碗爆鱔魚麵，外帶一籠肉包，雞吃了兩塊，麵你只吃了半碗，肉包吃了六個，是麼？」

西門玉臉色變了變，冷笑道：「想不到幫主將在下的一舉一動都調查得如此仔細。」

上官金虹道：「你吃的這些東西既然還未消化，想必還留在肚子裡，是麼？」

西門玉道：「想必還在的。」

上官金虹突然沉下了臉，道：「好，剖開他的肚子瞧瞧，還在不在？」

大家雖早已看出他是成心在找西門玉的麻煩了，卻未想到麻煩竟如此大，這句話說出，每個人面上都不禁變了顏色。

上官金虹令出如山，說出來的話，就一定能做得到。

西門玉更是面如死灰，吃吃道：「幫主莫非是在開玩笑？」

上官金虹連理都不再理他，已有四個黃衫人走了過來。

西門玉霍然起身，反手拔劍，動作乾淨俐落，大家雖然還未看到他出手，已知道他劍法必定不弱。

誰知他長劍還未出鞘，突聽「哧」的一聲，上官金虹面前的筷子突然飛起，已打在西門玉左右雙肩的「肩井」穴上。

手。

六八　武學巔峰

江湖中人人都知道上官金虹的武功深不可測，誰也沒有看到過他出手——現在還是沒有看到他出手。

他的手根本好像沒有動，只不過在桌上輕輕一按，筷子已急箭般射出，西門玉身子已軟了下去。

上官金虹道：「帶下去，看仔細。」

黃衫大漢一伸手，已將西門玉身子抄起。

西門玉嘴唇在動，卻已嚇得連聲音都發不出了。

上官金虹淡淡道：「那些東西若真的還在你肚子裡，我賠你一條命，否則，你就白死！」

沒有人敢說話，沒有人敢動。

每個人都好像坐在針氈上，衣服都已被冷汗濕透。

只聽一聲慘呼，過了半晌，那黃衫大漢垂手而入，躬身道：「已看過了。」

上官金虹道：「有沒有？」

黃衫大漢道：「沒有，他肚子是空的。」

上官金虹道：「好——」

他目光緩緩自每個人面上掃過道：「在我面前說謊的人，就是這種下場，各位明白了麼？」

去。

大家拚命點頭。

上官金虹道：「各位現在莫非也不餓了？」

大家搶著道：「餓……餓……。」

每個人都搶著挾了塊菜，放在嘴裡，怎奈牙齒打顫，那裡能咬得動，只有苦著臉，整塊的嚥下

去。

突然間，一個人濕淋淋的闖了進來，倚在門口，滿佈血絲的眼睛呆滯而遲鈍，茫然四下轉動著，喃喃道：「穿紅衣服的人……穿紅衣服的人在那裡？」

阿飛！

龍嘯雲霍然長身而起。

阿飛的眼睛這才轉到他身上，道：「原來是你。」

他目光雖已呆滯，神情雖然狼狽，可是他的手上還有劍！

只要他手上有劍，已足以令龍嘯雲心寒膽喪。

龍嘯雲不由自主的往後退。

阿飛已撲了過去。

劍光在閃動，他的腳步也和劍光同樣不穩。

但龍嘯雲只看到他的劍，轉身就逃。

阿飛踉蹌著追了過去，人還未到，已傳來一陣撲鼻的酒氣。

龍小雲臉色本已變了，此刻眼睛突然一亮，悄悄用腳一勾，將龍嘯雲本來坐的椅子勾了出去，擋住了阿飛的路。

阿飛竟沒有瞧見，「噗」的，人已被椅子絆倒，平平的跌了下去，掌中劍也脫手飛出。

他竟連劍都拿不穩了！

龍嘯雲一驚，一喜轉身拾劍，劍光一閃，逼住了阿飛的後腦。

但這一劍並沒有刺下去。

因爲他忽然瞥見了上官金虹的臉色。

上官金虹臉色陰沉得可怕，石像般坐在那裡，動也不動。

他不動，就沒有人敢動。

龍嘯雲陪笑道：「這人竟敢在大哥面前撒野，罪已當殺！」

上官金虹沉默了很久，忽然道：「門外有條狗，你瞧見了麼？」

龍嘯雲怔了怔，道：「好像是有一條。」

上官金虹道：「若要殺這人，還不如殺那條狗。」

龍嘯雲又怔了怔，陪笑道：「大哥說的是，這人的確連狗都不如。」

上官金虹冷冷道：「你呢？」

龍嘯雲道：「我？……」

上官金虹道：「他不如狗，你卻連他都不如，狗見了他，也不會逃的。」

龍嘯雲這次才真的呆住了。

上官金虹掃了座上的人一眼，道：「你們肯和狗拜爲兄弟麼？」

大家立刻應聲道：「絕不。」

上官金虹道：「連他們都不肯，何況我……」

他眼睛忽又盯著龍嘯雲，緩緩道：「我看你和那條狗倒真是難兄難弟，不如就和牠結爲八拜之交吧。」他說出的話，就是命令，但這種羞辱誰能忍受？

龍嘯雲滿頭大汗涔涔而落，吃吃道：「你……你……」

龍小雲忽然走過來，拿下了他掌中的劍，緩緩道：「這主意本是晚輩出的，卻不想反而自取其辱，而且禍及家父，晚輩既無力爲家父洗清此辱，本當血濺當地，以謝家父，只惜慈母在堂，猶未盡孝，不敢輕生……」

說到這裡他忽然反手一劍，將自己左手齊腕剁了下來。

大家都不禁爲之悚然動容。

龍小雲已疼得全身發抖，卻還是咬著牙，將斷手拾了起來，放到上官金虹面前，咬著牙道：「幫主可滿意了麼？」

上官金虹神色不變，冷冷道：「你是想以這隻手贖回你父子的兩條命？」

龍小雲嘎聲道：「晚輩……」

一句話未說完，他終於支持不住，暈了過去。

龍嘯雲當然也是神色慘然，卻連一點表示都沒有，還是呆呆的站在那裡。

上官金虹冷冷道：「看在你兒子的份上，你走吧，以後最好莫要讓我再見到你！」

阿飛終於站了起來。

他彷彿根本已忘了方才發生過什麼事，也沒有瞧見別的人，目光茫然轉動著，忽然發現桌上的酒壺，立刻撲了過去，一把抓在手裡。

他抓得那麼緊，好像這酒壺就是他的生命。

「叮」的一聲，酒壺卻突然被擊碎。

酒流下。

阿飛的手還是抓著酒壺的碎片，但手已在發抖。

上官金虹冷冷道：「這酒是給人喝的，你不配！」

他隨手摸出塊銀子，遠遠拋在地上，道：「你若要喝酒，自己買去。」

阿飛抬起頭，茫然望著他，慢慢的轉過身，慢慢的走過去。

銀子就在他腳下。

他呆呆的瞧著這塊銀子，良久良久，終於慢慢的彎下腰……

上官金虹目中又閃過一絲笑意。

——他笑的時候，比不笑更殘酷。

突然間，寒光一閃。

一柄刀閃電般飛來，將這塊銀子釘在地上。

阿飛的臉一陣扭曲，抬起頭，整個人突然僵硬。

一個人站在門口，瞧著他，柔聲道：「這裡的酒比外面的好，你若要喝，我去替你倒一杯。」

桌上還有一壺酒。

這人竟真的走過去，倒了一杯，送到阿飛面前。

沒有人說話，甚至連呼吸聲都已停頓。

上官金虹竟也沒有說話。

他只是靜靜的瞧著這個人。

這人不太高，但也不矮，穿的衣服很破舊，兩鬢已有了華髮，看來只不過是個很落拓、很潦倒的中年人。

但上官金虹眼看著他倒酒，眼看著他將這杯酒送給阿飛，非但沒有阻止，連一點表情都沒有。

上官金虹說出的話，從來沒有人敢違抗！

但這次，他的命令在這人身上，竟像是忽然變爲無效了。

酒杯已送到阿飛手裡。

他癡癡的望著這杯酒，兩滴晶瑩滾圓的眼淚，慢慢的從眼睛裡流了出來，滴在酒杯裡。

他一向只肯流血，他的淚一向比血更珍貴。

落拓的中年人眼眶也已有些濕了，熱淚已盈眶，但嘴角卻還是帶著一絲微笑。

這微笑竟彷彿使這平凡而潦倒的人忽然變得輝煌明亮了起來，無論誰也想像不到一個人微笑的力量竟有如此偉大。

他也沒有說話。

他的微笑和熱淚所表示出的意思，世上絕沒有任何人說得出來。
阿飛的手在抖，不停的在抖，忽然猛吼一聲，將酒杯重重的摔在地上，轉身衝了出去。
落拓的中年人正想追上去。
突聽上官金虹喝道：「等一等！」
他遲疑著，腳步終於停下。
上官金虹緩緩道：「既然要走，就不該來，既然來了，又何必走？」
落拓的中年人沉默了半晌，忽然淡淡一笑，道：「不錯，既然來了，又何必走？」
他始終沒有瞧過上官金虹，現在才慢慢的轉過身。
他的目光，終於觸及了上官金虹的目光。
火花！
兩人目光相遇，竟似激起了一串火花。
一串無聲無形的光花，雖然沒有人的眼睛能瞧得見，但每個人的心裡卻都能感覺得到。
每個人的心都突然震動了起來。
上官金虹的眼睛裡就彷彿藏著雙妖魔的手，能抓住任何人的魂魄。
這人的眼睛卻如同浩瀚無邊的海洋，碧空如洗的穹蒼，足以將世上所有的妖魔鬼怪都完全容納。
上官金虹的眼睛若是刀。
這人的眼睛就是刀的鞘！

看到了這雙眼睛，沒有一個人再認爲他是平凡的了。

有的人已隱隱猜出他是誰。

只聽上官金虹一字字道：「你的刀呢？」

這人的手一反，刀已在指尖！

小李飛刀！

看到了這柄刀，大家才知道自己沒有猜錯！

是李尋歡！

李尋歡畢竟來了！

手，出奇的穩定，就像是已完全凝結在空氣中。

手指纖長，有力，指甲修剪得很乾淨。

這隻手看來，拿筆遠比拿刀合適，但卻是武林中最有價值、最可怕的一隻手，刀，本是很平凡的一把刀。

但在這隻手裡，這把平凡的刀，也變得有了種逼人的鋒芒、殺氣！

上官金虹慢慢的站了起來，慢慢的走到李尋歡對面。

現在，他距離李尋歡已不及兩丈。

可是他的手卻還在袖中。

上官金虹的「龍鳳雙環」二十年前就已震懾天下，「兵器譜」中排名第二，名次還在「小李飛刀」之上！

近二十年來，已沒有人見過他的雙環出手。

雖然每個人都知道這雙環的可怕，卻沒有人知道它究竟如何可怕？

現在，他的環是否已在手中？

每個人的眼睛都從李尋歡的刀上，轉向上官金虹的手。

上官金虹的手終於自袖中伸出。

手是空的。

李尋歡道：「你的環呢？」

上官金虹道：「環已在。」

李尋歡道：「在那裡？」

上官金虹道：「在心裡！」

李尋歡道：「心裡？」

上官金虹道：「我手中雖無環，心中卻有環！」

李尋歡的瞳孔突然收縮！

上官金虹的環，竟是看不見的！

正因爲看不見，所以就無所不在，無處不至。

它可能已到了你眼前，已到了你咽喉，已到了你靈魂中。

直到你整個人都已被它摧毀，還是看不見它的存在！

「手中無環，心中有環！」

這正是武學的巔峰！

這已是「仙佛」的境界！

別人不懂，李尋歡卻懂得的。

別人甚至有些失望。

——大多數人，都要看到那樣東西，才肯承認它的價值，卻不知看不見的東西，價值遠比能看得見的高出甚多。

在這一瞬間，上官金虹目中的光輝，似已將李尋歡壓倒。

上官金虹道：「七年前，我手中已無環。」

李尋歡道：「佩服。」

上官金虹道：「你懂？」

李尋歡道：「妙滲造化，無環無我，無跡可尋，無堅不摧！」

上官金虹道：「好，你果然懂！」

李尋歡道：「懂即是不懂，不懂即是懂。」

這兩人說話竟似禪宗高僧在打機鋒。

除了他們兩人外，誰也不懂。

不懂，所以恐懼。

所有的人都不由自主悄悄站起，悄悄往後退入了屋角。

上官金虹凝注李尋歡，突然長長嘆了口氣，道：「李尋歡果然是李尋歡。」

李尋歡道：「上官金虹又何嘗不是上官金虹。」

上官金虹道：「你本是三代探花，風流翰林，名第高華，天之驕子，又何苦偏偏要到這骯髒江湖中來做浪子？」

李尋歡笑了笑，淡淡道：「想來就來，想走就走。」

上官金虹道：「你還能走？」

李尋歡沉默了半晌，也長長嘆了口氣，道：「是不想走，也是不能走！」

上官金虹道：「好，請出招！」

李尋歡道：「招已在！」

上官金虹不由自主，脫口問道：「在那裡？」

李尋歡道：「在心裡，我刀上雖無招，心中卻有招。」

上官金虹的瞳孔也突然收縮！

誰都看不見上官金虹的環在那裡，也看不見李尋歡的招在那裡。

但環已在，招已出！

每個人都似已感覺到它的存在。

他們雖然還是靜靜的站在那裡，但卻似已進入生死一髮的情況中，生死已只是呼吸間事！

大家雖都已退入角落中，卻還是能感到那種可怕的殺氣！

每個人的心都在收縮！

阿飛全身的血都已沸騰！

他狂奔著，既不知在想什麼，也不知要做什麼。

他在逃避。

但逃到那裡去呢？逃到幾時？

他永遠也逃不了的！

因爲他所逃避的，正是他自己！

李尋歡和上官金虹仍然在對峙著，沒有聲音，也沒有動作。

每個人都只能聽到自己心跳的聲音，都只能感到冷汗正一粒粒自毛孔中沁出，在皮膚上流過。

因爲他們只要一有動作，就必定是驚天動地的動作。

決戰隨時都可能爆發，每一刹那都可能爆發。

或者也就在那同一刹間終止。

在這刹那間，這兩人中勢必要有一個人倒下去！

倒下去的是誰呢？

「小李飛刀，例不虛發！」

二十年來，還沒有一個人能避過小李探花的這一刀！

但上官金虹的雙環排名更高，是不是更可怕？

兩個人都很鎮定。

兩個人彷彿都充滿了自信。

世上又有誰能預料這一戰的結果？

阿飛已倒了下去，倒在地上喘息著，良久良久，他才抬起頭，茫然四顧，似乎根本不知道自己已到了那裡？

這裡是個小小的院落。

院子裡一株孤零零的白楊正在秋風中顫抖。

迴廊上朱簾半捲，小門虛掩，碧紗窗內悄無人聲。

這正是他昨夜瘋狂沉醉的地方。

他自己也不知道自己怎會又到了這裡。

虛掩的門開了，一個人探出了半邊嬌美的臉，明媚的秋波在他身上一轉，臉又縮了回來。

這正是昨夜曾經陪他瘋狂沉醉過的人。

六九　神魔之間

阿飛突然跳起來，衝過去。

「砰」的門竟關了，而且上了栓。

阿飛用力敲門。

過了很久，門裡才有應聲：「誰？」

阿飛木然的道：「我。」

門裡的聲音問：「你是誰？」

「我就是我。」

門裡突然傳出一陣銀鈴的笑：「這人原來是瘋子。」

「聽他說話的口氣，就好像是這裡的主人似的。」

「誰認得他？」

「誰知道他是什麼人？他自己在活見鬼。」

這些聲音很熟悉，昨夜也不知對他說了多少甜言蜜語，訴了多少柔情蜜意，現在爲什麼全都變了？

阿飛驟然覺得一陣火氣衝了上來，忍不住用力撞開了門。

七雙美麗的眼睛全都在瞪著他。

昨夜這七雙眼睛中的柔情如水，蜜意如油。

現在這七雙眼睛中的油已燒成煙，水已結成冰！

阿飛踉蹌衝了進去，抓起酒壺，是空的。

「酒呢？」

「沒有酒！」

「去拿！」

「爲什麼去拿？這裡又不是賣酒的。」

阿飛撲過去，抓住了她的衣襟，大聲道：「你們難道全都不認得我了？」

美麗的眼睛冷冷的瞧著他，冷冷道：「你認得我？你知道我是誰？」

阿飛的手指一根根鬆開，茫然四顧，喃喃道：「這裡難道不是昨夜的地方？」

只聽一人淡淡道：「這地方還是昨夜的地方，只不過你已不是昨夜的你了！」

甜蜜的語聲，更熟悉。

阿飛整個人突然劇烈的顫抖起來。

他的眼睛緊緊閉了起來，不願去看她，不敢去看她。

這個人本是他在夢魂中都忘不了的，他本來寧可不惜犧牲一切，爲的只不過是要看看她。

但現在，他卻寧死也不願看她一眼。

她還是以前的她。

可是他，他的確已不是以前的他了！

還是沒有聲音，沒有動作。

屋樑上的灰塵，突然一片片落了下來。

是被風吹落的？還是被他們的殺氣摧落的？

上官金虹突然向前跨出了一步！

李尋歡沒有動！

突聽一人道：「動即是不動，不動即是動，你明白麼？」

聲音很蒼老，每個人都聽得很清楚。

卻看不到他的人在那裡？

另一人帶著笑道：「既然如此，打就是不打，不打就是打，那麼又何必打呢？」

這聲音清脆而美，如黃鶯出谷。

但她的人，還是誰都沒有瞧見。

老人道：「他們要打，只因爲他們根本不懂武功之真諦。」

少女吃吃笑道：「你說他們不懂，他們自己還以爲自己懂得很哩。」

這兩句話說出，除了李尋歡和上官金虹，每個人都已聳然動容。

居然有人敢說他們不懂武功。

若連他們都不懂，世上還有誰懂？

老人道：「他們自以爲『手中無環，心中有環』，就已到了武學的巔峰，其實還差得遠哩！」

少女吃吃笑道：「差多遠？」

老人道：「至少還差十萬八千里。」

少女道：「要怎麼樣才真正是武學的巔峰？」

老人道：「要手中無環，心中也無環，到了環即是我，我即是環時，已差不多了。」

少女道：「差不多？是不是還差一點。」

老人道：「還差一點。」

他緩緩接著道：「真正的武學巔峰，是要能妙滲造化，到無環無我，環我兩忘，那才真的是無所不至，無堅不摧了！」

說到這裡，李尋歡和上官金虹面上也不禁變了顏色。

小女道：「聽了你老人家的話，我倒忽然想起一個故事來了。」

老人道：「哦？」

少女道：「禪宗傳道時，五祖口唸佛偈：『身如菩提樹，心如明鏡台，時時勤拂拭，不使留塵埃』。這已經是很高深的佛理了。」

老人道：「這道理正如『環即是我，我即是環』，要練到這一步，已不容易。」

少女道：「但六祖惠能說的更妙：『菩提本非樹，明鏡亦非台，本來無一物，何處落塵埃』。所以他才承繼了禪宗的道統。」

老人道：「不錯，這才真正是禪宗的妙諦，到了這一步，才真正是仙佛的境界。」

少女道：「這麼說來，我學的真諦，豈非和禪宗一樣？」

老人道：「普天之下，萬事萬物，到了巔峰時，道理本就全差不多。」

少女道：「所以無論做什麼事，都要做到『無人無我，物我兩忘』時，才能真正到達化境，到達巔峰。」

老人道：「正是如此。」

少女嘆了口氣，道：「我現在總算明白了！」

老人淡淡道：「只可惜有些人還不明白，到了『手中無環，心中有環』時，就已沾沾自喜，卻不知這只不過剛入門而已，要登堂入室，還差得遠哩。」

少女道：「一個人若是做到這一步就已覺得自滿，豈非永遠再也休想更進一步？」

老人也嘆了口氣，道：「一點也不錯。」

聽到這裡，李尋歡和上官金虹額上也不禁沁出了冷汗。

上官金虹突然道：「是孫老先生麼？」

沒有人回應。

上官金虹道：「孫老先生既已來了，爲何不肯現身一見？」

還是沒有人回應。

風吹窗戶，吹得窗紙颼颼的直響。

李尋歡和上官金虹若是要交手，世上沒有一個人能勸阻。

但老人和少女的一番對話，卻似已使得他們的鬥志完全消失了。

兩人雖然還是面面相對，雖然還是保持著原來的姿勢，但別的人卻都透了口氣，突然覺得壓力已消失。

這只因那種可怕的殺氣也已消失！

李尋歡突然長長嘆息了一聲，道：「神龍見首不見尾，孫老先生庶幾近之。」

上官金虹沉著臉，冷冷道：「道理人人都會說的，問題是他能不能做得到。」

李尋歡笑了笑，道：「能說得出這道理來，已經很不容易了。」

他還沒有說完這句話，就聽到外面傳來了一陣騷動聲。

然後，他就看到四個人抬著口棺材走入了院子。

嶄新的棺材，油漆都彷彿還沒有完全乾透。

四人竟將這口棺材筆直抬入了上官金虹宴客的大廳。

立刻有條黃衣大漢迎了上去，厲聲道：「你們走錯地方了，出去！」

抬棺材的腳伕四下瞧了一眼，囁嚅著道：「這裡有位上官老爺麼？」

黃衣大漢道：「你問上官老爺幹什麼？」

腳伕道：「那我們就沒有走錯地方，這口棺材就是送來給上官老爺的。」

黃衣大漢怒道：「你是在找死，這口棺材你們剛好用得著。」

腳伕陪笑道：「這是上好的『楠壽』，我們那有這麼好的福氣？」

黃衣大漢的手已往他臉上摑了過去。

上官金虹突然道：「這口棺材是誰要你們送到這裡來的？」

他的聲音一發出，黃衣大漢的手就立刻停住。

腳伕面上卻已嚇得變了顏色，怔了半晌，才吃吃道：「是位姓宋的老爺，付了四兩銀子，叫小人們今天將這口棺材送到如雲客棧的『高貴廳』來，還要小人們當面交給上官老爺。」

上官金虹道：「姓宋？是個什麼樣的人？」

腳伕道：「是個男的，年紀好像不太大，也不小了，出手很大方，模樣卻沒有看見。」

另一人道：「他是昨天半夜裡將小人們從床上叫起來的，而且先吹熄了燈，小人們根本就沒有瞧見他。」

上官金虹沉著臉，既不覺得意外，也沒有再追問下去。

他早就知道問不出的。

那腳伕又道：「這口棺材的份量不輕，裡面好像……好像有人。」

上官金虹道：「打開來瞧瞧。」

棺蓋並沒有釘封，立刻被掀起。

就在這一刹那間，上官金虹冷漠的臉像是突然變了。

其實他臉上還是完全沒有表情，甚至連眉都沒皺，嘴角都沒有牽動。

但也不知爲了什麼，他整張臉卻彷彿突然全都改變了。

竟像是變成了另一個人的臉，又像是突然戴上了一層硬殼的假面具。

他不願讓人看到他現在真正的面目。

世上大多數人都有這麼一張面具的，平時雖然看不到它，但到了必要時，就會將這張面具戴起來。

有人是爲了要隱藏自己的悲哀，有人是爲了要隱藏自己的憤怒，有人是逼不得已，不得不以笑臉迎人，有人是爲了要叫別人怕他。

也有人是爲了要隱藏自己的恐懼！

上官金虹是爲了什麼呢？

棺材裡果然有個死人！

這死人赫然竟是上官金虹的獨生兒子上官飛！

上官飛死的時候李尋歡也在瞧著。

他不但親眼瞧見荊無命殺死上官飛，而且瞧見荊無命將屍體埋葬。

現在，這屍體又怎會忽然在這裡出現了？

是誰掘出了這屍體？

是誰送到這裡來的？有什麼目的？

李尋歡目光閃動著，似乎想得很多。

上官金虹臉上的面具卻似愈來愈厚了，沉默了很久很久，目光突然向李尋歡一字字道：「以前你見過他？」

血漬。

李尋歡嘆了口氣，道：「見過！」

上官金虹道：「現在你再看到他有何感想？」

屍體已被洗得很乾淨，並不像是從泥土中掘出來的。穿著嶄新的壽衣，身上既沒泥沙，也看不到

只有一點致命的傷口。

傷口在咽喉上，入喉下七分。

李尋歡沉吟著，道：「我想……他死得並不痛苦。」

上官金虹道：「你是說他死得很快？」

李尋歡嘆道：「死，並不痛苦，痛苦的是等死的時候，看來他並沒有經過這段時候。」

上官飛的臉看來的確像是比活著時還安詳平靜，就像是已睡著。

他臨死前驚懼的表情，已不知被誰抹平了。

上官金虹的臉雖能戴上層面具，但眼睛卻不能。

他眼睛似有火焰燃燒，盯著李尋歡，一字字道：「能這麼快就將他殺死的人，世上並不多。」

李尋歡道：「不多，也許不會超過五個。」

上官金虹道：「你也是其中之一。」

李尋歡慢慢的點了點頭，道：「不錯，我是其中之一，你也是。」

上官金虹厲聲道：「我怎會殺死他？」

李尋歡淡淡道：「你當然不會殺他，我的意思只不過是要你明白，能殺他的人，並不一定是要殺

他的人，殺了他的人，也並不一定就是能殺他的人。」

他慢慢的接著道：「這世間常常有很多意外的事發生，本不是任何人所能想得到的。」

上官金虹不再說話了，但眼睛還是盯著他。

李尋歡的目光已變得很溫和，甚至還帶著些同情憐憫之色。似乎已透過了上官金虹的面目，看到了他心裡的悲哀和恐懼。

他一直都在侵犯別人，打擊別人。

現在，他自己終於也受到打擊，而且不知道這打擊是從那裡來的。

血濃於水，兒子畢竟是兒子。

無論對誰說來，這打擊都不算小。

上官金虹似已有些不安，鐵石般的意志似已漸漸動搖。

李尋歡目中的這份同情憐憫，就像是一柄鐵鎚，他臉上那層核桃殼般的面目，幾乎已被打得粉碎。

他已無法忍受，突然道：「你我這一戰，遲早總是免不了的！」

李尋歡點了點頭，道：「是免不了的。」

上官金虹道：「今天……」

七十 是眞君子

上官金虹因獨子被殺，異常氣忿，要和李尋歡決一死戰，並把決戰日期定在今天……。

李尋歡打斷了他的話，道：「無論什麼時候我都奉陪，只有今天不行。」

上官金虹道：「爲什麼？」

李尋歡嘆了口氣，道：「今天我……我只想去喝杯酒。」

他目光掃過棺材裡的屍體，嘆息著接道：「有些時候非但不適合決鬥，也不適合做別的事，除了喝酒外，幾乎什麼事都不能做，今天就是這種時候。」

他說得很婉轉，別人也許根本不能了解他的意思。

但上官金虹卻很了解。

因爲他也很了解自己此刻的心情，在這種心情下和別人決鬥，就等於自己已先將自己的一隻手銬住。

他已給了敵人一個最好的機會！

李尋歡明明可以利用這機會，卻不肯佔這便宜——雖然他也知道這種機會並不多，以後可能永遠也不會再有！

上官金虹沉默了很久，緩緩道：「那麼，你說什麼時候？」

李尋歡道：「我早已說過，無論什麼時候。」

上官金虹道：「我到那裡找你？」

李尋歡道：「你用不著找我，只要你說，我就會去。」

上官金虹道：「我說了，你能聽到？」

李尋歡笑了笑，道：「上官幫主說出來的話，天下皆聞，我想聽不到都很難。」

上官金虹又沉默了很久，突然道：「你要喝酒，這裡有酒。」

李尋歡又笑了，道：「這裡的酒我配喝麼？」

上官金虹凝注著他，一字字道：「你若不配，就沒有第二個人配了。」

他忽然轉身倒了兩大杯酒，道：「我敬你一杯。」

李尋歡接過酒杯，一飲而盡，仰面長笑道：「好酒！好痛快的酒！」

上官金虹的酒也乾了，凝注著空了的酒杯，緩緩道：「二十年來，這是我第一次喝酒。」

「噹」的一聲，酒杯摔在地上，粉碎。

上官金虹已自棺中抱起了他兒子的屍體，大步走了出去。

李尋歡目送著他，忽又長長嘆息了一聲，喃喃道：「上官金虹若不是上官金虹，又何嘗不會是我的好朋友？」

他又倒了杯酒，一飲而盡，漫聲道：「卿本佳人，奈何做賊？……」

「噹」的一聲，這酒杯也被摔在地上。

粉碎！

大家似已都變成了木頭人，直等李尋歡也走了出去，才長長吐出口氣。

有的人已在竊竊私議！

「李尋歡果然不愧是李尋歡，放眼天下，也只有李尋歡才能要上官幫主敬他一杯酒。」

「只可惜他們沒有真的打起來。」

「我總覺得這兩人像是有些相同的地方。」

「李尋歡和上官金虹會有相同之處？……你瘋了麼？」

「他們的作風和行事雖然完全不同，可是他們……他們全都不是人，他們做的事，全都『是人』絕對做不到的。」

「這話倒有幾分道理，他們的確都不是人，只不過——一個是仙佛，一個卻是惡魔。」

善惡本在一念之間，仙佛和惡魔的距離也正是如此。

「不錯，李尋歡若不是李尋歡，也許就是另一個上官金虹。」

阿飛沒有回頭。

林仙兒搬了張椅子，就坐在他身後，將門擋住。

她已坐了很久。

阿飛甚至連姿勢都沒有變過。

他的姿勢看來很可笑。

林仙兒笑了，道：「像這麼樣站著，你不覺得難受麼？為什麼不舒舒服服的坐下來，我旁邊就有張椅子。」

「你不肯坐？我也知道你坐不住的，在這裡坐著實在不是滋味。」

「可是你爲什麼又不走呢？」

「我雖然擋著門，但你隨時都可以將我打倒的呀，要不然，那邊有窗子，你也可以像小偷一樣跳窗子逃出去，這兩種法子都容易得很。」

「你不敢？是不是？」

「你心裡雖然恨不得殺了我，可是你還是不敢動手，甚至連碰都不敢碰我，因爲你心裡還是在愛著我的，是不是？」

她說話的聲音還是那麼溫柔，那麼動聽。

她笑得甚至比平常更嬌媚，更愉快。

因爲她喜歡看人受折磨，她希望每個人都受她的折磨。

只可惜她只能折磨愛她的人。

她雖然看不到阿飛面上痛苦的表情，卻可以清清楚楚的看到阿飛脖子後的血管在膨脹，似已將暴裂。

她認爲這是種享受，坐得更舒服了，正想去倒杯酒——

突然間，椅子被踢翻，她的人也幾乎被踢倒！

上官金虹已回來了，帶著他獨生兒子的屍體一起來了！

一個人的椅子若被踢翻，心裡總難免有些彆扭的。

但林仙兒什麼話也沒有說，動都沒有動，因爲她知道現在無論說什麼，做什麼，都愚蠢極了。

上官金虹的眼睛也盯在阿飛脖子上，一字字道：「回過頭來，看看這人是誰！」

阿飛的身子沒有動，血管卻在跳動，然後頭才慢慢的轉動，眼角終於瞥見了上官金虹手裡抱著的屍體。

於是他的眼角也開始跳動。

上官金虹盯著他的眼睛，道：「你認得他，是不是？」

阿飛點了點頭。

上官金虹道：「他幾天前還活著的，而且活得很好，是不是。」

阿飛又點了點頭。

上官金虹道：「現在你忽然看到他死了，也未吃驚，只因你早就知道他死了，是不是？」

阿飛沉默了很久，忽然道：「不錯，我的確早就知道他死了。」

上官金虹厲聲道：「你怎會知道的？」

阿飛道：「因爲殺死他的人，就是我！」

他隨隨便便就將這句話說了出來，連眼睛都沒有眨，簡直就像是完全不知道這句話能引起什麼樣的後果。

屋子裡的少女們都嚇呆了。

就連林仙兒都嚇了一跳，在這刹那間，她心裡忽然有了種很奇異的情感，竟彷彿有些悲哀，有些憐惜。

她自己也不知道自己怎會對阿飛有這種感情。

但她卻知道只要上官金虹一出手，就絕不會再留下他的命。

上官金虹隨時都可能出手的！

她瞧著阿飛，那眼色就好像在瞧著個死人。

一個蠢到極點的死人。

「這人不但蠢得要命，而且也已醉得發昏，否則為何要自己承認？這種人簡直已完全無可救藥，他的死活，我又何必關心？」

她扭轉頭，再也不去瞧他。

她只希望上官金虹快點殺了他，愈快愈好，也免得煩惱。

但她卻又不禁要暗問自己：「我既然對他的死活全不關心，又何必為這種事煩惱呢？」

上官金虹竟遲遲沒有出手。

他還是在盯著阿飛的眼睛，彷彿要從阿飛眼睛裡看出一些他還不能了解的事情來。

但他卻什麼也看不到。

阿飛眼睛裡空空洞洞的，什麼也沒有。

這的確已不像是活人的眼睛。

上官金虹忽然覺得這雙眼睛很熟悉，彷彿以前就見過。

他的確見過多次。

當他將荆無命的劍拔出來交給阿飛時，荆無命的眼睛就幾乎和阿飛現在的眼睛完全一樣。

當他殺死了一個人，這人的眼睛還沒有閉起來時，也就是這樣子——既沒有感情，也沒有生命，對一切事都已完全絕望。

阿飛在等著，靜靜的等著。

上官金虹忽然道：「你在等死？」

阿飛拒絕回答。

上官金虹道：「你承認，爲的就是希望我殺死你，是麼？」

阿飛拒絕回答。

上官金虹目中忽又閃過一絲殘酷的笑意，緩緩道：「呂總管。」

他只喚了一聲，立刻就有個人出現了。

誰都不知道這人本來藏在那裡的，也不知道這附近是否還藏著別的人，上官金虹的附近，彷彿永遠都有很多人在躲藏著。

別人看不見的人，就像是鬼魂。

上官金虹走到那裡，這些鬼魂就跟到那裡。

他的命令就是魔咒，只有他才能將這些鬼魂喚出來！

呂總管若真的是個鬼魂，至少總不是餓死鬼。

餓死鬼沒有這麼胖的。

他胖得就像是個球，行動卻很敏捷，一滾就滾了出來，躬身道：「屬下在。」

上官金虹眼睛還是盯著阿飛，緩緩道：「他要死，我們不給他死。」

呂總管道：「是！」

上官金虹道：「我們給他別的。」

呂總管道：「是！」

上官金虹道：「給他酒，給他女人，他要多少，就給多少。」

呂總管道：「是！」

上官金虹沉默了半晌，又道：「他無論要誰，都給他！」

呂總管道：「是。」

他嘴裡答著話，瞇著的眼睛卻有意無意間瞟了林仙兒一眼，又道：「無論誰？」

上官金虹冷冷道：「無論誰都一樣，就算他要你的老婆，也給他！」

呂總管的眼睛已瞇成了一條線，躬身笑道：「屬下明白了，屬下這就去將老婆帶來給他看。」

林仙兒咬著嘴唇咬得很重，終於忍不住道：「他若要我呢？」

上官金虹冷冷道：「我說過，無論誰都一樣。」

林仙兒道：「可是……可是我卻不一樣，我是你的，除了你，誰都不能……」

她帶著笑走過去，走到上官金虹身旁，輕撫著他的肩。

她笑得那麼甜，動作那麼溫柔。

上官金虹卻連瞧都不瞧她一眼，突然騰出手，一巴掌摑在她臉上，道：「無論誰都可以要你，為什麼他不可以？」

林仙兒整個人都被打得飛了出去，跌到院子裡。

上官金虹一字字道：「他要什麼都給他，就是不能讓他走，我要看他三個月後會變成什麼樣子。」

呂總管道：「是。」

上官金虹這才緩緩轉過身，走了出去。

阿飛緊咬著牙，但牙齒還是在「格格」的打戰，嘶聲道：「我殺了你兒子，你為什麼不殺我？」

上官金虹已走出了門，頭也不回，緩緩道：「因爲我要讓你活著痛苦，又沒有勇氣死！」

「無論誰都可以要你，爲什麼他不可以？」

「活著痛苦，又沒有勇氣死！」

阿飛身子往後縮，縮成一團，就像是在躲著條無形的鞭子。

這條鞭子正不停在抽打著他。

呂總管已走了過來，笑嘻嘻道：「人生得意須盡歡，莫使金樽空對月，做人本就是這麼回事，又何必太認真呢？」

他轉向少女，臉立刻沉了下來，厲聲道：「還不快爲飛少爺置酒？」

這人對上官金虹說話時是一張臉，對阿飛說話是一張臉。

現在，他對這些少女們說話，又是另一張不同的臉。

大多數人都有好幾張不同的臉，他們若要變臉時，就好像戲子在換面具，甚至比換面具還要簡單。

面具換得多了，漸漸就會將忘記自己本來是什麼樣的一張臉。

面具戴得久了，就再也不願拿下來。

因爲他們已發覺，面具愈多，吃的虧就愈少。

幸好還有些人沒有面具，只有一張臉，他自己的臉！

無論他們遇著什麼事，吃了多少虧，這張臉都永遠不會改變！

他們要哭就哭，要笑就笑，要活就活，要死就死！

他們死也不願改變自己的本色！男兒的本色！

男人的本色！

世上若沒有這樣的人，人生就真的像是一齣戲了。

那麼，這世界也就不知會變成什麼樣子。

酒來了。

呂總管倒酒，舉杯，笑道：「喝吧，酒喝得多了，你就會發覺世上所有的女人本都是一樣的，更不必認真。」

阿飛咬著牙，盯著他，忽然道：「不一樣。」

呂總管瞇著眼，笑道：「那麼你要的是誰呢？」

阿飛眼睛裡佈滿血絲，一字字道：「我要你的老婆！」

夜。

夜市。

夜市永遠是熱鬧的，夜市中永遠有各式各樣不同的人。

但李尋歡卻覺得這世上彷彿已只剩下他一個人，根本沒有別人存在。

因爲他所愛的人都離得他很遠，太遠了，彷彿已變得很縹緲，很虛幻，他幾乎已不能感覺到他們的存在。

他已聽到龍嘯雲父子的消息，可是——

林詩音呢？

沒有蹤跡，沒有消息，只有思念，永恆的思念。

「天長地久有時盡，此恨綿綿無絕期。」

這兩句詩的文字雖淺近，其中含蘊的情感卻深邃如海。

但若非癡情的人，又怎麼體會到這其中的辛酸滋味？

遠處有夜笛在伴著悲歌。

淒涼的夜笛，如思如慕：

「何必多情？

何必癡情？

花若多情，也早凋零。
人若多情，憔悴，憔悴……
人在天涯，何妨憔悴，
酒入金樽，何妨沉醉，
醉眼看別人成雙作對。
也勝過無人處暗彈相思淚……」

「賣唱的人本身已夠悲苦，又何必再以這種淒涼的歌聲來賺人眼淚？」

李尋歡滿滿的喝了杯酒，忽然以筷敲杯，隨著那淒涼的夜笛漫聲低吟：

「花木縱無情，
遲早也凋零，
無情的人，也總有一日憔悴。
人若無情，
活著還有何滋味？
縱然在無人處暗彈相思淚，也總比無淚可流好幾倍。」

笛聲猶低迴不已，他卻已突然大笑了起來。

但這笑又是什麼滋味？

阿飛呢？

這半天，李尋歡一直都在尋找、打聽。

沒有人知道阿飛到那裡去了，誰也沒有看到這麼樣一個人。

李尋歡當然想不到阿飛竟到了金錢幫的總部。

就算他想到，也不知那地方在何處。

燈在風中搖晃，酒在杯中搖晃。

昏濁的酒，黯淡的燈光。

他喝酒的地方，只不過是個很小的麵攤子。

這一排都是小攤子，到這種地方來的，都是很平凡的小人物，誰都不認得他，他也不認得別人。

他喜歡這種情調，帶著些蕭索，帶著些寂寞，卻又帶著幾分灑脫。

世間的榮辱，生命的悲歡，在這些人心目中，都已算不了什麼，只要有一杯在手，就已足夠。

在這裡，既沒有得意的長笑，也沒有慷慨的悲歌。

夜色是如此平靜，如此淡漠……

忽然間，平靜中起了騷動。

有人在呼喝，叱罵！

「酒鬼，不要臉，偷酒喝，就算你喝下去我也要你吐出來！」

李尋歡忍不住轉過頭。

他轉頭去瞧，也許只因爲他聽到「酒鬼」兩個字。

只見一個人抱著個酒罈子，雖已被打得躺在地上，還是死也不肯放鬆拚命的喝，伸過頭去喝酒。

一個腰上圍著塊油布的老頭子，嘴裡罵個不停，手上打個不停。

李尋歡暗暗的嘆了口氣，走過去，道：「讓他喝酒，算我的錢。」

騷動立刻停了，手也停了。

錢不但能封住人的手，也能塞住人的嘴。

躺在地上的人連站都來不及站起來，捧著酒罈子就往嘴裡倒，酒倒得他滿身滿臉，他也不在乎。

他似乎寧願將自己淹死在酒裡。

「若沒有傷心的事，一個人又怎會變成這樣子？」

「若不是多情的人，又怎會有傷心的事？」

李尋歡忽然對這人很同情，帶著笑道：「一個人獨飲最無趣，我那邊還有下酒的菜何妨過去一起喝幾杯？」

那人又吞下幾口酒，忽然跳起來，大罵道：「你是什麼東西？你配跟我一起喝酒，就算你再買三百罈酒送給我，也休想要我陪你……」

罵到這裡，他聲音突然停住，就像突然被隻手扼住了脖子。

李尋歡似乎也已怔住了，失聲道：「你……是你？」

這人忽然「砰」的將酒摔在地上，掉頭就跑。

李尋歡立刻也追了過去，呼道：「等一等，等一等……兄台莫非不認得小弟了麼？」

這人跑得更快，大叫道：「我不認得你，我不喝你的酒……」

兩人一個追，一個逃，眨眼間都已跑得瞧不見了。

無論是誰，都忍不住會以爲他們有毛病。

「那偷酒的人原來是個瘋子，明知要挨揍也敢來偷酒喝，但等到別人請喝酒時，他反而逃了。」

「那買酒的人更瘋，既花了錢，又挨了罵，還要稱那人爲兄台，像這種人我倒真沒有瞧見過。」

他當然沒有瞧見過，因爲這種人世上本就不多。

逃的人是誰？

他爲什麼一見了李尋歡就逃？

這原因別人自然不知道，就連李尋歡自己，也想不到會在這種地方，這種情況下遇到他。

李尋歡第一次見到他的時候，是在一條長街上的屋簷下。

那條街上的人很多。

他的白衣如雪，在人群中就像是雞群中的鶴。

他自己顯然也不屑與別人爲伍，就算將世上所有的黃金都堆在他面前，他也不屑和那些他所看不起的人說一句話。

但現在，只爲了一罈酒，濁酒，他竟不惜忍受別人的訕笑、辱罵、鞭打，甚至不惜像豬一樣被打得滾在泥漿中。

李尋歡簡直無法相信這會是同一個人，也不敢相信。

但他卻不能不信。

現在這滾在泥漿中的人，的確就是昔日那高高在上的呂鳳先！

是什麼事令他改變的？改變得這麼快，這麼大，這麼可怕！

燈火已在遠處，星光卻彷彿近了些。

呂鳳先突然停下了腳步，不再逃了。

因爲他也和阿飛一樣，逃避的只是他自己。

世上也許有很多人都想逃避自己，但卻絕沒有一個人能逃得了！

李尋歡也已遠遠停下，彎下腰，不停的咳嗽。他已發覺近來咳嗽的次數雖然少了些，但一咳起來，就很難停止。

這豈非正如「相思」一樣？

你將一個人思念的次數少了些時，並不表示你已忘了他，只不過是因爲這相思已入骨。

等他咳嗽完了，呂鳳先才一字字道：「你爲什麼不讓我走？」

他雖然盡力想使自己顯得鎮定些，卻並沒有成功。

他說話的聲音抖得就像是一條剛從冰河中撈起來的兔子。

李尋歡沒有回答，生怕自己的回答會傷害到他。

無論什麼樣的回答都可能傷害到他。

呂鳳先道：「我本不欠你的，本不必爲你做什麼事，你何必還要來逼我？」

李尋歡終於長長嘆息了一聲，道：「我欠你的。」

呂鳳先道：「就算你欠我，也不必還。」

李尋歡道：「我欠你的，本就無法還，但你至少也該讓我請你喝杯酒。」

他笑了笑，接著道：「莫忘了，你也請過我。」

呂鳳先的手一直在不停的發抖，抖得連酒杯都拿不穩了。

他用兩隻手捧著碗喝酒，但酒還是不停的從碗裡濺出來，從他嘴角裡流出來，濺得他自己一身一臉。

就在幾天前，這隻手還是件「殺人的兵器」！

無論是什麼事令他改變的，這件事對他的打擊都太可怕了。

李尋歡簡直無法想像。

呂鳳先又伸出手，去倒酒。

「噹」的，酒壺自他手中跌下。

他的臉驟然扭曲了起來，盯著自己的這隻手，眨也不眨，也不知過了多久，突然狂吼一聲，將這隻手塞入自己嘴裡。

拚命的塞，拚命的咬。

血，流過他嘴角的酒痕。

無論他做任何事，李尋歡本都不願攔阻他的，但現在卻不得不拉住他的手。

呂鳳先狂吼：「放開我，我要咬掉它，一口口嚼碎，一口口吞下去！」

這隻手本是他最自傲、最珍惜的，一個人到了真正痛苦時，就想將自己最珍惜的東西，將毀掉自己整個人的東西都毀掉！

因爲世上唯一能解除這種痛苦的法子，只有毀滅！

徹底的毀滅！

李尋歡黯然道：「若是別人做了對不起你的事，該死的是他，你又何苦折磨自己？」

呂鳳先嘶聲道：「該死的是我，我自己……」

他拚命想掙脫李尋歡的手！自己卻從凳子上跌了下去。

他沒有再爬起，就這樣伏在地上，放聲痛哭了起來。

他終於斷斷續續說出了自己的故事。

李尋歡耳朵裡聽著的是他的故事，眼睛裡看著的是他的人，但心裡想到的卻是阿飛！

李尋歡的心在發冷。

阿飛是不是也受了這種同樣的打擊？

阿飛是不是也已變成這樣子？

李尋歡本不忍再對呂鳳先說什麼，但現在卻不得不說了：「你何必還留在這裡？」

極度的悲痛後，往往是麻木。

呂鳳先的人似已麻木，茫然道：「不留在這裡，到那裡去？」

李尋歡道：「回去，回家去。」

呂鳳先道：「家？……」

李尋歡道：「你現在就好像生了場大病，這病只有兩種藥能治好。」

呂鳳先道：「兩種藥？」

李尋歡道：「第一種是家，第二種是時間，你只要回家……」

呂鳳先忽然大聲道：「我不回家。」

李尋歡道：「爲什麼？」

呂鳳先道：「因爲……因爲那已不是我的家了。」

李尋歡道：「家就是家，永遠都不會變的，這就是家的可貴。」

呂鳳先又在發抖，道：「就算永遠沒有變，我卻已變了，我已經不是我。」

李尋歡道：「你若肯在家裡安安靜靜的過一段時候，就一定會變回原來的你。」

他還想接著說下去，身後已有一人緩緩道：「若是沒有家的人，這種病是不是就永遠也不會治好？」

七一　毒婦的心

輕柔的聲音，帶著種誘人犯罪的韻律。

李尋歡還沒有回頭，呂鳳先已跳起來，瘋狂般衝了出去。

他就好像突然見到鬼似的。

李尋歡用不著回頭，已知道說話的人是誰了。

他當然也明白她這句話的意思。

「阿飛就是沒有家的。」

李尋歡的心在往下沉，拳已握緊，一字字道：「想不到你居然會來，到這種地方來。」

來的當然就是林仙兒。

她在笑著，銀鈴般笑著道：「我的確很少到這種地方來，但我卻知道只有在這裡才能找得到你，只要能找到你，什麼地方我都去。」

李尋歡冷冷道：「你本不該來找我，因為你也許要後悔！」

林仙兒笑道：「後悔？我為什麼要後悔？我們是老朋友了，既然知道你在這城裡，怎麼能不來看你？」

她的聲音更溫柔，慢慢的接著道：「你總該知道，我一直都很想你。」

李尋歡道：「但我若知道你也像對呂鳳先那樣對阿飛……」

他沒有再說下去。

他一向很少說威脅別人的話，因爲他根本用不著說。

林仙兒道：「我若像甩呂鳳先那樣，甩了阿飛，難道你就會殺我？」

李尋歡道：「我的意思，你應該懂得。」

林仙兒道：「我只知道你一直都在勸他離開我，我若先離開他，豈非正如你所願？」

李尋歡道：「那不同。」

林仙兒道：「有什麼不同？」

李尋歡道：「我只要你離開他，並沒有要你毀了他。」

林仙兒道：「我若已毀了他呢？」

李尋歡霍然轉身，盯著她，一字字道：「那麼你就會後悔今天爲何要來的！」

他神色看來還是很平靜，但也不知爲了什麼，林仙兒卻忽然感覺到一種說不出的壓力，壓得她幾乎連笑都笑不出來。

她很少有笑不出來的時候。

笑，本是她最有把握的一種武器，她只有在面對著上官金虹的時候，才會覺得這種武器並不十分有效。

但現在，她忽然發覺在李尋歡面前也一樣——一個人的信心若消失，笑得就絕不會像平時那麼動人了。

過了很久，她才慢慢的搖了搖頭，道：「你絕不會對我怎麼樣的，我知道。」
李尋歡道：「你有把握？」
林仙兒道：「嗯。」
李尋歡道：「但我自己卻沒有把握，有時我也會做出一些令人想不到的事來。」
林仙兒道：「可是，你若令我後悔了，你自己一定就要後悔得更厲害。」
李尋歡道：「哦？」
林仙兒道：「你若還想再見到阿飛……」
李尋歡聳然道：「你知道他在那裡？」
林仙兒道：「我當然知道。」
她似乎又恢復了自信，嫣然笑道：「這世上也許就只有我一個人能帶你去找他，也只有我　個人能救他……我既然能毀他，就能救他！」
直到這時，李尋歡的臉色大變了。
因爲他知道這次她說的並不是假話。
她說謊的時候固然很可怕，說真話的時候卻更可怕，因爲像她這種人，若不是爲了要求更高的代價，就絕不會說真話。
李尋歡輕輕的磨擦著自己的手指，他覺得指尖已有些發冷，過了很久，才長長吁了口氣，道：「好，你要的是什麼，說出來吧。」
林仙兒脈脈的瞧著他，不說話。

李尋歡道：「你究竟想要什麼？」

林仙兒忽又笑了，柔聲道：「我想要的東西一直很多，可是現在……我卻只想多瞧你幾眼。」

她咬著嘴唇，吃吃笑道：「因爲我從來也沒有看到過你發怒，我一直在想，李尋歡發怒的時候會是什麼樣子呢？現在我總算看到了，這機會很難得，我怎麼能輕易錯過。」

李尋歡沉默了半晌，慢慢的坐下，將桌上一盞油燈移到自己面前，然後慢慢的斟了杯酒。

她要看，他就讓她看，而且還像是生怕她看得不夠清楚。

「女人若要做一件事，最好的法子，就是讓她去做，她自己很快就會覺得這件事並不如想像中那麼有趣的。」

「因爲女人無論對什麼事的興趣都不會保持得很久，但你若不讓她去做，她的興趣反而會更濃厚。」

這也許就是女人最大的毛病，千百年前的女人就有這種毛病，千百年後的女人也必將有這種毛病。

奇怪的是，男人對女人已研究了這麼多年，但能了解女人這種毛病的男人，卻偏偏還是不太多。

李尋歡坐在那裡，慢慢的喝著酒。

林仙兒盯著他，甜笑著道：「你真是個妙人，不但說的話妙，做的事妙，喝酒的樣子也妙，每次我看到你喝酒的時候，都恨不得將自己變成你手裡的酒杯，我總忍不住要想，你對女人是不是也像對酒杯這麼溫柔呢？」

李尋歡聽著。

林仙兒道：「其實你對付女人的法子更妙，你好像總有法子知道女人們心裡在想著什麼，你做的每件事都恰好正是她們最喜歡的——有時你甚至什麼都不做，也自然會有人來上你的鈎。」

她嘆了口氣，又道：「所以無論多厲害的女人，只要遇上你，就休想逃得了。」

李尋歡還是在聽著。

林仙兒道：「每次我遇著你，都覺得跟你聊天很有趣，後來仔細想一想，才發現上了你的當，你根本什麼話都沒有說。」

最會說話的人，往往也就是不說話的人。

只可惜這道理也很少有人明白。

林仙兒笑道：「但這次我卻不再上你的當了，這次我要你說話。」

李尋歡道：「等你看夠了，我再說。」

林仙兒道：「我已經看夠了。」

李尋歡道：「那麼，你還想要什麼？」

林仙兒盯著他，假如眼睛裡也有牙齒，李尋歡早已被她吞下了肚。

被一個這麼樣的女人這樣盯著，雖然很愉快，卻又實在有點受不了，她簡直是想要人發瘋。

只有李尋歡受得了。

林仙兒咬著嘴唇，一字字道：「我什麼都不要，只要你！」

李尋歡道：「要我？」

林仙兒眼波流動，道：「用你自己來換阿飛，這交易豈非很公道。」

李尋歡道：「不公道。」

林仙兒道：「有什麼不公道，你認爲他現在已不屬於我了？」

李尋歡道：「不錯，你既然已毀了他……」

林仙兒道：「就因爲我已毀了他，所以他才永遠屬於我，我若去救他，他就不是我的了，這道理你難道不懂？」

李尋歡當然懂。就因爲他懂，所以才痛苦。

林仙兒笑了，道：「所以你若想要我放他走，就得用你自己來換，你若不答應，就永遠再也休想見得到他。」

李尋歡慢慢的喝完了杯中酒，慢慢的走到她面前，緩緩道：「看來我只有答應你了，是麼？」

林仙兒笑得更媚，輕輕道：「我保證你絕不會後悔的……」

她聲音突然停頓。

李尋歡的手已摑在她臉上，正正反反摑了她十幾個耳光。

林仙兒非但沒有躲避，反而「嚶嚀」一聲，撲入他懷裡，喘息著道：「你要打，就打吧，只要你答應我，我情願日日夜夜被你打。」

突聽一人拍手笑道：「打得好，她既然這麼說，你爲何不再打？」

七二 互鬥心機

攤子上挑著盞燈籠，燈籠已被油煙燻黑。

燈籠下俏生生的站著一個人，大大的眼睛，長長的辮子——

李尋歡失聲道：「孫姑娘！」

孫小紅嫣然道：「我本來最恨男人打女人，但這次，你卻打得讓我開心極了。」

林仙兒道：「我也開心極了，我喜歡被他打。」

她又勾住了李尋歡的臂，媚笑道：「你若在吃醋，不妨也過來喝杯酒，醋可以解酒，酒也可以解醋。」

孫小紅居然真的走了過來，用李尋歡的酒杯倒了杯酒，一口就乾了，吐了吐舌頭，皺眉笑道：「劣酒喝多了雖然也就和好酒差不多，但這第一口可真難喝。」

林仙兒笑道：「等孫姑娘下次到我們家來的時候，我們一定用最好的酒來招待你！」

她仰著面，笑問李尋歡，道：「你說好不好？」

李尋歡還沒有說話，孫小紅已搶著道：「你笑得真好看，我雖然是女人，也忍不住想多瞧幾眼。」

林仙兒吃吃笑道：「小妹妹，你還不是女人，你只不過是個小孩子。」

孫小紅道：「你現在儘管多笑笑吧，因爲你馬上就要笑不出了。」

林仙兒道：「哦？」

孫小紅道：「他絕不會答應你的。」

林仙兒道：「哦？」

孫小紅道：「因爲你能做得到的事，我也能做得到。」

林仙兒又笑了，道：「你能做得到什麼？小孩子畢竟是小孩子，明明什麼事都不懂，卻偏偏要裝出很懂的樣子。」

她吃吃的笑著道：「有些事雖然只要是女人就能做，但做得好不好，分別就很大了……這道理你也懂麼？」

孫小紅的臉也已有些發紅，咬著嘴唇道：「我至少也能帶他去找阿飛。」

林仙兒道：「你找得到？」

孫小紅道：「當然，而且我也知道要怎麼樣才能救阿飛。」

林仙兒道：「哦？」

孫小紅道：「要救他，只有一種法子。」

林仙兒道：「什麼法子？」

孫小紅道：「殺了你！要救他，只有殺了你！這世上若已沒有你這個人，他就絕不會再有苦惱！」

李尋歡突又乾了杯酒，大笑道：「說得好！」

林仙兒嘆了口氣，道：「想不到你也和阿飛一樣，你難道不知大多數女人說的話都靠不住麼？你難道真相信她能帶你去找阿飛？」

李尋歡笑了笑，道：「世上有說謊的男人，也有誠實的女人。」

孫小紅笑道：「對了，你莫將天下的女人都看得和你自己一樣。」

林仙兒道：「好，那麼我問你，阿飛現在在什麼地方？」

孫小紅道：「已跟我爺爺在一起，我爺爺已將他從上官金虹那裡帶出來了。」

林仙兒又笑了，瞟著李尋歡，道：「這種話你也相信麼？天下又有誰能從上官金虹手上將人救出來？」

李尋歡微笑道：「也許只有一個人，就是她的爺爺孫老先生。」

林仙兒的笑容看來已又變得有些生硬，道：「好，既然如此，我倒也想去瞧瞧。」

孫小紅道：「用不著！他不想見你。」

她冷冷接著道：「現在你活著好像已是多餘的。」

林仙兒道：「你想我死？」

孫小紅道：「你早就該死了。」

林仙兒笑道：「可是你想過沒有，要誰來殺我呢？」

孫小紅道：「你以爲沒有人能下得了手？」

林仙兒眼波流動，道：「這世上的男人，也許只有一個能忍心下得了手，可是他也不會出手的。」

她用眼角瞟著李尋歡，接著道：「因爲他知道他若殺了我，阿飛還是一樣會恨他。」

孫小紅道：「你莫忘了，我不是男人，我也不怕阿飛恨我。」

林仙兒忽然大笑了起來，道：「小妹妹，難道這就算是挑戰麼？難道你想跟我決鬥？」

孫小紅板著臉，道：「一點也不錯。」

她不讓林仙兒說話，又道：「地方可以由你選，時間卻得由我。」

林仙兒道：「你說什麼時候？」

孫小紅道：「就是現在。」

看來決鬥並不是男人的專利，女人有時也會決鬥的。

但女人決鬥的法子是不是也和男人一樣呢？

孫小紅道：「我已挑了時間，現在你就挑個地方吧。」

林仙兒眼珠子轉動著，道：「地方也不必挑了，看來這裡就不錯，只不過……」

孫小紅道：「只不過怎樣？」

林仙兒道：「我們用那種法子呢？」

孫小紅道：「決鬥就是決鬥，難道還有很多種法子？」

林仙兒悠然道：「當然有，有的叫文鬥，有的叫武鬥，有的鬥兵器，有的鬥輕功，也有的鬥毒藥，何況，我們到底是女人，無論做什麼事至少都應該比男人斯文些才是。」

孫小紅道：「你說用那種法子？」

林仙兒眨著眼，道：「法子也由我來選麼？」

李尋歡忽然道：「可能用毒藥。」

孫小紅甜甜的對他一笑，道：「用毒藥也沒關係，我七叔也是使毒的大行家，絕不在五毒童子之下，只不過他使毒是爲了要救人，並不是爲了要殺人。」

林仙兒道：「若能用毒藥救人，使毒的本事就必定已出神入化，因爲用毒藥救人，的確比用毒藥殺人困難得多。」

她嘆了口氣，道：「看來我倒真不能用毒藥來跟你決鬥了。」

孫小紅淡淡道：「隨便你用什麼法子。」

她看來是這麼有把握，李尋歡也不再說什麼。「孫老先生」嫡傳的武功，他也早就想見識見識了。

林仙兒又瞟了李尋歡一眼，道：「在小李探花這樣的絕頂高手面前，我們若是拳打腳踢的打了起來，豈非是在班門弄斧，要人家瞧著笑話。」

孫小紅道：「那麼，你說用什麼法子？」

林仙兒道：「我們既然是女人，就應該用女人的法子。」

孫小紅道：「女人難道還有什麼特別的法子？」

林仙兒道：「當然有。」

孫小紅道：「你說。」

林仙兒道：「男人自以爲處處都比女人強，但有件事卻只有女人才能做，本事再大的男人也無能爲力。」

孫小紅道：「哦？」

林仙兒道：「譬如說，生孩子……」

孫小紅笑聲道：「生孩子？」

林仙兒笑道：「不錯，生孩子才是女人們最大的本事，最大的光榮，不能生孩子的女人，誰都瞧不起的，你說是麼？」

孫小紅的臉又紅了，吃吃道：「你難道……難道……」

林仙兒道：「我們本來可以比一比誰的孩子生得多，生得快。」

孫小紅叫了起來，道：「你瘋了，這種事怎麼能比？」

林仙兒悠然道：「誰說不能，難道你生不出孩子？」

孫小紅脹紅了臉，既不能承認，又不能否認。

林仙兒道：「你若嫌這種法子太慢、太費事，我們也可以換一種。」

孫小紅鬆了口氣，道：「當然要換一種。」

林仙兒道：「還有些事只要是男人就敢做，但無論多厲害的女人，你若要她做這些事，她也沒這個膽子。」

她笑了笑，接著道：「你既然不願意比女人都能做的事，我們就比一比女人都不敢做的事如何？」

孫小紅遲疑著，道：「你先說來聽聽。」

林仙兒道：「譬如說，脫衣服……我們就在這裡把衣服全脫下來，看誰脫得快，我若輸了情願把腦袋送給你。」

這裡本是個夜市，到這裡來喝酒的人，雖都不願多管別人的閒事，但若有女人當場脫衣服，打破頭也要搶著來瞧瞧的。

孫小紅咬著嘴唇，紅著臉道：「難怪聰明的男人都不願找女人賭錢，原來就因爲你們這種女人，無論賭什麼都要想出法子來賴皮。」

林仙兒笑道：「跟男人賴皮，本來就是女人的特權，不懂得利用這種特權的女人，不是醜八怪，就是個呆子。」

孫小紅大聲道：「我不是男人。」

林仙兒道：「我也沒有賴皮，『隨便你用什麼法子』，這句話難道不是你自己說的？」

孫小紅怒道：「可是我又怎知道你會想得出這種不要臉的法子？」

林仙兒悠然道：「這也只能怪你自己，你要殺我，爲何不乾乾脆脆的動手，誰叫你還要多嘴的？」

她笑了笑，接著道：「不過話又說回來了，這也不能怪你，不多嘴的女人，到現在我還沒有看到過。」

看來「決鬥」的確是男人的專利。

因爲決鬥時只能用手，絕不能用嘴——無論誰若話說得太多了，勇氣和鬥志都會漸漸消失的。

無論在什麼地方，你看到兩個人打架時若先嚕哩嚕嗦吵了起來，那場架就一定打不起來了。

而女人卻偏偏大多是「君子」，都很懂得「動口不動手」這道理。

——秋風肅殺，夕陽西下，兩個女人一言不發的站在秋風落葉中，等著那立判生死的一刹那——

這種場面又有誰瞧見過？

不但沒有人瞧見過，簡直連聽都未聽說過。

「女人就是女人。」

男女雖平等，但世上卻偏偏有些事是女人不能做，也做不出的。

女人若一定想做這些事，不是「自不量力」就是「自討無趣」。

「女人就是女人」。

這道理是誰也駁不倒的。

林仙兒笑得更甜，更得意了。

看著林仙兒的笑臉，李尋歡忽然想起了藍蠍子。

藍蠍子雖也是個聲名狼藉的女人，但卻有種非凡的烈性。

他忽然覺得藍蠍子死得很可惜。

孫小紅脹紅的臉已漸漸發青。

林仙兒笑道：「現在決鬥的時間、地點、方法，已全都決定，鬥不鬥就全看你了。」

孫小紅搖了搖頭。

林仙兒道：「既然不鬥，我可要走了。」

孫小紅道：「你走吧。」

她忽然嘆了口氣，淡淡道：「這也只怪你運氣不好。」

林仙兒抿嘴笑道：「是你運氣不好？還是我運氣不好？」

孫小紅道：「你。」

林仙兒忍不住問道：「我運氣那點不好？」

孫小紅道：「我嘴上說得雖兇，但若真的動起手來，還不至於真要你的命，最多也只不過要你受點傷，叫你以後害不了人而已。」

林仙兒笑道：「如此說來，我的運氣豈非好極了？」

孫小紅道：「我若已傷了你，別人再要來殺你，我一定不會讓他們動手的，是麼？」

她笑了笑，淡淡接著道：「但現在，若有人要來殺你，我就不管了。」

這句話還沒有說完，林仙兒的身子已打了個轉。

對某些事林仙兒的反應絕不比李尋歡和阿飛慢。

她目光隨著身子的轉動四面搜索，向最黑暗的地方搜索。

她並沒有瞧見什麼。

孫小紅已拉起李尋歡的手，道：「我們走吧，我不喜歡看殺人。」

林仙兒忍不住道：「你是說有人要來殺我？」

孫小紅眨著眼，道：「我說過麼？」

林仙兒道：「人在那裡，你瞧見了？」

孫小紅既不承認，也不否認。

她無論是承認，還是否認，都不會令林仙兒害怕的。

但林仙兒現在卻顯然有點害怕了，囁嚅著道：「我怎麼瞧不見。」

孫小紅淡淡笑道：「你當然瞧不見，你若瞧見時，也許就太遲了。」

林仙兒道：「我若看不到，你怎麼能看到？」

孫小紅道：「因爲他們要殺的並不是我。」

她又笑了笑，接著道：「我現在才知道，若要殺你，最好莫要被你看到，因爲若是先被你看到，也許就殺不成了。」

林仙兒道：「他……他們是誰？」

孫小紅道：「我怎麼知道誰要殺你？你自己本該知道的。」

林仙兒目光還是四下搜索著，目中已有了驚懼之色。

她一向很少害怕。

因爲她總有把握能令那些要殺她的人下不了手。

但現在，她根本不知道是什麼樣的人，對方根本不讓她看到，她就算有一萬種法子，也用不出來。

孫小紅道：「難道連你自己都想不出是誰要殺你？是不是你自己也知道要殺你的人太多了？」

林仙兒情不自禁擦了擦汗。

她無論做什麼事，姿態都一向很優美，很動人。

但現在她這擦汗的動作看來竟有些笨拙。

無論多聰明的人，心裡若有些畏懼，也會變笨的。

所以你若想擊倒一個人，最好的方法，就是讓他自己心裡先覺得恐懼，那麼用不著你出手，他自己就先已將自己擊倒。

李尋歡瞧著孫小紅，心裡忍不住在微笑。

他忽然發覺孫小紅已不再是孩子，無論從那方面看，她都已是個完全成熟的女人。

只有成熟的女人，才了解成熟的女人。

七三 人性無善惡

林仙兒和孫小紅的這一次決鬥雖未真的交手，卻無異已交手，而且已交手了兩次。

只不過她們鬥的不是力，而是心。

第一次林仙兒勝了。

因爲她很了解女人心裡的弱點，而且懂得如何利用它。

第二次，勝的卻是孫小紅。

她用的也是同樣的法子。

她知道女人對什麼事都要懷疑。

因爲懷疑，才有畏懼。

孫小紅若是男人，也許早已殺了林仙兒。

林仙兒若是男人，無論孫小紅說什麼，她也早就走了。

就因爲她們都是女人，所以才會造成這種奇特的局面。

——若要男人和女人去做同一樣事，無論做什麼，過程既不會相同，結果更不會一樣。

「決鬥」也是如此。

女人的決鬥當然不會有男人那麼沉重、緊張、激烈，但也許卻更微妙，更複雜，更有趣。

因爲那其中的變化必定多些。

她們的變化，並不像武功招式的變化那樣，人人都能看見，也遠比武功招式的變化更複雜，更快。

只可惜她們的變化是眼睛看不見的。

若有人能看到女人心裡複雜微妙的變化，一定就會覺得女人的決鬥比世上所有男人的決鬥都更精采，更別緻。

女人就是女人，永遠和男人不同。

誰若想反駁這道理，誰就是呆子。

這道理既明白，又簡單。

奇怪的是，世上偏偏有些人想不到。

孫小紅拉著李尋歡在前面走。

林仙兒居然在後面跟著。

孫小紅道：「我們走我們的，你走你的，你爲什麼要跟來？」

林仙兒道：「我……我也想去看看阿飛。」

孫小紅道：「你還要看他幹什麼？難道你害他害得還不夠慘？」

林仙兒道：「我只想……」

孫小紅道：「我們不會讓他再看見你的，你去了，也是白去。」

林仙兒道：「我只想遠遠看他一眼，他要不要看我都沒關係。」

孫小紅冷冷道：「腿長在你自己身上，你一定跟著來，我們也沒法子，只不過……你既然跟著來了，就莫要後悔。」

林仙兒道：「我做事從不後悔。」

孫小紅忽然笑了，道：「你看，我早就算準她會跟著來的，果然沒有算錯。」

這句話是向李尋歡說的。

李尋歡微笑道：「你本來就要她跟來？」

孫小紅道：「當然要。」

李尋歡道：「爲什麼？」

孫小紅道：「我剛才既然已沒法子再對她下手，就只好等下一次機會，她若不跟著我們來，我那有機會？」

李尋歡悠然道：「其實你根本不必等，剛才也可以下手，無論她說什麼，你都可以不聽。」

孫小紅道：「你們男子漢講的是『話出如風，一諾千金』，難道我們女人就可以說了話當放屁麼？」

李尋歡笑了，道：「但你怎知她會跟著來？」

孫小紅道：「因爲她想要我們保護她，她跟『小李探花』在一起時，無論誰想殺她，也沒這個膽子下手的。」

她嫣然笑道：「說得好聽些，這就叫做狐假虎威，說得難聽些，這就叫做狗仗人勢。」

李尋歡失笑道：「這兩種說法好像都不大好聽。」

孫小紅道：「你若是做了這些事，無論別人話說得多難聽，也只好聽聽了。」

這些話林仙兒當然全都聽得見。

孫小紅本就是故意說給她聽的。

但林仙兒卻裝得好像什麼都沒有聽到似的，也沒有開口。

她這人就彷彿突然變得又聾又啞。

能裝聾作啞，的確是種很了不起的本事。

孫小紅忽然改變了話題，道：「你知不知道龍嘯雲要跟上官金虹結拜的事？」

李尋歡道：「聽說過……你們就是為這件事來的。」

孫小紅道：「嗯，因為我們知道在這裡一定可以遇到很多人。」

她瞟了李尋歡一眼，抿著嘴笑道：「最主要的，當然還是因為我知道可以在這裡遇見你。」

李尋歡也在瞧著她，心裡忽然覺得很溫暖，就好像喝了杯醇酒。

他已很久沒有感覺到這種滋味了。

孫小紅被他瞧著，整個人都像是在春風裡。

過了很久，李尋歡才嘆了口氣，道：「若不是你們來，說不定我已……」

孫小紅打斷了他的話，搶著道：「說不定上官金虹已進了棺材。」

李尋歡淡淡一笑，沒有再接著說下去。

他和上官金虹雖然遲早難免要一決生死，但他卻不願談到這件事。

他不願對這件事想得太多，因爲想得太多，就有牽掛，有了牽掛，心就會亂，心若亂了，他戰勝的機會就更少。

孫小紅道：「其實對上官金虹那種人，你本不必講道義，你若在他看到上官飛屍體的時候出手，一定可以殺了他。」

李尋歡嘆道：「只怕未必。」

孫小紅道：「未必？你認爲他看到自己兒子死了，心也不會亂？」

李尋歡道：「血濃於水，上官金虹多少也有點人性。」

孫小紅道：「那麼你爲何不出手？你要知道，你對他講交情，他可不會對你講交情。」

李尋歡道：「我和他現在已勢不兩立，誰也不會對誰講交情。」

孫小紅道：「那麼你……」

李尋歡忽然笑了笑，打斷了她的話，道：「我不出手，只因爲我還要等更好的機會。」

孫小紅道：「在我看來，那時已經是最好的機會。」

李尋歡道：「你看錯了。」

孫小紅道：「哦？」

李尋歡道：「看到自己的兒子死了，心雖然會亂，但心裡卻會生出種悲憤之氣，那時我若出手，他就會將這股怒氣發洩在我身上！」

他嘆息著，接道：「人在悲憤中，不但力量要比平時大得多，勇氣也要比平時大得多，那時上官金虹若出手，一擊之威，我實在沒有把握能接得住。」

孫小紅瞧著他笑了，嫣然道：「原來你也不是我想像中那麼好的人，有時你也會用心機的。」

李尋歡也笑了，道：「我若真像別人想得那麼好，至少已死了八十次。」

孫小紅道：「上官金虹若知道你的意思，一定會後悔喝那杯酒的。」

李尋歡道：「他絕不後悔。」

孫小紅道：「為什麼？」

李尋歡道：「因為我的意思他本就很明瞭。」

孫小紅道：「那麼，他為什麼還要敬你酒？」

李尋歡道：「他敬我那杯酒，為的並不是我對他講道義——講道義的人在他眼中看來，簡直是呆子。」

孫小紅道：「那麼他為的是什麼？」

李尋歡笑道：「因為他已明瞭我的意思，知道我並不是呆子。」

孫小紅眨著眼，道：「他知道你也和他一樣，能等，能忍，能把握機會，也能判斷什麼時候才是最好的機會，所以才敬你的酒，是不是？」

李尋歡道：「是。」

孫小紅道：「他覺得你也和他是同樣的人，所以才佩服你，欣賞你——一個人最欣賞的人，本就必定是和他自己同樣的人，因為每個人都一定很欣賞自己。」

李尋歡微笑道：「這句話說得很好，簡直不像你這種年紀的人能說得出來的。」

孫小紅撇了撇嘴，道：「但你真的和他是同樣的人麼？」

李尋歡沉吟著，緩緩道：「在某些方面說，是的，只不過因為我們生長的環境不同，遇著的人和事也不同，所以才會造成完全不同的兩個人。」

他嘆息接道：「有人說：人性本善，也有人說，人性本惡，在我看來，人性本無善惡，一個人是善是惡，都是後天的影響。」

孫小紅凝注著他，道：「看來你不但很了解別人，也很了解自己。」

李尋歡嘆道：「一個人若要真的完全了解自己，並不容易。」

他神色又黯淡了下來，目中又露出了痛苦和憂慮。

孫小紅也嘆了口氣，幽幽道：「一個人若要了解自己，必定要先經過很多折磨，嚐過很多痛苦——是不是？」

李尋歡黯然道：「正是如此。」

孫小紅嘆道：「這麼說來，我倒希望永遠不要了解自己了，了解得愈多，痛苦愈多，完全不了解，也許反倒幸運些。」

這次是李尋歡改變了話題。

他忽然問道：「上官金虹敬我酒的時候，你們還在那裡？」

孫小紅道：「我們已經走了，這件事都是我以後聽人說的。」

她嫣然笑道：「現在你和上官金虹都是了不起的大人物，你們的一舉一動，在別人看來都是大消息，今天晚上，在這城裡，至少也有十萬個人在談論你……你信不信？」

李尋歡笑道：「所以我才佩服你爺爺，身若浮雲，心如止水，隨心所欲，無牽無掛，這種人才真的是了不起！」

孫小紅沉默了半晌，幽幽道：「他老人家的確已什麼事都看穿了。」

她忽又改變話題，道：「你知不知道那口棺材是誰送去的？」

李尋歡道：「我猜不出。」

孫小紅眨了眨眼，道：「送棺材去的，難道就是殺上官飛的人？」

她顯然也已知道殺上官飛的人是誰了。

林仙兒卻不知道，一直豎著耳朵在聽，只恨他們卻偏偏都不肯將這個人的名字說出來。

李尋歡沉吟著，道：「想必就是他，因爲知道上官飛屍體在那裡的人並不多。」

孫小紅道：「他爲什麼要這樣做？」

李尋歡道：「因爲他想打擊上官金虹。」

孫小紅道：「他也恨上官金虹？」

李尋歡又沉吟了很久，緩緩道：「也許他並不是恨，他想打擊上官金虹，也許只因爲上官金虹被打倒後，他才有機會去救他。」

孫小紅道：「我更不懂了，他既然想救他，爲何又要打擊他？」

李尋歡道：「也許他是要上官金虹後悔。」

孫小紅嘆了口氣，道：「人的心，實在比什麼事都難了解。」

李尋歡緩緩道：「不錯，世上最難了解的，就是人心和人性，人性的複雜，遠在天下任何一種武功之上。」

他忽然又接著道：「但你若不能了解人性，武功也就永遠無法達到巔峰，因爲無論什麼事，都是和人性息息相關的，武功也不例外。」

這種哲理對孫小紅說來也許太深奧了些。

孫小紅也不知聽懂了沒有，沉默了半晌才開口，聲音如風在輕訴，道：「我什麼都不想了解，只想了解你。」

她的眼睛在凝視著他，眼睛裡的神色不僅是讚賞，還帶著種信賴，彷彿在告訴他，只有在他面前，她才會將自己的心事全說出來。

李尋歡心裡忽然又泛起了那種溫暖之意，幾乎忍不住要伸手去摸一摸她那蘋果般的臉。

但他當然並沒有真的這麼樣做。

他絕不能這麼做。

他慢慢的扭轉頭，輕輕的咳嗽了起來。

孫小紅顯然在等著，等了很久，目中漸漸露出了失望之色，緩緩道：「但你卻好像很怕被人了解，所以時時刻刻都在防備著。」

李尋歡道：「怕？怕什麼？」

孫小紅咬著嘴唇，道：「怕別人愛上你。」

她很快的接著道：「因爲你知道無論誰若是真正的了解了你，一定就會忍不住要愛上你的，你寧可被人恨，也不願被人愛，是麼？」

李尋歡笑了，道：「現在的年代的確變了，以前的小姑娘，嘴裡絕不會說出『愛』這個字。」

孫小紅道：「以後的小姑娘也未必敢說，可是我……我無論生在那個年代，就算是生在幾百年以前，只要是我心裡想說的話，我還是一樣會說出來。」

無論是什麼時代，都會有幾個像她這樣的人。

這種人敢說、敢做、敢愛，也敢恨。

就因爲他們是活在時代前面的，所以在別人眼中，也許會將他們看成瘋子、怪物。

但他們自己卻還是活得很好、很愉快，甚至比大多數人都愉快得多，因爲無論別人對他們的看法如何，他們根本全不在乎。

今夜還是有霧。

現在雖已是冬天，但這霧，卻像是春天的霧。

孫小紅在霧中慢慢的走著，就像是希望這段路永遠也莫要走完似的。

李尋歡本來是急著想去瞧阿飛的，但現在，他也沒有催促。

這些年來，他的心情一直很沉重，就像是已被一道無形的枷鎖壓住，壓得他幾乎連氣都透不過來。

只有在和孫小紅聊天的時候，他才會覺得輕鬆些。

他忽然發覺孫小紅實在很了解他，甚至比他想像中還要了解得深。

能和了解自己的人聊聊天，本是人生中最愉快的事。

但李尋歡卻已開始想逃避了。

「……你寧可被人恨，也不願被人愛，是麼？」

李尋歡的心在絞痛。

他並不是「不願」，而是「不能」。

他覺得自己非但已無法再「給予」，也無法再「接受」。

每個人都帶著他自己的枷鎖，除了他自己外，誰也無法替他解脫。

李尋歡如此，阿飛也如此。

他們的枷鎖是不是永遠也無法解脫？難道他們要帶著這副枷鎖走入墳墓？

孫小紅忽然停下腳步，道：「到了。」

路很荒僻，路旁有棟小小的屋子，窗子裡有燈光透出。

燈光閃動著，顯得特別明亮，這麼小的屋子裡，本不該有這麼明亮的燈光。

孫小紅轉過身，面對著林仙兒，道：「這地方你認得的，是不是？」

林仙兒當然認得，這本是她和阿飛的「家」。

她咬著嘴唇，點了點頭，囁嚅著道：「阿飛已回來了？」

孫小紅道：「你是不是也想進去看看他？」

林仙兒道：「我……我可以進去麼？」

孫小紅道：「這本是你的家，你要進去就進去，本不必問別人的。」

林仙兒垂下了頭，道：「可是，現在……」

孫小紅道：「現在當然不同了，你自己也該知道，這種情況是誰造成的？」

她冷笑著接道：「你本可在這裡快快活活，安安靜靜的過一生，可是你自己不願意，因爲你看不起這個家，也看不起這個人。」

林仙兒垂著頭，輕輕道：「現在我才知道自己錯了，我還能夠活著，全都是因爲他在保護我，若是沒有他，我也許早就被人殺了。」

她聲音愈說愈低，眼淚也已流下！

她嘆了口氣，接道：「我和他在一起的時候，沒有人敢來傷我一根頭髮……但現在，好像任何人都可以來要我的命……」

孫小紅盯著她，冷冷道：「你以爲他還會像以前那樣保護你？」

林仙兒流著淚道：「我不知道，我也不在乎……」

她忽然抬起頭，大聲道：「我只想再見他一面，對他說兩句話，然後立刻就走，這要求無論怎麼都不過份，你們總可以答應我吧。」

孫小紅道：「我並不是不答應，只可惜你說的話很難令人相信。」

林仙兒道：「就算我到時候又不肯走了，你們也可以趕我走的。」

孫小紅沉吟著，瞧了李尋歡一眼。

李尋歡一直靜靜的站在那裡，臉上一點表情都沒有。

但他的心也很亂。

他這一生最大的弱點，就是心腸太軟，有時他雖然明知這件事是絕不能做的，卻偏偏還是硬不起心腸來拒絕。

很多人都知道他這種弱點，很多人都在利用他這種弱點。

他自己也知道，卻還是沒法子改。

他寧可讓人對不起他一萬次，也不願做一次對不起別人的事，有時他甚至明知別人在騙他，卻還是寧願被騙。

因爲他覺得只要有一個人對他說的是真話，他犧牲的代價就已值得。

李尋歡就是這麼樣一個人，你說他是君子也好，是呆子也好，至少他這種人總是你這一輩子很難再遇見第二個的。

至少你遇見他總不會覺得後悔。

他很少令人流汗，更少令人流血；血與汗他情願自己流。

但他做出的事，總令人忍不住要流淚——

是感動的淚，也是感激的淚。

孫小紅心裡在嘆息。

她早已知道李尋歡絕不忍拒絕的，他幾乎從未拒絕過別人。

林仙兒幽幽道：「這也許就是我最後一次見他了，以後他若知道你們連最後一面都不讓我去見他一次，會恨你們一輩子。」

孫小紅咬著嘴唇，道：「你只說兩句話？說完了立刻就走？」

林仙兒淒然笑道：「我難道真的那麼不知趣？難道真要等你們來趕我走？只要你們答應我這最後的一個要求，我死而無怨。」

李尋歡忽然長長嘆了口氣，道：「讓她去吧，無論如何，兩句話總害不了人的。」

七四 蒸籠和枷鎖

屋子裡很熱，熱得出奇。

因爲屋裡生了四盆火，火燒得很旺。

閃動的火光，將牆壁和地板都照成了嫣紅色。

阿飛的臉也是紅的，全身都是紅的。

他就躺在四盆火的中間，赤著上身，只穿著條犢鼻褲。

褲子已濕透。

他仰面躺在那裡，不停的流著汗，不停的喘著氣。

他整個人都已虛脫。

屋角裡坐著個白髮蒼蒼的清癯老人，正自悠閒的抽著旱菸。

一縷縷輕煙從他鼻子裡噴出來，他的人就好像坐在霧裡。

他的確是個霧一般的人物。

沒有人知道他從那裡來，也沒有人知道他要往那裡去。

甚至沒有人知道他究竟是誰？

也許他只不過是個窮愁潦倒的說書先生。

也許他就是那鬼神難測的「天機老人」！

阿飛閉著眼睛，彷彿根本沒有發現有人走進來。

但無論誰走進來，第一眼就會看到他。

孫小紅怔了怔，失聲道：「爺爺，你老人家這是在幹什麼？」

孫老先生瞇著眼，噴出口煙，悠然道：「我在蒸他。」

孫小紅更奇怪了，瞪大眼睛道：「蒸他？他既不是饅頭，又不是螃蟹，為什麼要蒸他？」

阿飛現在看來的確就好像一隻被蒸熟了的螃蟹。

孫老先生笑了，道：「我蒸他，因為我要將他身子裡的酒蒸出來，讓他清醒。」

他目光凝注著李尋歡，緩緩接著道：「我也想將他血裡的勇氣蒸出來，讓他重新做人。」

李尋歡長揖，苦笑道：「如此說來，我倒也的確需要被蒸一蒸，只可惜我身子裡的酒若完全被蒸出來，我這人只怕也就變成空的了。」

孫老先生目中閃動著笑意，道：「你身子裡除了酒，難道就沒有別的！」

李尋歡嘆息了一聲道：「也許還有一肚子的不合時宜。」

孫老先生拊掌大笑，道：「說得妙，若沒有一肚子學問，怎說得出這種話來？」

他忽又頓住笑，唏噓道：「其實我倒真想把你蒸一蒸，看看你身子裡除了酒和學問外，還有什麼別的？看老天究竟用些什麼東西來造成你這麼樣一個人的。」

孫小紅眨著眼，道：「然後呢？」

孫老先生道：「然後我就要將天下的人全都找來，把這些東西像填鴨似的塞到他們肚子裡去。」

孫小紅道：「每個人都塞一點？」

孫老先生道：「不是一點，愈多愈好。」

孫小紅笑道：「這麼樣說來，天下的人豈非都要變得和他一樣了？」

孫老先生道：「天下的人都變得和他一樣，又有什麼不好？」

孫小紅道：「也有點不好。」

孫老先生道：「那點不好？」

孫小紅突然垂下頭，不說話了。

這祖孫兩人也許是搭檔說書說慣了，平時說起話來，也是一搭一檔，一吹一唱，教別人連插嘴的機會都沒有。

直到這時，李尋歡才有機會開口。

他苦笑著，道：「前輩若要令天下人都變得和我一樣，世上也許只有一種人贊成這主意。」

孫老先生道：「那種人？」

李尋歡道：「賣酒的。」

孫老先生也笑了，道：「在我看來，世上也許只有一個人不贊成我這主意。」

孫小紅忽然道：「誰？」

這個字她脫口就說了出來，說出來後，又有點後悔。

因爲她已知道她爺爺說的是誰了。

孫老先生果然在瞧著她，微笑道：「就是你。」

也不知爲了什麼，孫小紅的臉忽然紅了，垂著頭道：「我……我爲什麼不贊成？」

孫老先生笑道：「天下人若是都變得和他一樣，你豈非就不知道要那個才好。」

孫小紅「嚶嚀」一聲扭轉了身子，臉已紅如爐火。

她心裡是不是也有一團火？

少女們的春火？孫老先生拊掌大笑，笑過了，就又開始抽煙。

他彷彿根本沒有注意到林仙兒這個人，也沒有瞧她一眼，但卻連自己煙斗的煙早就熄了都不知

道。

屋子裡忽然沉寂了下來，只剩下松枝在火焰中燃燒的聲音。

林仙兒已走到阿飛面前。

除了阿飛外，她也沒有去瞧別人一眼。

閃動著的火光映著她的臉，她臉上一陣白，一陣紅，紅的時候看來就像是害羞的仙子，白的時候看來就如幽靈。

人都有兩種面目，有時美麗，有時醜陋。

只有她，無論怎麼變，都是美麗的。

她若是仙子，當然是天上最美麗的仙子，她若是幽靈，也是地獄中最美麗的鬼魂。

但阿飛卻像是已下定了決心，無論她怎麼變，都不會再瞧她一眼。

林仙兒輕輕嘆了口氣，幽幽道：「我到這裡來，只爲了要對你說兩句話，聽不聽都隨便你。」

阿飛好像根本沒有在聽。

可是，他的身子爲什麼卻又已僵硬？

林仙兒緩緩接著道：「那天，我知道你很傷心，可是我卻不能不那麼做，因爲我不願看到你死在上官金虹手上，我只有用那種法子，上官金虹才不會殺你。」

阿飛好像還是沒有在聽。

可是，爲什麼他的拳已握緊？

林仙兒道：「今天我到這裡來，既不是要求你了解，更不是要求你原諒，我自己也知道，我們的緣份已盡……」

她長長的嘆息了一聲，才接著道：「我告訴你這些話，只爲了要讓你心理覺得好受些，因爲我一直都希望你好好的活下去。至於我……」

孫小紅忽然大聲道：「你已說得太多了。」

林仙兒笑了笑，笑得很淒涼，慢慢道：「不錯，我的確已說得太多了。」

她果然一個字都不再說，立刻轉身走了出去。

她走得並不快，卻沒有回頭。

阿飛還是躺在那裡，連眼睛都沒有張開過。

林仙兒眼看已要走出門。

李尋歡這才鬆了口氣。

他知道林仙兒今天只要走出這道門，阿飛以後只怕就永遠再也見不到她。

只要阿飛不再見到她，就已重生。

林仙兒自己當然也很明白今天只要走出這道門，就等於已走出了這世界。

她腳步雖然並沒有慢下來，但目光中卻已又露出了恐懼之意——屋子裡雖然亮如白晝，但門外卻是一片黑暗。

雖然也有星光，但星光她並沒有看在眼裡。

她喜歡的是令人眩目的光采。

她喜歡讚美、阿諛、掌聲，喜歡奢侈、浪費、享受，喜歡被人愛，也喜歡被人恨……

她本就是爲了這些而活著的。

若沒有這些，她就算還能活下去，也就如活在墳墓裡。

黑暗已愈來愈近了。

林仙兒目中的恐懼已漸漸變爲怨毒、仇恨。

這時她若有力量，她一定會將世上所有活著的人都殺死。

但就在這時，阿飛突然跳了起來，大聲道：

「等一等。」

「等一等！」

誰都無法相信這簡簡單單的三個字能改變多少人的一生！

就在這刹那間，林仙兒已突然完全改變。

她眼睛裡立刻就又充滿了得意、自信、驕傲，她整個人也彷彿突然變得說不出的輝煌，美麗！

她幾乎從來也沒有像現在這麼美麗過。

「只有驕傲和自信，才是女人最好的裝飾品。」

一個沒有信心、沒有希望的女人，就算她長得不難看，也絕不會有那種令人心動的吸引力。

這就正如在女人眼中，只要是成功的男人，就一定不會是醜陋的。

「只有事業的成功，才是男人最好的裝飾品。」

林仙兒腳步已停下，還是沒有回頭，卻輕輕嘆息了一聲。

她的嘆息聲很輕很輕，帶著種說不出的幽怨淒苦之意。

看到她目中神色的人，無論如何也不會相信她在如此得意的時候，也會發出這麼淒涼的嘆息。

李尋歡的心又沉了下去。

他知道世上絕沒有任何一種音樂、任何一種聲音能比她這種嘆息更能打動男人的心，縱然是秋葉的凋落聲，流水的哀鳴聲，甚至連月下的寒琴，風中的夜笛，也絕沒有她這種嘆息聲淒惻動人。

他只希望阿飛能瞧他一眼，聽他說句話。

但阿飛現在眼中已又只剩下林仙兒一個人，耳裡也只能聽得到她一個人的聲音。

林仙兒嘆息著道：「我的話已說完了，已不能再等了。」

阿飛道：「不能等？爲什麼？」

林仙兒道：「因爲我答應過別人，只來說兩句話，說完了就走的。」

阿飛道：「你想走？」

林仙兒嘆道：「就算我不想走，也有人會來趕我走。」

阿飛道：「誰？誰要趕你走？」

他眼睛裡忽然又有了光，有了力量，大聲道：「你爲什麼要被人趕走？這本是你的家。」

林仙兒霍然轉身，凝注著阿飛。

她目中似已有淚，因爲她眼波本就柔如春水。

良久良久，她才又嘆息了一聲，淒然道：「現在這裡還是我的家麼？」

阿飛道：「當然是的，只要你願意，這裡就是你的家。」

林仙兒的腳步開始移動，彷彿忍不住要去投入阿飛懷裡，但忽然間又停下腳步，垂頭道：「我當然願意，怎奈別人卻不願意。」

阿飛咬著牙，一字字道：「誰不願意，誰就得走。」

他似已不敢觸及李尋歡的目光，也不管別人對他怎麼想了。

孫老先生的確將他血液裡的酒蒸了出來，勇氣蒸了出來，他卻將他的情感全都蒸了出來。

一個人身子最虛弱時，情感卻最豐富。

阿飛的眼睛似乎再也不願離開林仙兒，一字字接著道：「在這裡，沒有任何人能趕你走，只有你才能趕別人走。」

林仙兒帶著淚，又帶著笑，道：「我的確很想跟你單獨在一起，可是，他們都是你的朋友……」

阿飛道：「不願意做你朋友的人，也就不是我的朋友。」

林仙兒忽然燕子般投入他懷裡，緊緊擁抱住他，道：「只要能再聽到你說這句話，我已經心滿意足了，別的我什麼都不再想，無論別人對我怎麼樣，我也都不再放在心上。」

門，是虛掩著的。

李尋歡慢慢的走了出去，走入門外的黑暗與寒夜中。

他知道自己若再留在屋子裡，已是多餘的。

孫小紅也跟了出來，咬著嘴唇，道：「我們難道就這樣走了麼？」

李尋歡什麼也沒有說，什麼都說不出。

孫小紅跺了跺腳，道：「我真沒想到他竟是這麼樣一個人，居然還對她這樣子，這種人簡直……簡直是忘恩負義，重色輕友！」

李尋歡終於長長嘆了口氣，道：「你看錯他了。」

孫小紅冷笑著，恨恨道：「我看錯了？難道他不是這種人？」

李尋歡道：「他不是。」

孫小紅道：「若不是這種人，怎麼能做得出這種事？」

李尋歡黯然道：「因爲……因爲……」

他實因不知道該怎麼說，孫老先生卻替他說了下去。

孫老先生嘆息著道：「他這麼樣做，只因爲他已不能自主。」

孫小紅道：「爲什麼不能自主，又沒有人用刀逼住他，用鎖鎖住他。」

孫老先生道：「雖然沒有別人逼他，他自己卻已將自己鎖住。」
他嘆息著接道：「其實，不只是他，世上每個人都有他自己的枷鎖，也有他自己的蒸籠。」
孫小紅道：「我就沒有。」
孫老先生道：「你沒有，只因爲你還是個孩子，還不懂！」
孫小紅叫了起來，道：「我是孩子？好，就算我還是個孩子，那麼他呢？」
她指著李尋歡道：「他總不是孩子了吧？難道他也有他的枷鎖？他的蒸籠。」
孫老先生道：「他當然有。」
孫小紅瞪著李尋歡，道：「你承認你有？」
李尋歡嘆了口氣，苦笑道：「我承認，因爲我的確有。」
孫老先生道：「他對自己什麼都不在乎，就算有人辱罵了他，對不起他，他也不放在心上，別人甚至會以爲他連勇氣都已消失……」
李尋歡笑得更苦。
孫老先生道：「但他的朋友若是有了危險，他就會不顧一切去救他，甚至赴湯蹈火，兩肋插刀也在所不惜……」
他嘆了口氣，接著道：「因爲『朋友』就是他的蒸籠，只有這種蒸籠，才能將他的生命之力蒸出來！將他的勇氣蒸出來。」
孫小紅道：「那麼，龍嘯雲那種人難道也有蒸籠麼？」
孫老先生道：「當然也有。」

孫小紅道：「什麼才是他的蒸籠？」

孫老先生道：「金錢、權力！」

孫小紅道：「可是，他要殺李尋歡，卻並不是爲了金錢和權力，因爲他自己也知道李尋歡是絕不會和他爭權奪利的。」

孫老先生道：「他一心要殺李尋歡，只因爲他心上也有副枷鎖。」

孫小紅道：「他的枷鎖是什麼？」

孫老先生瞟了李尋歡一眼，沒有再說下去。

李尋歡的臉色比夜色更黯。

孫小紅忽然也明白了。

龍嘯雲恨李尋歡，因爲他懷疑，他嫉妒！

他始終懷疑李尋歡會將所有的一切都收回去。

他嫉妒李尋歡那種偉大的人格和情感，因爲他自己永遠做不到。

懷疑和嫉妒，就是他的枷鎖。

這種枷鎖也許世上大多數人都有一副。

那麼，阿飛的枷鎖是什麼呢？

孫老先生目光遙視著天際的星光，嘆息著道：「阿飛的枷鎖就和龍嘯雲的完全不同了……阿飛的枷鎖是愛。」

孫小紅道：「愛？愛也是枷鎖？」

孫老先生道：「當然是，而且比別的枷鎖都重得多。」

孫小紅道：「但他真的那麼愛林仙兒麼？他愛她，是不是只因爲他得不到她？」

沒有人回答她的話。

因爲這問題根本就沒有人能回答。

孫小紅嘆了口氣，凝注著李尋歡，道：「他是你的朋友，你好歹也得想個法子救救他，將他這副枷鎖解脫。」

李尋歡慢慢的回過頭──

窗子裡的火光已黯了，小屋孤零零的矗立在西風和黑暗中，看來就像是阿飛的人一樣，那麼倔強，又那麼寂寞。

李尋歡彎下腰，不停的咳嗽起來。

因爲他知道無論誰都沒法子將阿飛的枷鎖解脫。

除了自己之外，誰也沒法子救得了他。

七五　最慷慨的人

爐火已熄。

現在屋子裡燃燒著的是另一種火。

一條修長、渾圓的腿自床沿垂下，在朦朧中看來更白得耀眼。

腿蜷曲，人顫抖。

阿飛緊張得就像是一根弓弦。

箭已在弦上，尋找著箭垛。

有經驗的人都知道極度疲勞後的緊張最難令人忍受。

林仙兒當然是有經驗的人。

她閃避著，推拒著，喘息著：「等一等……等一等……」

阿飛的回答不是言語，是動作。

他顯然已不想再等。

林仙兒咬著唇，望著他佈滿紅絲的眼睛。

「你……你為什麼一直沒有問我？」

「問什麼？」

「問我是不是已經和上官金虹……」

阿飛的動作突然停住，就像是被人踢了一腳。

林仙兒盯著他：「你一直沒有問，難道你不在乎？」

阿飛不停的在流汗，汗使人軟弱。

林仙兒已感覺到他的軟弱。

「我知道你一定在乎的，因爲你愛我。」

她的聲音淒楚，眼睛裡卻帶著種殘酷的笑意，就像是一隻貓在看著爪下的老鼠，就像是上官金虹在看著她的時候。

阿飛的聲音嘶啞：「你有沒有？」

林仙兒嘆息著：「一隻老鼠若是落入了貓的手裡，你不必問，也該知道她的結果。」

阿飛突然倒了下去，已憤怒得不能再有任何動作。

林仙兒輕撫著他的臉，彷彿已有淚將流落。

「我知道你會生氣，可是我不能不說，因爲我本想將這身子清清白白的交給你的，只可惜……」

她伏在阿飛胸膛上，流著淚：「我現在真後悔爲什麼要讓你等這麼久，雖然是爲了你，可是我……」

阿飛忽然大叫了起來：「我知道你是爲了我，所以我一定要還你的清白。」

林仙兒淒然道：「這是永遠沒法子還的。」

阿飛道：「有！我有法子。」

他緊握著雙手，咬著牙道：「只要殺了上官金虹，殺了玷污你的人，你就還是清白的……」

他聲音忽然停頓，因爲他聽到窗外有人在冷笑！

一人冷笑著道：「這麼樣說來，你要殺的人就太多了！」

另一人冷笑道：「這條母狗身子根本就從來也沒有清白的時候，只要是跟她見過面的男人，除了你之外，誰都跟她睡過覺。」

第三人笑道：「你若要將跟她睡過覺的男人全都殺死，就算每天殺八十個，殺到你鬍子都白了的時候，也殺不完的。」

這屋子一共有三個窗戶。

每個窗戶外都有個人。

三個人說話的聲音雖不同，卻又有種很奇特的相同之處。

尖銳，裝作，無論誰聽了都想吐。

阿飛躍起，掀起被，蓋住了林仙兒赤裸的身子，踢出枕頭，擊滅了桌上的燈，厲聲道：「什麼人？」

他本想衝出去，但身子躍起後，又退回，緊守在林仙兒身旁。

窗外的三個人都在大笑：「你難道還怕這母狗的身子被我們看到？」

「她早就被人看慣了，沒有男人看她，她反而會覺得不舒服。」

「砰」的，窗戶忽然同時被撞開。

三道強烈的光柱從窗外照進來，集中在林仙兒身上。

是孔明燈的燈光。

只能看得到燈光，卻看不到燈在那裡，也看不到人在那裡。

眩目的燈光亮得人眼睛都張不開。

林仙兒用手擋住了眼睛，棉被從她身上慢慢的往下滑，漸漸露出了她的腳，她的腿……

她並沒有將這條被拉住的意思，她的確不怕被人看。

阿飛咬著牙，將衣服摔過去，厲聲道：「穿起來。」

林仙兒眼波流轉，忽然笑了，道：「為什麼？你難道認為我見不得人？」

她又已幾乎完全赤裸，又在媚笑。

她又同時用出了她的兩種武器。

阿飛抄起張凳子，摔碎，握著了兩隻凳腳，厲聲道：「誰敢進來，我就要他死！」

外面的三個人又笑了，這次笑聲是從門外傳進來的：「他居然還想要人的命。」

「就憑他現在這樣子，誰的命他都休想要得了。」

「他至少還能要一個人的命——要他自己的命！」

又是「砰」的一聲大裂，厚木板做成的門突然被打得粉碎。

木屑紛飛，三個人慢慢的走了進來。

三個黃衣人。

三個人頭上都戴著頂竹笠，緊緊壓在眉毛上，掩起了面目。

這正是「金錢幫」屬下獨特的標誌。

第一人手上纏著根金鏈，鏈子兩端懸著個瓜大的銅鎚。
第二人和第三人用的是刀劍。
鬼頭刀和喪門劍。
三個人的武器都已在手，彷彿生怕錯過任何一個殺人的機會。
阿飛突然鎮定了下來，正如一條飢餓而憤怒的狼，忽然嗅到血腥氣時，反而會鎮定下來一樣。
他的反應雖已慢，體力雖衰退，可是他的本能還未喪失。
他已嗅到了血腥氣。
林仙兒卻還在笑著，笑得更媚，道：「原來是『風雨雙流星』向松向舵主到了，失迎失迎。」
向松手裡的流星鎚不停的輕輕搖擺著，他的人卻穩如泰山。
林仙兒道：「向舵主這次來，是奉了上官金虹之命來殺我的麼？」
向松道：「你猜對了。」
林仙兒嘆了口氣，道：「想不到上官金虹這麼急著想要我的命。」
向松道：「用不著的人，就得死。」
林仙兒道：「你猜錯了，他並不是爲了這原因才想殺我。」
向松道：「哦？」
林仙兒道：「他要殺我，只不過爲了怕我再去找別的男人，丟他的面子。」
向松冷冷道：「上官幫主的命令從來用不著解釋，只執行。」
林仙兒瞟了阿飛一眼，道：「你們敢闖到這裡來殺我，想必是認爲他已不能保護我。」

向松道：「他不妨試試。」

執刀的人忽然冷笑道：「他已不必試。」

林仙兒道：「哦？」

執刀的人道：「你敢在他面前說這種話，自然也知道他已不能保護你了，既然大家都知道，又何必試？」

林仙兒又笑了，道：「不錯，他的確已連自己都保護不了，我也在替他難受，只不過……」

她慢慢的站起來，赤裸裸的站在燈光下，慢慢的接著道：「你認爲我自己是不是還能保護自己呢？」

她胸膛驕傲的挺立，腿筆直。

她的皮膚在燈光下看來就像是奶油色的緞子。

這身材的確値得她驕傲。

阿飛的臉已因痛苦而扭曲，冷汗如豆，一粒粒滴落。

林仙兒的手在自己身上輕撫，柔聲道：「你們殺了我，不會覺得可惜麼？」

向松也嘆了口氣，緩緩道：「有些女人拿自己的身子來付帳，付脂粉的帳，付綢緞的帳，無論對誰都從不小氣，但你卻不同。」

林仙兒笑道：「我當然不同。」

向松道：「你比她們更大方，你用你自己的身子付小費，甚至連替你開門的店小二，只要你高興，你都會讓他滿意。」

林仙兒媚笑道：「你是不是也想問我要小費？」

她慢慢的走過去，道：「你來拿吧，我付的小費，任何人都不會嫌多的。」

向松木立。

林仙兒走到他面前，想去勾他的脖子。

向松忽然出手，鎚擊胸膛。

林仙兒凌空一個翻身，落在床上怔住了！

向松頭上的竹笠已被打落，露出了他的臉。

一張蒼白的臉，滿是皺紋，沒有鬍子，一根鬍子都沒有。

林仙兒忽然大笑了起來，道：「難怪上官金虹要你們來殺我，原來你是個陰陽人——不男不女的陰陽人。」

向松冷冷的盯著她，面上一點表情也沒有。過了很久，他目光才轉向阿飛，一字字道：「你最好出去。」

阿飛道：「出去？」

向松道：「難道你還想保護這條母狗？」

阿飛的手漸漸垂落。

向松道：「所以你最好出去，我殺她的時候，你最好莫要在旁邊瞧著。」

阿飛道：「爲什麼？」

向松獰笑，道：「因爲你若在旁邊瞧著，一定會吐。」

阿飛沉默了，垂下了頭。

林仙兒的笑聲已停止。到了這時，她也已笑不出。

就在這時，阿飛已出手！

阿飛的本能還未消失。

他選擇的確實是最好的機會。

只可惜他反應已慢，體力已衰。

金光一閃，流星鎚飛出。

木屑紛飛，阿飛手裡的凳子腳已被擊得粉碎。

向松冷笑道：「我奉命來殺她，不是殺你，我從不願多事，所以你還活著。」

阿飛緊握著兩截已被打斷了的木腳，就像是一個快淹死的人緊握著他的最後一線希望。

但這又是個什麼樣的希望？

他本是殺人的人。

他殺人，別人殺他。

但現在，他已不能殺人，別人也已不屑殺他。

這表示他在別人眼中已全無價值，他是死是活，別人也不放在心上。

「一個人要爬起來很難，要跌下卻很容易。」

阿飛突然想起他去救李尋歡的時候，和荊無命決鬥的時候……

那時他在別人眼中，還是不可輕視的。

但現在呢？

那只不過是幾天前的事，但現在想來，卻已遙遠得幾乎無法記憶。

向松的聲音似乎也已遙遠：「你要留在這裡也無妨，我就要你看看真正的殺人是什麼樣子的。」

突然一人緩緩道：「憑你也懂殺人麼？你只怕還不配！」

七六　生死一線間

緩慢的語聲，既無高低，也沒有情感，向松是熟悉這種聲音的，只有荊無命說話才是這種聲音！

荊無命！

向松駭然回首果然瞧見了荊無命！

他的衣衫已破舊，神情看來也很憔悴，但他的那雙眼睛——

死灰色的眼睛，還是冷得像冰，足以令任何人的血凝結。

向松避開了他的眼睛，看到了他的手。

他的右手還是用布懸著，手的顏色已變成死灰色，就像是剛從棺材裡伸出來的。

這本是隻殺人的手，但現在卻只能令人作嘔。

向松笑了，淡淡笑道：「在下雖不懂殺人，卻還能殺，荊先生雖懂得殺人，只可惜殺人並不是用嘴的，是要用手！」

荊無命的瞳孔又在收縮，盯著他，一字字道：「你看不到我的手？」

向松道：「手也有很多種，我看到的並不是殺人的手。」

荊無命道：「你認爲我右手不能殺人？」

向松微笑道：「人也有很多種，有些人容易殺，有些人不容易。」

荊無命道：「你是那一種？」

向松忽然沉下了臉，冷冷道：「你殺不死的那一種。」

他目中充滿了仇恨，像是在激荊無命出手，他要找個殺荊無命的理由。

荊無命忽然笑了。

他也和上官金虹一樣，笑的時候遠比不笑時更殘酷，更可怕。

向松竟不由自主後退了一步。

荊無命道：「原來你恨我？」

向松咬著牙，冷笑道：「不恨你的人只怕還很少。」

荊無命道：「你想殺我？」

向松道：「想殺你的人也不止我一個。」

荊無命道：「但你爲什麼要等到現在？」

向松道：「要殺人就得等機會，這道理你本該比誰都明白。」

荊無命道：「你認爲現在機會已來了？」

向松道：「不錯。」

荊無命忽又嘆了口氣，道：「只可惜我有個秘密你還不知道。」

向松忍不住問道：「什麼秘密？」

荊無命死灰色的眼睛凝住著他的咽喉，緩緩道：「我右手也能殺人的，而且比左手更快！」

「快」字出口，劍已刺入了向松的咽喉！

誰也沒有看到這柄劍是從那裡拔出來的，更沒有瞧見劍怎麼會刺入向松的咽喉。

大家只瞧見寒光一閃，鮮血已湧出，只聽到「格」的聲音，向松的呼吸就已停頓，連眼珠子都幾乎完全凸了出來。

「鬼頭刀」和「喪門劍」的眼珠子也像是要凸了出來。

兩個人一步步向後退，退到門口。

荊無命根本沒有回頭，冷冷道：「你們既已聽到了我的秘密，還想走?!」

寒光又一閃！

鮮血飛濺，在燈光下看來就像是一串瑪瑙珠鏈，紅得那麼鮮艷，紅得那麼可愛！

良藥苦口，毒藥卻往往是甜的。

世界上的事就這麼奇怪——最可怕，最醜惡的東西，在某一刹那間看來，往往比什麼都美麗，比什麼都可愛。

所以殺人的劍光總是分外明亮，剛流出的血總是分外鮮艷。

所以有人說：「美，只不過是一瞬間的感覺，只有真實才是永恆的。」

「真實」，絕不會有美。

殺人的利劍也和菜刀一樣，同樣是鐵，問題只在你看得夠不夠深遠，夠不夠透澈。

可是，也有人說：「我只要能把握住那一刹間的美就已足夠，永恆的事且留待予永恆，我根本不必理會。」

就在一瞬間以前，向松還是享名武林的「風雨雙流星」，還是「金錢幫」第八分舵的舵主。

但現在，他已只不過是個死人，和別的死人沒什麼兩樣。

荊無命垂著頭望著他的屍首，臉上的表情忽然變得很奇特，就像是第一次見到死人一樣。

這是不是因為他直到現在才能體會到「死」的感覺？

這是不是因為一個人只有在意興蕭索時，才能體會到死的感覺？

林仙兒終於長長吐了口氣。

這口氣她已憋了很久，到現在才總算吐出來。

她瞟著荊無命，似笑非笑，如訴如慕，輕輕道：「想不到你會來救我。」

荊無命沒有抬頭，冷冷道：「你以為我是來救你的？」

林仙兒慢慢的點了點頭，道：「也許我知道你的意思。」

荊無命霍然抬起頭，盯著她，道：「你知道什麼？」

林仙兒道：「你來救我，只因為上官金虹要殺我。」

荊無命盯著她。

林仙兒道：「你恨他，所以只要是他想做的事，你就要破壞。」

荊無命還是盯著她。

林仙兒嘆了口氣，道：「直到現在，我才總算知道了你這個人，才知道上官飛也是你殺的。」

荊無命的眼睛忽然移開，移向掌中的劍，緩緩道：「你知道得太多了。」

林仙兒忽又笑了，道：「我也知道你絕不會殺我，因爲你若殺了我，豈非正如了上官金虹的心願？」

她甜甜的笑著，接著又道：「你非但不會殺我，而且還會帶我走的，是麼？」

荆無命道：「帶你走？」

林仙兒道：「因爲你既不能讓我死在上官金虹手上，又不願讓我洩露你的秘密，所以你只有帶我走。」

她聲音更溫柔，道：「我也心甘情願跟著你去，無論你要到那裡，我都跟著。」

荆無命沉默了很久，忽然抬頭瞧了阿飛一眼。

他彷彿直到現在才發現有阿飛這麼個人存在。

阿飛卻已似忘了自己的存在。

林仙兒也瞟了阿飛一眼，忽然走過去，一口口水重重的唾在他臉上。

她並沒有再說什麼。

她已不必再說。

林仙兒終於跟著荆無命走了。

阿飛沒有動。

口水乾了。

阿飛沒有動。

窗紙發白，天已亮了。

阿飛還是沒有動。

他已躺了下來，就躺在血泊中，屍體旁。

他和死亡之間的距離，已只剩下了一條線……

「××日，×時，出西城十里，長亭外林下。」

上官金虹

冬天終於來了，連樹上最後一片枯葉也已被西風吹落。

這封信的顏色就和枯葉一樣，是黃的，卻是種帶著死味的黃——黃得沒有生命，黃得可怕。

這封信上只寫著這十幾個字，簡單，明白，也正如上官金虹殺人的方法一樣，絕沒有廢話。

信是店伙送來的，他拿著信的手一直在發抖。

現在，孫小紅拿著這封信，似也感覺到一陣陣殺氣透人背脊，再傳到她手上，她的手也在發冷。

「後天，就是後天。」

孫小紅嘆了口氣，喃喃道：「我看過黃曆，後天不是好日子，諸事不宜。」

李尋歡笑了，道：「殺人又何必選好日子？」

孫小紅凝注著他，良久良久，突然大聲道：「你能不能殺他？」

李尋歡的嘴閉上，笑容也漸漸消失。

孫小紅忽然站起來，大步走了出去，李尋歡還猜不出她出去幹什麼，她已捧著筆墨紙硯走了進來。

磨好墨，鋪起紙。

孫小紅始終沒有再瞧李尋歡一眼，忽然道：「你說，我寫。」

李尋歡有些發怔，道：「說什麼？」

孫小紅道：「你還有什麼未了的心願？還有什麼未做完的事？」

她的聲音彷彿很平靜，但提著筆的手卻已有些發抖。

李尋歡又笑了，道：「你現在就要我說？我還沒有死呀。」

孫小紅道：「等你死了，就說不出了。」

她一直垂著頭，瞧著手裡的筆，但卻還是無法避開李尋歡的目光。

她眼睛已有些濕了，咬著嘴唇道：「無論什麼事你都可以說出來，譬如說——阿飛，你還有什麼話要對他說的？還有什麼事要為他做的？」

李尋歡目中忽然露出了痛苦之色，長長吸了口氣，道：「沒有。」

孫小紅道：「沒有？什麼都沒有？」

李尋歡黯然道：「我可以要他不去殺別人，卻無法要他不去愛別人。」

孫小紅道：「別人若要殺他呢？」

李尋歡笑了笑，笑得酸楚，道：「現在還有誰要殺他？」

孫小紅道：「上官金虹……」

李尋歡道：「上官金虹既然肯放他走，就絕不會再殺他，否則他現在早就死了。」

孫小紅道：「可是，以後呢？」

李尋歡遙注著窗外，緩緩道：「無論多長的夢，都總有醒的時候，等到他清醒的那天，什麼事他自己都會明白的，現在我說了也沒有用。」

孫小紅用力咬著嘴唇，又沉默了很久，忽然道：「那麼，她呢？」

這句話她似已用盡全身力氣才說出來。

李尋歡自然知道她說的「她」是誰。

他目中的痛苦之色更深，忽然走過去，用力推開了窗戶。

孫小紅垂著頭，道：「你……你若有什麼話，有什麼事……」

李尋歡突然打斷了她的話，道：「沒有，什麼都沒有。」

孫小紅道：「可是你……」

李尋歡道：「她活著，自然會有人照顧她，她死了，也有人埋葬，什麼事都用不著我來關心，我死了對她只有好處。」

他的聲音彷彿也很平靜，但卻始終沒有回頭。

他爲什麼不敢回頭？

孫小紅望著他瘦削的背影，一滴淚珠，滴在紙上。

她悄悄的擦乾了眼淚，道：「可是你總有些話要留下來的，你爲什麼不肯對我說？」

李尋歡道：「你爲什麼一定要我說。」

孫小紅道：「你說了，我就記下來，你若死了，我就一件件替你去做，然後……」

李尋歡霍然轉過身，盯著她，道：「然後怎麼樣？」
孫小紅道：「然後我就死！」
她挺著胸，直視著李尋歡，不再逃避，也不再隱瞞。
李尋歡道：「你……你爲什麼要死？」
孫小紅道：「我不能不死，因爲你若死了，我活著一定比死更難受。」
她始終直視著李尋歡，連眼睛都沒有眨。
她的神情忽然變得很平靜，很鎮定，無論誰都可看出她已下了決心，這種決心無論誰都沒法子改變。
李尋歡的心又開始絞痛，忍不住又彎下腰劇烈的咳嗽起來。
等他咳完了，孫小紅才嘆息了一聲，幽幽道：「你若要我活著，你自己就不能死……上官金虹也並不是一定要找你決鬥，他對你始終有幾分畏懼。」
她忽然衝過去，拉住李尋歡的手，道：「我們可以走，走得遠遠的，什麼事都不管，我……我可以帶你回家，那地方從沒有人知道，上官金虹就算還是想來找你，也休想找得到。」
李尋歡沒有說話，一個字都沒有說。
他只是靜靜的瞧著她。
有風吹過，一陣煙霧飄過來，迷漫了他的眼睛。
孫老先生蒼老的聲音已響起，帶著嘆息道：「無論你怎麼說，他都不會走的。」
孫小紅咬著唇，跺著腳，道：「你怎麼知道他不會走？」

孫老先生道：「他若是肯走的那種人，你也不會這麼樣對他了。」

孫小紅怔了半晌，忽然扭轉身，掩面輕泣。

李尋歡長嘆道：「前輩你……」

孫老先生打斷了他的話，道：「我知道你的意思，可是……我只能要她不去殺人，卻無法要她不去愛人，是麼？」

愛，這件事本就是誰都無法勉強的。

李尋歡又開始咳嗽，咳嗽得更劇烈。

「出西城十里，長亭外林下。」

亭，是八角亭，就在山腳下的樹林外。

林已枯，八角亭欄杆上的紅漆也已剝落。

西風肅殺，大地蕭肅。

李尋歡徘徊在林下，幾乎將這裡每一寸土地都踏過。

「後天，就是後天。」

夕陽已西，又是一天將過去。

後天，就在這裡，就在這夕陽西下的時候，李尋歡和上官金虹之間所有的恩怨都將了結。

那也許就是武林中有史以來最驚心動魄的一戰！

李尋歡長長嘆了口氣，抬起頭——夕陽滿天，艷麗如昔。

可是，在一個垂死的人眼中，這永恆的夕陽是否還會同樣嬌艷？

孫老先生和孫小紅一直靜靜的坐在亭子裡，沒有去打擾他。

孫小紅突然問道：「決鬥的時候還未到，他先到這裡來幹什麼？」

孫老先生道：「高手間的決鬥，不但要看武功之強弱，還要看天時，地利，人和，上官金虹選擇這裡作戰場，當然有他的用意。」

孫小紅道：「什麼用意？」

孫老先生道：「他想必對這裡的地形很熟悉，而且說不定還會先到這裡來設下埋伏。」

孫小紅道：「所以李尋歡也一定要先到這裡來瞧瞧，先熟悉這裡地形，再看看上官金虹會在什麼地方設埋伏。」

孫老先生道：「不錯，古來的名將，在大戰之前，也必定都會到戰場上去巡視一遍，無論那一種戰爭，若有一方先佔了地利，就佔了優勢。」

孫小紅道：「可是他爲什麼一直要在這裡逛來逛去呢？」

孫老先生笑了笑，道：「他這麼逛來逛去當然也有目的。」

孫小紅道：「哦？」

孫老先生道：「他要先將這裡每一寸土地都走一遍，看看這裡的土質是堅硬，還是柔軟？是乾燥，還是潮濕？」

孫小紅道：「那又有什麼用？」

孫老先生道：「因爲土質的不同，可以影響輕功，你同樣使出七分力，在軟而潮濕的地上若是只能躍起兩丈，在硬而乾燥的地上就能躍起兩丈五寸。」

麼。

孫小紅道：「那相差得也不多呀。」

孫老先生嘆了口氣，道：「高手相爭，是連一分一寸都差不得的！」

李尋歡忽然走了過來，站在亭外，面對著夕陽照耀下的枯林，呆呆的出起神來，也不知在想些什麼。

孫小紅忍不住悄悄問道：「他站在這裡發呆，又是為了什麼呢？」

七七 高明的手段

孫老先生沉吟著，道：「後天他來的時候，上官金虹必定已先到了。」

孫小紅道：「怎見得？」

孫老先生道：「因爲先來的人，就有權先佔據最佳地勢上，上官金虹當然不肯錯過這機會。」

孫小紅道：「那麼，李尋歡爲什麼不跟他爭先？」

孫老先生嘆道：「也許他從不願和別人爭先，也許……他還有別的用意。」

他忽然笑了笑，接著道：「小李探花並不是個普通人，他的用意，有時連我都猜不透。」

孫小紅眨著眼道：「以我看來，這裡所有的地方都差不多……我實在看不出最佳地勢在那裡。」

孫老先生道：「就在現在他站著的地方。」

孫小紅道：「他站的這地方和別的地方又有什麼不同？」

孫老先生道：「上官金虹站在這裡，李尋歡勢必要在他對面。」

孫小紅道：「嗯。」

孫老先生道：「決鬥的時候，正是太陽下山的時候……」

孫小紅搶著道：「我明白了，夕陽往這邊照過去，站在那邊的人，難免被陽光刺著眼珠，只要他眼睛一剎那看不見，就給了對方殺他的機會。」

孫老先生嘆道：「正是如此。」

孫小紅道：「上官金虹既然一定會站在這地方，他站在這裡幹什麼？」

孫老先生道：「他站在這裡，才能發現這地方有什麼弱點，才能決定自己要站在什麼地方。」

他接著又道：「你看，夕陽照在枯林上，也有閃光，因爲枯枝上已有秋霜，所以站在這裡的人，眼睛也有被閃光刺著的時候。」

這時李尋歡已走到對面一株樹下。

孫小紅的目光不由自主跟著他瞧了過去，忽然覺得一陣光芒刺眼——那棵樹上的積霜顯然最多，折光的角度也最好，所以反光也就強烈。

孫老先生微笑道：「現在你明白了麼？」

孫小紅還沒有說話，李尋歡突然一掠上樹，只見他身形飛掠，如秋雁迴空，在每根枯枝上都點了點。

孫老先生嘆道：「世上只知小李飛刀，例不虛發，卻不知他輕功之高，也很少有人能比得上。」

孫小紅道：「但他這又是在幹什麼呢？」

孫老先生道：「他是在試探那邊的枯枝是否堅牢，容不容易折斷，這又有兩種作用。」

孫小紅道：「那兩種？」

孫老先生道：「第一，他怕上官金虹在枯枝上做手腳。」

孫小紅皺眉道：「什麼樣的手腳？」

孫老先生道：「當他面對著上官金虹時，樹上的枯枝若是突然斷了，就會怎麼樣？」

孫小紅道：「枯枝斷了，自然就會掉下來。」

孫老先生道：「掉在那裡？」

孫小紅道：「當然是掉在地上。」

她眼睛忽然一亮，很快的接著又道：「也許就掉在他面前，也許就掉在他頭上，他就難免會分心，一分心上官金虹就又有了殺他的機會。」

孫老先生笑了笑，道：「還有，到了萬不得已時，他只有往樹上退，以輕功來扳回劣勢，那時樹梢就成了他的戰場。」

孫小紅道：「所以他必須將每一棵樹的情況都先探測一遍，就正如他探測這裡的土質一樣。」

孫老先生嘆了口氣，道：「你現在總算明白了。」

孫小紅也嘆了口氣，道：「我現在總算明白了，原來決鬥之前還有這麼多學問。」

孫老先生道：「無論做什麼，做到高深時，就是種學問，就連做衣服、炒菜，也是一樣。」

他凝注著李尋歡，緩緩接著道：「他們的決鬥之期雖然在後天，其實遠在他們第一次見面時就已開始，這段時候才是真正考驗他們細心、耐力、智慧的時候，他們的勝負，在這段時候裡就已決定，到了真正出手時，一刹那間就可解決了。」

孫小紅嘆道：「但別人卻只能看到那一瞬間的事，所以人們常說：『武林高手一招爭』，又誰知道他們爲了那一招曾經花了多少功夫？」

孫老先生目中忽然露出一種蕭索之意，敲燃了火石，點著了煙斗，望著煙斗裡閃動的火光，緩緩道：「一個真正的高手活在世上，必定是寂寞的，因爲別人只能看到他們輝煌的一面，卻看不到他們所犧牲的代價，所以根本就沒有人能了解他。」

孫小紅垂著頭弄著衣角，幽幽道：「但他們是不是需要別人了解呢？」

李尋歡撩起了衣襟，腳尖輕輕點地，刷的，掠上了八角亭頂。

孫老先生長長噴出了口煙，嘆道：「別人都以爲李尋歡是個脫略行跡、疏忽大意的人，又有誰能看到他小心仔細的一面？到了真正重要的關頭，他真是一點地方都不肯放過。」

孫小紅垂著頭，嘆息道：「這也許是因爲他放過的已太多了……」

她忽然抬起頭，盯著孫老先生，道：「這一戰既然早已開始，以你老人家看，到現在爲止他們是誰佔了優勢？」

孫老先生沉吟著，道：「誰也沒有佔到優勢。」

孫小紅又開始用力去咬她自己的嘴唇。

她心亂的時候，就會咬自己的嘴唇，心愈亂，咬得愈重。

現在她幾乎已將嘴唇咬破了。

孫老先生忽然問道：「你看呢？」

孫小紅道：「我看……上官金虹對自己好像比較有信心。」

孫老先生道：「不錯，這只因近年來他無論做什麼事都是無往不利，一帆風順，可是，他兒子的死對他卻是個很大的打擊。」

孫小紅道：「還有荆無命，荆無命一走，他的損失也很大。」

孫老先生道：「所以他急著要找李尋歡決鬥，爲的就是怕自己的信心消失。」

他長長嘆息了一聲，接著又道：「所以這一戰不但關係他兩人的生死勝負，也關係著整個武林的命運。」

孫小紅眨著眼，道：「關係這麼大？」

孫老先生道：「因爲這一戰上官金虹若是勝了，他對自己的信心必定更強，做事必定更沒有顧忌，到了那時，世上只怕也真沒有人能制得住他了。」

孫小紅眼珠子轉動著，道：「現在我忽然覺得這一戰他是必勝不了的。」

孫老先生道：「哦？」

孫小紅道：「小李飛刀，例不虛發，他的飛刀從未失手過！」

孫老先生嘆了口氣，道：「上官金虹也從未敗過！」

孫小紅已不咬嘴唇了，抿著嘴笑道：「你老人家莫忘了，他曾經敗過一次的。」

孫老先生道：「哦？」

孫小紅悠悠道：「那天，在洛陽城外的長亭裡，他豈非就曾經敗在你老人家手下？」

孫老先生忽然不說話了。

孫小紅道：「我從來沒有求過你老人家什麼，現在，我只求你老人家一件事。」

孫老先生又噴出口煙，將自己的眼睛藏在煙霧裡，道：「你說。」

孫小紅道：「我只求你老人家千萬莫要讓李尋歡死，千萬不能……」

她忽然撲過去，跪到她爺爺膝下，道：「這世上只有你老人家一個能制得住上官金虹，只有你老人家一個人能救他，你老人家總該知道，他若死了，我也沒法子活下去的。」

煙已散了。

孫老先生的眼睛裡卻彷彿還留著一層霧。

像秋天的霧，淒涼，蕭索……

但他嘴角卻帶著笑。

他目光遙視著遠方，輕撫著孫小紅的頭髮，柔聲道：「你是我孫女中最調皮的一個，你若死了，以後還有誰會來拔我的鬍子，揪我的頭髮？」

孫小紅跳了起來，雀躍道：「你答應了？」

孫老先生慢慢的點了點頭，含笑道：「你說來說去，爲的就是要等我說這句話？」

孫小紅的臉紅了，垂著頭笑道：「你老人家總該知道，女大不中留，女兒的心，總是向外的。」

孫老先生大笑道：「但你的臉皮若還是這麼厚，人家敢不敢要你，我可不知道。」

孫小紅的嘴湊到他耳旁，悄悄道：「我知道，他不要我也有法子要他要。」

孫老先生忽然抱住了她，就好像已回到十幾年前，她還是個小孩子的時候，抱著她柔聲道：「你是我最喜歡的孫女，但卻太調皮，膽子也太大，我一直擔心你找不到婆家，現在你總算找到了一個你自己喜歡的，我也替你歡喜。」

孫小紅吃吃笑道：「我找到他，算我運氣，他找到我，也算是他的運氣，像我這樣的人，這天下也許還沒有幾個。」

孫老先生又大笑，道：「除了你之外，簡直連一個都沒有。」

孫小紅伏在她爺爺膝上，心裡真是說不出的愉快，說不出的得意。

因爲她不但有個最值得驕傲的祖父，也有個最值得驕傲的意中人。

親情、愛情，她已全都有了，一個女人還想要求什麼別的呢？

她覺得自己簡直已是世上最快樂的女人。

她覺得前途充滿了光明。

但這時大地卻已暗了下來，光明已被黑暗吞沒。

她卻完全沒有感覺到。

「愛情令人盲目。」

這句話聽來雖然很俗氣，但卻的確有它永恆不變的道理。

孫小紅此刻若能張開眼睛，就會發現她爺爺目中的悲哀和痛苦是多麼深邃——別人就算能看到，也永遠猜不出他悲痛是爲了什麼原因！

夜臨，風更冷。

萬籟無聲只剩下枯枝伴著蓑草在風中低泣。

李尋歡的人呢？

孫小紅忍不住跑出去，大聲道：「你在上面幹什麼？爲什麼還不下來？」

沒有回應。

李尋歡的人呢？

八角亭上難道真有什麼陰惡的埋伏？李尋歡難道已遭了毒手？

八角亭上鋪的是紅色的瓦，還有個金色的頂。

金頂上卻擺著個小小的鐵匣子，用一根黃色的布帶綑住。

鐵匣子是很普通的一種，既沒有雕紋裝飾，也沒有機關消息，你若打開這鐵匣子，裡面絕不會飛出一枝弩箭來射穿你的咽喉。

「但這鐵匣子怎麼會到了八角亭的頂上呢？」

鐵匣子只有一束頭髮。

頭髮也是很普通的頭髮，黑的，很長，既不香，也不臭，就跟世上成千成萬個普通人的頭髮一樣。

但李尋歡卻一直在呆呆的盯著這束頭髮看，孫小紅叫了他幾次，他都沒有聽見。

這頭髮究竟有什麼特別的地方？

孫小紅看不出來。

無論誰都看不出來。

李尋歡的臉色很沉重，眼睛也有點發紅。

孫小紅從未看過他這樣子，就連他喝醉的時候，他眼睛還是亮的。

他怎會變成這副樣子？

頭髮就放在亭子裡的石桌上，李尋歡還是在盯著這束頭髮。

孫小紅忍不住問道：「這是誰的頭髮？」

沒有人回答，沒有人能回答。

任何人都可能有這樣的頭髮。

孫小紅道：「這麼長的頭髮，一定是女人的。」

她自己當然也知道這判斷並不正確，因爲男人的頭髮也很長。

因爲「身體髮膚，受之父母，不可損傷」。

誰剪短頭髮，誰就是不孝。

有人說故事，說到一個人女扮男裝忽然被人發現是長頭髮，別人就立刻發覺她是女人了。

說這種故事的人腦筋一定不會很發達，因爲這種事最多只能騙騙小孩子——奇怪的是，卻偏偏還有人要說這種故事，不但說，甚至還從不變。

孫小紅跺了跺腳，道：「無論如何，這只不過是幾根頭髮而已，有什麼好奇怪的。」

孫老先生忽然道：「有。」

孫小紅怔了怔，道：「有什麼？」

孫老先生道：「奇怪，而且很奇怪。」

孫小紅道：「那點奇怪？」

孫老先生道：「很多點怪。」

他接著又道：「頭髮怎會在鐵匣子裡？鐵匣子怎會在亭子頂上？是誰將它放上去的？有什麼用意？」

孫小紅怔住了。

孫老先生嘆了口氣，道：「若是我猜得不錯，這必定是上官金虹的傑作。」

孫小紅失聲道：「上官金虹？他這樣做是為了什麼？」

孫老先生道：「就為了要讓李尋歡看到這束頭髮。」

孫小紅道：「可是……可是他……」

孫老先生道：「他算準了李尋歡一定會先來探測戰場，也算準了他一定會到亭子上去，所以就先將這匣子留在那裡。」

孫小紅道：「可是這頭髮又有什麼特別呢？就算看到了也不會怎麼樣呀，他這麼樣做豈非很滑稽。」

她嘴裡這麼說，心裡也忽然感覺到有些不對了，很不對。

像上官金虹這種人，當然絕不會做滑稽的事。

孫老先生眼睛盯著李尋歡，道：「你知道這是誰的頭髮？」

李尋歡沉默了很久，終於長長嘆息了一聲，道：「我知道。」

孫老先生厲聲道：「你能不能確定？」

他說話的聲音如此嚴厲，李尋歡怔了怔，道：「我……」

孫老先生道：「你也不能確定。是不是？」

他不讓李尋歡開口，接著又道：「上官金虹這麼樣做，就是要你認為這頭髮是林詩音的，要你認為她已落入他的掌握，要你的心不定，他才好殺你，你為何要上他的當？」

孫小紅也搶著道：「不錯，林姑娘若真的已落入他手裡，他為何不索性當面來要脅你？」

李尋歡嘆道：「因為他不能這麼樣做——別人能，他卻不能。」

孫小紅道：「他為什麼不能？」

李尋歡淡淡道：「若有人知道上官金虹是用這種手段才勝了李尋歡的，豈非要被天下人恥笑。」

孫小紅道：「但現在他什麼也沒有說，只不過讓你看到了一束頭髮而已。」

李尋歡道：「這正是他的手段高明之處。」

孫小紅道：「這頭髮也許並不是她的。」

李尋歡道：「也許不是，也許是……誰也不能確定。」

孫小紅道：「那麼你若完全不去理會，就當做根本沒有看到，他的心計豈非就白費了。」

李尋歡道：「只可惜我已經看到了。」

孫小紅道：「就因為他什麼也沒有說，所以你才懷疑，就因為他算準了你會懷疑，所以才這麼樣做，你也明知道他的用意，卻偏偏還要落入他的圈套。」

他長長嘆息了一聲，苦笑道：「這種荒唐的事，為什麼偏偏要讓我遇到？」

七八　興雲莊的秘密

李尋歡笑了笑，淡淡道：「世事本就如此，有些事你縱然明知是上當，還是要去上這個當的。」

孫老先生忽然道：「不錯，若有人能令我心動，我也一樣會上當。」

孫小紅跺了跺腳，咬著嘴唇道：「你們上當，我偏不上當……」

孫老先生嘆道：「其實你也已上當了，因爲你也在懷疑這頭髮是林姑娘的，你的心也已亂了，現在你若和人決鬥，對方的武功縱然不如你，你也必敗無疑。」

孫小紅道：「可是……可是……」

可是怎麼樣，她自己也不知道。

上官金虹的目的就是要李尋歡心亂，無論李尋歡是相信也好，是懷疑也好，只要他去想這件事，上官金虹的目的就已達到。

李尋歡又怎能不想？

那本是他魂牽夢縈的人，他幾時忘記過她？

他就算明知這並不是她的頭髮，還是忍不住要牽腸掛肚，心亂如麻，因爲上官金虹已讓他想起了她。

問題並不在頭髮是誰的，而在李尋歡是個怎麼樣的人？

這一計正針對李尋歡而發的，若是用在別人身上，也許就完全沒有用了，因爲別人根本就不會想得這麼多，這麼遠。

這才是上官金虹最可怕的地方。

他永遠知道對什麼人該用什麼樣的手段，他的手段在別人看來也許有點不實際，甚至有點荒唐，但卻永遠最有效。

因爲他很懂得兵法中最奧妙的四個字：「攻心爲上」。

李尋歡靠著欄杆坐了下來，就坐在地上，將四肢盡量放鬆。

他雖然沒有說話，但孫老先生和孫小紅卻都知道他心裡在想著什麼：「到興雲莊去，看看林詩音還在不在？」

在長途跋涉之前，他必須先將體力恢復。

每次他作了重大的決定之後，都要使自己的身心盡量鬆弛。

這是他的習慣。

這無疑是個好習慣。

孫小紅咬著嘴唇，咬得很用力。

「原來他還是忘不了她，還是將她看成比什麼都重要，她在他心裡地位，無論誰都不能代替——就連我也不能。」

孫小紅的眼圈已紅了，終於忍不住道：「你一定要去？」

李尋歡沒有回答。

有時不回答就是回答。

孫老先生嘆道：「他當然要去，因爲他只有去看一看，才能心安。」

孫小紅道：「可是……她若已不在那裡了呢？」

李尋歡目光遙視著亭外的夜色，緩緩道：「無論她在不在，我都要去看看，然後我才能下決定，決定應該怎麼樣做。」

孫小紅道：「你若去了，才真正落入了上官金虹的圈套。」

李尋歡道：「哦？」

孫小紅道：「他這麼樣做最大的目的就是要你到興雲莊去一趟，決戰的時候就在後天，這裡離興雲莊並不近，你就算能在兩天之內趕回來，到了決戰時體力也已不支，他在這兩天內卻一定會盡量休息。」

她嘆了口氣，緩緩接著道：「他以逸待勞，你在兩天之內奔波數百里之後，再去迎戰，這一戰的勝負，也就不問可知了，何況，他在那裡說不定還另有埋伏。」

李尋歡沉默了很久，緩緩道：「有些事你縱然明知不能做，也是非做不可的。」

孫小紅嘎聲道：「但你若去了，就等於是拿你自己的性命去冒險，她對你難道就真的這麼重要？比你自己的性命還重要？」

李尋歡又沉默了很久，抬起頭，凝注著她。

孫小紅的眼睛已濕了，扭轉頭，避開了他的目光。

李尋歡一字字緩緩道：「我只想你明白一件事……你若換了我，你也一定會這麼樣做，她若換了你，我也會這麼樣對你的。」

孫小紅沒有動，就好像根本沒聽到他說的話。

可是她眼淚卻已流下了來。

女人若真的愛上了一個男人，就希望自己是他心目中唯一的女人，絕不容第三者再來加入。

但無論如何，李尋歡心裡畢竟已有了她。

她癡癡的站在那裡，心裡也不知是甜？是酸？還是苦？

孫老先生忽然嘆息了一聲道：「這是他非做不可的事，就讓他去吧。」

孫小紅慢慢的點了點頭，忽然笑了，笑得雖辛酸，卻總是笑。

她帶著淚笑道：「我忽然發現我自己實在是個呆子，他認得她在我之前，我還沒有看到他的時候，他們之間已經有許多許多事發生了，我是後來才加入的，所以，應該生氣的是她，不應該是我。」

孫老先生也笑了笑，柔聲道：「一個人若知道自己是呆子，就表示這人已漸漸聰明了。」

孫小紅眨著眼，道：「但也有件事是我非做不可的。」

孫老先生道：「什麼事？」

孫小紅道：「我要陪他去，非去不可。」

孫老先生沉吟著，道：「你陪他去也好，只不過……」

他轉頭去瞧李尋歡，下面的話顯然是要李尋歡接著說下去。

李尋歡笑了笑，道：「她既然已說了非去不可，自然就是非去不可了。」

孫老先生也笑了，道：「我活到六十歲時才學會不去跟女人爭辯，你學得比我快。」

李尋歡已站了起來，道：「既然要走，今天晚上就動身，你……」

孫小紅搶著道：「你不要以爲女人都是婆婆媽媽的，有的女人比男人還乾脆得多，也一樣說走就走。」

孫老先生道：「到了那裡，莫忘了先去找你二叔，問問那邊的動靜。」

孫小紅道：「我知道……」

她瞟了李尋歡一眼，接著道：「他若不願我跟他一起進去，我就在二叔那裡等他。」

李尋歡忽然道：「孫二俠已在興雲莊外守候了十三年，他究竟爲的是什麼？」

這件事他一直覺得很奇怪。

十三年前，正是他將要離家出走的時候，那時孫駝子就已守候在那裡，他實在猜不透孫駝子的用意。

孫駝子不但和李家素無來往，和龍嘯雲也全無關係，至於林詩音，她本是孤女，很小時候就已來投靠李尋歡的父親。

她本是個很內向的人，這一生幾乎從未到別的地方去過，自然更不會和江湖中人有任何來往了。

若說孫駝子是受了別人的託咐，那人是誰呢？

他要孫駝子守護的是什麼？

假如世上只有一個人知道這件事的真相，自然就是孫老先生。

孫老先生並不是個深沉的人，李尋歡希望他能說出這秘密。

但他卻失望了。

孫老先生又開始抽煙，用煙嘴塞住了自己的嘴。

孫小紅瞟了她爺爺一眼，忽然道：「有件事，我一直覺得很奇怪。」

李尋歡瞧著她，等她說下去。

孫小紅道：「龍小雲在上官金虹面前砍斷了自己的手，這件事你知不知道？」

李尋歡點了點頭，嘆道：「他本是個很特別的孩子，做的事也特別。」

孫小紅道：「他能做出這種事，我倒並不大覺得奇怪。」

李尋歡道：「哦？」

孫小紅道：「他明知當時上官金虹已動了殺機，所以就先發制人，讓上官金虹無話可說，這麼樣一來，非但性命能夠保全，而且還令人覺得他很有膽色很有孝心，因此更看重他。」

她嘆了口氣，接著道：「他這麼做，的確很聰明，也夠狠了，但他本就是個又聰明、又狠毒的孩子，所以我並不覺得奇怪。」

李尋歡道：「那麼，你奇怪的是什麼？」

孫小紅道：「他武功已被你廢了，體力本該比普通人還衰弱，是不是？」

李尋歡嘆道：「這件事，我一直不知道做得對不對？」

孫小紅道：「人的骨頭很硬，縱然是很有腕力的人，也難一刀就將自己的手砍斷。除非他用的是削鐵如泥的寶劍。」

李尋歡道：「不是寶劍？」

孫小紅道：「絕不是。」

李尋歡道：「但龍小雲隨手一揮，就將自己的手削了下來。」

孫小紅道：「他好像根本就沒有用什麼力。」

李尋歡沉吟著，道：「你的確比我細心，聽你一說，我也覺得有些奇怪了。」

孫小紅道：「還有，普通人的手若被砍斷，一定不能再支持，立刻就要暈過去。」

李尋歡道：「不錯，縱然是壯漢，也萬萬支持不住，除非他有深厚的武功底子。」

孫小紅道：「但龍小雲卻只不過是個武功已被廢、體力很衰弱的孩子，他爲什麼偏偏能支持得住？」

李尋歡不說話了，目光閃動著，彷彿已猜出了什麼。

孫小紅道：「他非但能支持得住，而且還能侃侃而談，還能將自己的斷手撿起來，一個沒有武功的人，怎麼能辦得到？」

李尋歡道：「你的意思難道是說……他武功已恢復？他平時那種弱不禁風的樣子，都是故意裝出來的？」

孫小紅道：「我不知道。」

李尋歡道：「我廢他武功的時候，用的手法很重，按理說他武功絕無恢復的可能，除非……」

他盯著孫小紅，緩緩道：「除非那傳說並不假，興雲莊裡的確藏著那本稀世的武功秘笈，無意中被龍小雲得到。」

孫小紅道：「我不知道。」

李尋歡喃喃道：「孫二俠在那裡守護了十幾年，難道爲的也是這本武功秘笈麼？」

孫小紅道：「我不知道。」

孫老先生忽然笑了，道：「你既然想告訴他，爲什麼不痛痛快快的說出來呢？」

孫小紅垂著頭，用眼角偷偷瞟著他，道：「我怕挨罵。」

孫老先生大笑，道：「你若想女人替你保守秘密，只有一個法子，那就是永遠莫要跟她提起這件事，一個字都不能提。」

孫小紅嘟起嘴，道：「我又沒有說出去……」

孫老先生笑道：「你用的法子更高明，你自己不說，卻要我替你說。」

孫小紅抿嘴道：「就算我說了，我也只跟他說，他……他又不是別人。」

「他又不是別人？」

這句話李尋歡聽在耳裡，心裡也不知是什麼滋味。

他知道自己又已欠下了一筆債，這輩子只怕也休想還得了。

一個女人若不再將你當做「別人」，那就表示她已跟定了你，你就算像馬一樣長了四條腿，也休想再能跑得了。

孫老先生的笑聲突然頓住，一字字道：「興雲莊裡的確藏著本武功秘笈，那並不是謠言。」

李尋歡動容道：「是誰的武功秘笈？我怎會一點也不知道？」

孫老先生將煙斗重新燃著，望著嫋娜四散的煙霧，緩緩道：「你可聽說過王憐花這個人麼？」

李尋歡道：「這名字天下皆知，我當然不會沒聽說過。」

孫老先生道：「王憐花本是沈浪沈大俠的死敵，後來卻變成沈大俠的好朋友，因爲他這人本在正邪之間，雖然邪，卻並不太惡毒，做事雖任性，但有時卻也很講義氣，很有骨氣，所以，他雖然害過沈大俠很多次，沈大俠還是原諒了他。」

（沈浪和王憐花之間，當然也有段很曲折的故事，這故事我曾經在「武林外史」這本書裡很仔細的敘述過。）

李尋歡道：「聽說王憐花已與沈大俠伉儷結伴歸隱，遠遊海外，那也是很多年以前的事了。」

孫老先生道：「不錯，他後來的確被沈大俠所感化。」

他長嘆了一聲，接著道：「要殺一個人很容易，要感化一個人卻困難得多，沈大俠的確是人傑，你若早生幾年，一定也是他的好朋友。」

李尋歡目中也不禁露出了嚮往之色，卻不知千百年後，他俠名留傳之廣，受人崇敬之深，絕不在他所嚮往的沈浪之下。

孫老先生道：「沈大俠雖是人傑，但王憐花卻也不凡，否則又怎會成爲沈大俠的死敵？」

兩個聰明才智相差很遠的人，也許可以結成朋友，卻絕不會成爲敵人，所以只有上官金虹才有資格做李尋歡的仇敵，別的人簡直不配。

李尋歡道：「聽說這人乃是武林中獨一無二的才子，文武雙全，驚才絕艷，所學之雜，涉獵之廣，武林中還沒有第二個人能比得上。」

孫老先生道：「不錯，此人不但善卜星相，琴棋書畫都來得，而且醫道也很精，易容術也很精，十個人都學不全，他一個人就學全了。」

他嘆了口氣，道：「就因爲他見獵心喜，什麼都要學一點，所以武功才不能登峰造極，否則以他的聰明才智，又怎會屢次敗在沈大俠手下。」

李尋歡突然想起了阿飛！

阿飛的聰明才智是不是比王憐花更高，因爲他只學一樣事，只練一劍，他這一劍本可練到空前絕後，無人能抵擋的地步。

「只可惜聰明人偏偏時常要做傻事。」

李尋歡嘆了口氣，不願再想下去。

孫老先生道：「王憐花改邪歸正後，已知道他以前所學不但太雜，也太邪，本想將那本『憐花寶鑑』付之一炬。」

李尋歡道：「什麼，『憐花寶鑑』？」

孫老先生道：「憐花寶鑑就是他將自己一生所學全記載在上面的一本書。」

李尋歡道：「他爲什麼想燒了它？」

七九　恐怖的決鬥

孫老先生談到王憐花想將自己所著「憐花寶鑑」燒了的事，李尋歡不由問道：「他為什麼想燒了它？」

孫老先生道：「因為那上面不但有他的武功心法，也記載著他的下毒術、易容術、苗人放蠱、波斯傳來的懾心術……」

他嘆息著接道：「這麼樣一本書若是落在不肖之徒的手裡，後果豈非不堪設想？」

李尋歡也嘆道：「那的確是後患無窮。」

孫老先生道：「但這是他一生心血所聚，他也不捨得將之毀於一旦，所以，他遠赴海外之前，就將這本書交給了一個他認為最可靠的人。」

聽到這話，李尋歡對這件事的來龍去脈都已了解，也已猜到藏在興雲莊裡的那本武功秘笈，就是「憐花寶鑑」。

但還有幾件事他想不通，試探著問道：「他將這本秘笈交給誰了？」

孫老先生道：「交給了你！」

李尋歡怔了怔，道：「我？」

孫老先生笑了笑，道：「普天之下，除了小李探花外，還有誰是最可靠的人呢？」

他接著又道：「他將這本『憐花寶鑑』交託給你，不但要你替他保存，還想要你替他找個天資高、心術好的弟子，作爲他的衣缽傳人。」

李尋歡苦笑道：「但這件事我卻連一點都不知道。」

孫老先生道：「因爲你那時恰巧出去了。」

李尋歡沉思道：「十三年前……不錯，那時我到關外去了一趟，回來時又遇伏受了重傷，若不是龍嘯雲仗義相救，我……」

說到這裡，他咽喉頭似已被塞住，再也說不下去。

這本是他這一生中最難忘懷的一件事。

就因爲這件事，他的一生才會放變——由幸福變爲不幸！

孫老先生道：「王憐花雖未見著你，卻見到了林姑娘，那時他遠遊在即，沈大俠已在海口等著他，他自然不能停留，所以就將那『憐花寶鑑』交給了林姑娘。」

男女之間的事，世上只怕很少人能比王憐花了解得更多了，他自然已看出林詩音和李尋歡之間的情感非比尋常。

但林詩音爲何從未將這件事向李尋歡提起？

李尋歡遲疑著道：「這件事不知前輩是從那裡聽到的？是不是很可靠？」

孫老先生道：「絕對可靠。」

孫小紅忍不住插嘴道：「這件事就是我二叔說的，王老前輩到興雲莊……不，到李園去見林姑娘的時候，我二叔就在外面等著。」

她嘆息了一聲，幽幽道：「自從那天之後，一直到現在，我二叔就從未離開過那地方一步！」

李尋歡苦笑道：「難道他就是受了王憐花的託付，在那裡監視著我？」

孫老先生道：「王憐花既然肯將那麼重要的東西交給你，就絕不會對你不放心，只不過，他對你的武功還不大信任，生怕有人聽到消息，會去奪書，所以才會要老二留在那裡，到了必要時，也好助你一臂之力。」

孫小紅道：「我二叔當年遊俠江湖間，曾經被王老前輩救過一命，他這人最是恩怨分明，王老前輩要他做的事，他的確可說是萬死不辭。」

孫老先生道：「但後來卻在無意中聽到林姑娘並沒有將那『憐花寶鑑』轉交給你，所以你出關之後，他更不放心，更不肯離開一步了。」

李尋歡嘆道：「受人之託，忠人之事，孫二俠的確不愧爲王老前輩的好朋友，只不過……」

他盯著孫老先生，一字字道：「孫二俠又怎會知道林姑娘未曾將『憐花寶鑑』轉交給我？這件事連我自己都不知道。」

孫老先生長長吸了口煙，緩緩道：「連你都不知道，我又怎麼會知道？」

李尋歡說不出話來了。

他從來也未想到林詩音對他也有隱瞞著的事。

孫老先生又道：「王憐花不但有殺人的本事，也有救人的手段，中年後醫道更精，的確可說已有生死人、肉白骨的功力。」

孫小紅道：「龍小雲是林姑娘的親生兒子，一個做母親的確是不惜做任何事的，所以，我想……」

她沒有再說下去。

她的意思李尋歡卻已聽懂——無論誰都應該聽得懂的。

林詩音一定已將那本「憐花寶鑑」傳給了她的兒子，她一定將這本神奇的書保存了很多年，而且保存得很秘密。

問題是，她爲什麼始終沒有將這件事告訴他呢？

李尋歡第一次看到林詩音的時候，他也還是個孩子。

那天正在下雪。

庭園中的梅花開得正好，梅樹下的雪也彷彿分外潔白。

那天李尋歡正在梅樹下堆雪人，他找了兩塊最黑最亮的煤，正準備爲這雪人嵌上一雙明亮的眼睛。

這是他最愉快的時候。

他並不十分喜歡堆雪人，他堆雪人，只不過是爲了要享受這一刹那間的愉快——每當他將「眼睛」嵌上去的時候，這臃腫而愚蠢的雪人就像是忽然變得有了生命。每當這刹那間，他總會感覺到說不出的滿足和愉快。

他一向喜歡建設，憎惡破壞。

他熱愛著生命。

他總是一個人偷偷的跑來堆雪人，因爲他不願任何人來分享他這種秘密的歡愉，那時他還不知道歡愉是絕不會因爲分給別人而減少的。

後來他才懂得，歡樂就像是個聚寶盆，你分給別人的愈多，自己所得的也愈多。痛苦也一樣。

你若想要別人來分擔你的痛苦，反而會痛苦得更深。

雪人的臉是圓的。

他正考慮著該在什麼地方嵌上這雙眼睛，他多病的母親忽然破例走入了庭園，身旁還帶著個披著紅氅的女孩子。

猩紅的風氅，比梅花還鮮艷。

但這女孩子的臉卻是蒼白的，比雪更白。

紅和白永遠是他最喜愛的顏色，因爲「白」象徵純潔，「紅」象徵熱情。

他第一眼看到她，就對她生出了一種說不出的同情和憐惜，幾乎忍不住要去拉住她的手，免得她被寒風吹倒。

他母親告訴他：「這是你姨媽的女兒，你姨媽到很遠很遠的地方去了，所以她從今天開始，就要住在我們家裡。」

「你總是埋怨自己沒有妹妹，現在我替你找了個妹妹來了，你一定要對她好些，絕不能讓她生氣。」

可是他幾乎沒有聽到他母親在說些什麼。

因爲這小女孩已走了過來，走到他身邊，看著他的雪人。

「他爲什麼沒有眼睛？」她忽然問：

「你喜不喜歡替他裝上對眼睛！」

她喜歡，她點頭。

他將手裡那雙黑亮的「眼睛」送了過去。

他第一次讓別人分享了他的歡愉。

自從這一次後，他無論有什麼，都要和她一起分享，甚至連別人給他一塊小小的金橘餅，他也會藏起來，等到見著她時，分給她一半。

只要看到她的眼睛裡露出一絲光亮，他就會覺得前所未有的愉快，永遠沒有任何能代替的愉快。

他甚至不惜和她分享自己的生命。

「她也一樣。」他知道，他確信。

甚至當他們分離的時候，在他心底深處，他還是認為只有他才能分享她的痛苦，她的歡樂，她的秘密，她的一切。

他確信如此，直到現在……

陋巷。

昨夜初雪。

積雪已溶，地上泥濘沒足。牆角邊當然也有些比較乾燥的路，但李尋歡卻情願走在泥濘中，他喜歡一腳踏入泥濘中時那種軟軟的，暖暖的感覺。

這往往能令他心情鬆弛。

以前，他最憎惡泥濘，他情願多繞個大圈子也不願走過一小段泥濘的路。

但現在，他才發覺泥濘也有泥濘的可愛之處——它默默的忍受著你的踐踏，還是以它的潮濕和柔軟來保護你的腳。

世上有些人豈非也正和泥濘一樣？他們一直在忍受著別人的侮辱和輕蔑，但他們卻從無怨言，從不反擊……

這世上若沒有泥濘，種籽又怎會發芽？樹木又怎會生根？

他們不怨，不恨，就因爲他們很了解自己的價值和貴重。

李尋歡長長嘆了口氣，抬起頭。

牆是新近粉刷過的，孫駝子那小店的招牌卻更殘舊了。

從這裡看，看不到牆裡的人。

現在還是白天，當然也看不到牆裡的燈。

「到了晚上，小樓上那盞孤燈是否還在？」

李尋歡忍不住想起了他不願想的事，這兩年來，他總是坐在進門的那張桌子上等著那盞孤燈亮起。

孫駝子總是在一旁默默的陪著。他從不開口，從不問。

孫小紅忽也長長嘆了口氣，幽幽道：「現在還沒有到吃晚飯的時候，客人還不會上門，不知道二叔現在幹什麼？是不是又在抹桌子？」

孫駝子並沒有在抹桌子。

他永遠再也不能抹桌子了！

桌子上有隻手。

手裡還抓著塊抹布，抓得很緊。

小店的門本是關著的，敲門，沒有回應，呼喚，也沒有回應。

孫小紅比李尋歡更急，撞開門，就瞧見了這隻手。

一隻已被齊腕砍了下來的手。

孫小紅一驚，衝過去，怔在桌子旁。

那正是李尋歡兩年來每天都在上面喝酒的桌子。

李尋歡的臉色也已發青，他認得這隻手，他比孫小紅更熟悉，兩年來，這隻手已不知爲他倒過多少次酒。

他狂醉的時候，扶他回房去的就是這隻手。

他生病的時候，伺候他湯藥的也正是這隻手。

現在，這隻手卻已變成了塊乾癟了的死肉，血已凝結，筋已收縮，手指緊緊的抓著這塊抹布，就像是在抓著自己的生命。

他是不是正在抹桌子的時候被人砍斷這隻手的？

桌子擦得很光，很乾淨。

他在抹這張桌子的時候，心裡是不是在想著李尋歡？

李尋歡忽然覺得胸中一陣絞痛。

孫小紅目中的眼淚開始向外流，一字字道：「你知道這隻手是誰的？」

李尋歡沉重的點了點頭。

孫小紅嘎聲道：「他的人呢？……他的人呢？……」

她忽然衝了出去。

沒有人，小店裡一個人都沒有。

孫小紅再奔回來，李尋歡還是站在桌子前，眨也不眨的盯著這隻手。

死黑的手，四根手指都已嵌入抹布裡，只有一根食指向前伸出，僵硬得就像是一節蠟，筆直指著前面的窗戶。

窗戶是開著的。

李尋歡抬起頭，盯著這扇窗戶。

孫小紅的目光也隨著他瞧了過去，兩人忽然同時掠出了窗子。

窗外冷風刺骨，冷得連溝渠裡的臭水都已結了冰。

一條更小的巷子，比溝渠也寬不了多少，也許這根本不是條巷子，只不過是一條溝渠。

沿著溝走，走到盡頭，就是一道很窄的門，也不知是誰家的後門，除此之外，就沒有別的路。

這本是條死巷。

後門是虛掩著的，在推門的地方赫然有個暗赤色的掌印。

用血染成的掌印。

孫小紅衝過去，突又頓住，慢慢的轉回身，面對著李尋歡。

她嘴唇已被咬得出血，盯著李尋歡道：「上官金虹也早已算準了你要到這裡來。」

李尋歡閉著嘴。

孫小紅道：「他知道你絕不會先到興雲莊去，因為你不願再見到龍嘯雲，所以你心裡無論多麼急，也一定會先到二叔店裡來瞧瞧。」

李尋歡閉著嘴。

孫小紅道：「這一切，正都是為你設下的圈套。」

李尋歡的嘴閉得更緊。

孫小紅道：「所以你絕不能走進這扇門。」

李尋歡忽然道：「你呢？」

孫小紅咬著嘴唇，道：「我沒關係，上官金虹並不急著要殺我。」

李尋歡緩緩道：「所以你可以進去。」

孫小紅道：「我非進去不可。」

李尋歡長長嘆了口氣，道：「看來你還不如上官金虹那麼了解我。」

孫小紅道：「哦？」

李尋歡淡淡道：「他苦心設下這圈套，就因為他知道我也是非進去不可的，就算有人已將我的兩條腿砍斷，我爬也要爬進去！」

孫小紅盯著他，熱淚又忍不住要奪眶而出。

她忽然撲過來，緊緊的抱住了李尋歡，熱淚沾濕了他憔悴的臉。

她磨擦著他的臉，彷彿要以自己的眼淚來洗去他臉上的憔悴——世上若只有一樣事能洗去人們的憔悴，那就是情人的淚。

李尋歡僵硬的四肢漸漸柔軟，終於也忍不住伸出手，抱住了她。

他們抱得很緊。

因爲這是他們第一次擁抱——說不定也是最後一次！

彷彿連陽光都不願照耀溝渠，巷子裡黯得就像是黃昏。

門後面更黯。

推開門，就有一股令人作嘔的臭氣撲鼻而來。

是血腥氣！

然後，他們就聽到一種奇異的聲音，彷彿是野獸臨死前的喘息，又彷彿是魔鬼在地獄中吶喊！

聲音赫然正是從地下發出來的！

地下正有十幾個人，閉著嘴咬著牙，宛如野獸般在作殊死的搏鬥！

沒有人開口，甚至連刀砍在身上也不肯開口。

本來一共有二十七個人，現在已有九個倒了下去，剩下的十八個分成兩邊，佔優勢的一邊人數遠比另一邊多出很多。

他們有十三個人，都穿著暗黃色的衣服，用的大多數是江湖中極少見的外門兵刃，有個人手裡用的竟是個鐵打算盤。

另一邊本有九個人，現在已只剩下五個，其中還有個是瞎子！

還有條精赤著上身的大漢，他沒有兵刃。

他的人就是鐵打的！

寒光一閃，一柄魚鱗刀砍在他左肩上，就像是砍在木頭裡，銳利的刀鋒竟被他的肉夾住，嵌在他骨頭裡！

黃衣人用力抽刀，不起，大漢的鐵掌已擊上了他胸膛，他彷彿已聽到自己骨頭碎裂的聲音。

「砰」的，他整個人都被打得飛了出去。

但大漢的左臂也已無法抬起，忽然沉聲道：「你們退，我擋住他們……快退！」

沒有人退，也沒有人答話。

本已倒在地上的一個人突然躍起，嘶聲大呼道：「不能退，我們死也要把他帶出去！」

這是個地下室，終年都燃著燈。

燈嵌在牆上，陰惻惻的燈光下，只見她竟是個女人，又高又大又胖的女人，一條刀疤自帶著黑眼罩的眼睛直劃到嘴角。

她的右眼已瞎了，只剩下一隻左眼，瞪著那大漢。

這隻眼睛裡什麼都沒有，只有仇恨，仇恨……至死不解的仇恨。

「女屠戶」翁大娘！

這大漢又是誰？難道是一別多年無消息的鐵傳甲！

不錯，的確是他！

除了鐵傳甲外，誰有這麼硬的骨頭。

翁大娘掙扎著，還想爬起來，盯著鐵傳甲，嘎聲道：「這人是我們的，除了我們外，誰也不能動他一根手指，誰也不能……」

「唰」的，寒光又一閃，她再次倒下。

這次她永遠都無法再站起來了！

可是她剩下的那隻眼睛還是瞪得很大，還是瞪著鐵傳甲。

她死得既無痛苦，也無恐懼。

因爲她心裡剩下的只有仇恨，除了仇恨外，她什麼都感覺不到。

鐵傳甲咬著牙，他身上又被刺了一劍，跺腳道：「你們真的不走？……你們若全都死了，又怎能將我帶走？」

瞎子忽然陰惻惻一笑，道：「我們全都死了，也要將你的鬼魂帶走！」

他武功雖然比有眼睛的人還可怕，但畢竟是個瞎子，交手時全憑著耳朵「聽風辨位」。

無論誰在動嘴的時候，耳朵都不會像平時那麼靈的，他兩句話還沒有說完，前胸已被一柄虎頭鉤劃破了道血口！

鉤再揚起，鉤鋒上已掛著條血淋淋的肉。

血，肉！

鐵傳甲幾乎忍不住要嘔吐。

他也殺過人，但卻絕不是兇手，他的骨頭雖硬，心卻是軟的。

現在，他幾乎連手都軟了，已無法再殺人。

他忽然大聲道：「我若是死在你們手上呢？」

瞎子冷冷道：「這裡的事本就和我們無關，我們本就是爲了你來的。」

另一人厲聲道：「中原八義若不能親手取你的命，死不瞑目！」

這人滿臉麻子，用的是一長一短兩把刀，正是北派「陰陽刀」的唯一傳人公孫雨。

鐵傳甲忽然笑了，此時此刻，誰也不知道他爲何而笑？

他笑得實在有些令人毛骨悚然，大笑道：「原來你們只不過想親手殺了我，這容易……」

他反手一拳，擊退了面前的黃衣人，身體突然向公孫雨衝了過去——對準公孫雨的刀鋒衝了過去。

公孫雨一驚，短刀已刺入了鐵傳甲的胸膛！

鐵傳甲胸膛還在往前挺，牛一般喘息著，道：「現在……我的債總可還清了吧！你們還不走？」

公孫雨的臉在扭曲，忽然狂吼一聲，拔出了刀。

鮮血雨點般濺在他胸膛上。

他吼聲突然中斷，撲地倒下，背脊上插著柄三尺花槍。

槍頭的紅纓還在不停的顫抖。

鐵傳甲也已倒下，還在重複著那句話。

「我的債總算還清了……你們爲何還不走？」

他瞧著另一柄花槍已向他刺了下來，既不招架，也不閃避。

八十 義氣的朋友

公孫雨突又狂吼一聲，撲在他身上，嘎聲道：「我們一定錯了，他絕不是……」

聲音又中斷。

公孫雨背上又多了柄花槍，槍!花槍!

槍拔起，在淒惻的燈光下看來，地室中就像是迷漫著一層霧。

粉紅色的霧。

血霧!

二十七人中，已有十六人倒下。

殺戮卻仍未停止，強弱已更懸殊。

一個賣草藥的郎中身上已負了六處傷，嘶聲道：「姓鐵的既已死了，我們退吧!」

他們這邊已只剩下三個人還在負隅苦戰，實在已支持不住。

一人手揮利斧，一著「立劈華山」砍下，咬著牙道：「二哥，退不退?」

瞎子厲聲道：「退?中原八義要死也死在一處，誰敢再說退字，我先宰了他!」

黃衣人狂笑，道：「好，有義氣，大爺們今天就成全了你……」

他的聲音也突然中斷，一雙眼珠子立刻就死魚般凸了出來。

死一般的靜寂中，只聽他喉嚨裡不停的「格格」發響。

他這口氣還沒有斷，卻已吐不出來，用盡力氣也吐不出來，只因他咽喉上不知何時已多了一柄刀。一柄七寸長的小刀！

小李飛刀！

所有的動作突然全部停止，每個人的眼睛都在盯著這柄刀！

誰也沒有看到這柄刀是從什麼地方來的，但卻全都知道是什麼人來了！

地室的入口就在角落裡。

李尋歡就在那裡站著。

但卻沒有人敢抬頭去瞧，每個人都生怕自己一抬頭，那柄追魂奪命的刀就會無影無蹤的飛過來，割斷自己的喉管，刺入自己的咽喉！

他們都是「金錢幫」最忠實、最得力的部屬，絕沒有一個是膽小怕死的人，但現在他們已太累、太疲倦，看到了太多死亡、太多血腥。

這已使他們喪失了大部份勇氣，何況，「小李飛刀」在江湖人心目中已不僅是一柄刀，而是一種惡魔的化身！

現在，「小李飛刀」這四個字更幾乎變得和「死亡」同樣意義。

也許直到現在他們才懂得死亡的真正意義。

他們同伴的屍體，就倒在他們腳下。

就在一瞬間以前，他還是個活生生的人。

然後小李飛刀忽然來了，事先完全沒有絲毫預兆，這活生生的人忽然就變成了一具屍體。

他的生命忽然就變得毫無意義，絕不會有人關心。

世上也絕沒有任何事能比這種突來的變化更令人恐懼！他們恐懼的也許並不是死，而是這種恐懼的本身。

那瞎子突然道：「小李探花？」

他雖然什麼瞧不見，也沒有聽見任何聲音，但卻也已感覺到李尋歡的存在，他似已嗅到了一種懾人的殺氣。

李尋歡道：「是的！」

瞎子長長的嘆息了一聲，慢慢的坐了下來。

金風白和那樵夫也跟著坐了下去，就坐在公孫雨和鐵傳甲的血泊中，可是，看他們的神情，卻像是已坐在另一個世界裡。

那世界裡既沒有仇恨，也沒有痛苦。

李尋歡慢慢的走了過來，慢慢的走到那些黃衣人面前。

他的一雙手是空著的，沒有刀。

刀彷彿是在他的眼睛裡。

他盯著他們，一字字道：「你們帶來的人呢？」

黃衣人的眼睛全都在瞧著自己的腳尖。

李尋歡嘆了口氣，緩緩道：「我並不想逼你們，希望你們也莫要逼我。」

站在他對面的一個黃衣人臉上不停的在冒汗，全身不停的發抖，突然嘎聲道：「你要找孫駝子？」

李尋歡道：「是。」

這黃衣人流著汗的臉上忽然露出了一種奇特的獰笑，大聲道：「好，我帶你去找他，你跟我來吧！」

他用的是虎頭鉤，這句話剛說完，他的手已抬起，鉤的護手已刺入了他自己的咽喉。

他已無法再忍受這種恐懼，死，反而變成了最快的解脫。

李尋歡看著他倒下去，手漸漸握緊。

「孫駝子已死了！」

這黃衣人的死，就是答覆！

但林詩音呢？

李尋歡目中忽也露出了恐懼之色，目光慢慢的從血泊中的屍體上掃過，瞳孔慢慢的收縮。

然後，他就聽到了鐵傳甲的聲音。

他又像牛一般喘息著，血和汗混合著從他臉上流過，流過他的眼簾，他連眼睛都張不開，喘息著道：「易明堂……易二哥……」

瞎子石板般的臉也已扭曲，咬著牙，道：「我在這裡。」

鐵傳甲道：「我……我的債還清了麼？」

易明堂道：「你的債已還清了。」

鐵傳甲道：「但我還是有件事要說。」

易明堂道：「你說。」

鐵傳甲道：「我雖然對不起翁大哥，但卻絕沒有出賣他，我只不過……」

易明堂打斷了他的話，道：「你用不著說，我已明白。」

他的確已明白。

一個出賣朋友的人，是絕不會在這樣生死關頭爲了朋友犧牲自己的。

這不但易明堂已明白，金風白和那樵夫也很明白。

只可惜他們明白得已太遲了。

易明堂那已瞎了幾十年的眼睛裡，竟慢慢的流出了兩滴眼淚。

李尋歡在看著，看得很清楚。

他第一次知道瞎子原來也會流淚。

他自己又何嘗不是早已熱淚盈眶。

熱淚就滴在鐵傳甲已逐漸發冷的臉上，他俯下身，用衣角輕輕擦拭鐵傳甲臉上的血和汗。

鐵傳甲的眼睛睜開，這才瞧見了他，失聲道：「少爺是你，你……你果然來了！」

他又驚又喜，掙扎著要爬起，又跌下。

李尋歡跪了下去，跪在他身旁，道：「我來了，所以有什麼話你都可以等著慢慢說。」

鐵傳甲用力搖了搖頭，淒然笑道：「我已死而無憾，用不著再說什麼。」

李尋歡忍著淚，道：「但有些話你還是要說的，你既然沒有出賣翁大哥，爲什麼不說明？爲什麼要逃？」

鐵傳甲道：「我逃，並不是爲了我自己。」

李尋歡道：「你爲了誰？」

鐵傳甲又搖了搖頭，眼簾慢慢的闔了起來。

他四肢雖已因痛苦而痙攣，但臉色卻很安寧，嘴角甚至還帶著一絲恬靜的微笑。

他死得很平靜。

一個人要能死得平靜，可真是不容易！

李尋歡動也不動的跪著，似已完全痳木。

他當然知道鐵傳甲是爲了誰而死的。

他必定比李尋歡先回到興雲莊，查出了上官金虹的陰謀，就搶先趕到這裡，只要知道李尋歡有危險，無論什麼地方他都會趕著去。

但他又怎會知道上官金虹這陰謀呢？

他和翁天傑翁老大之間，究竟有什麼秘密，爲何至死還不肯說明？

李尋歡黯然道：「你究竟在隱瞞著什麼秘密？你至少總該對我說出才是，你縱然死而無憾，可是我，我怎麼能心安呢？」

金風白忽然大聲道：「他隱瞞著的事，也許我知道！」
李尋歡愕然，道：「你？……你知道？」
金風白的臉本是黝黑的，現在卻蒼白得可怕。
他用力咬著牙，一字字道：「翁老大對朋友的義氣，天下皆知，你也應該知道。」
李尋歡道：「我聽說過。」
金風白道：「只要有朋友找他，他幾乎是有求必應，所以他的開銷一向很大，但他卻不像你，他並沒有一個做戶部尚書的父親。」
李尋歡苦笑。
金風白道：「所以他一直都在鬧窮，一個人若是又鬧窮，又好朋友，又要面子，就只有在暗中想別的法子來彌補虧空。」
那樵夫聳然道：「你是說……翁老大在暗中做沒本錢的生意？」
金風白黯然嘆道：「不錯，這件事也是我在無意中發現的，可是我一直不忍說，因爲翁老大那樣做，的確是情不得已。」
他忽又大聲道：「但翁老大下手的對象，卻必定是罪有應得的，他做的雖然是沒有本錢的買賣，可沒有愧對自己的良心。」
易明堂的臉色已發青，沉聲道：「鐵傳甲和此事又有什麼關係？」
金風白道：「翁老大做的案子多了，自然有人來查案，查案的恰巧是鐵傳甲的好朋友，他們雖已懷疑翁老大，卻還是不敢認定。」

樵夫道：「所以鐵傳甲就故意去和翁老大結交，等查明了才好動手。」

金風白嘆道：「想來必定是如此。」

他接著道：「鐵傳甲一直不肯將這件事說明，爲的就是翁老大的確對他不錯，他也認爲翁老大是個好朋友，若是說出這件事，豈非對翁老大死後的英名有損，所以他寧可自己受冤曲——他一直在逃，的確不是爲了自己！」

易明堂厲聲道：「但你爲什麼也不說呢？」

金風白慘然道：「我？……我怎麼能說？翁老大對我一向義重如山，連鐵傳甲都不忍說，我又怎麼忍心說出來？」

易明堂冷笑道：「好，你的確不愧是翁老大的好兄弟，好，好極了。」

他一面冷笑，身子一面發抖。

金風白道：「我也知道我這麼做對不起鐵傳甲，可是我沒法子，實在沒法子……」

他聲音愈說愈低，忽然取起了一柄刀，就是方才殺死鐵傳甲的那柄刀，反手一刀，向自己胸膛刺下，幾乎也就和鐵傳甲那一刀同樣的地方。

他雖也疼得四肢痙攣，嘴角卻也露出了和鐵傳甲同樣的微笑，一字字掙扎著道：「我的確欠了他的，可是，現在我的債也已還清了！」

他死得也很平靜。

「唉，一個人要死得平靜，實在太不容易了。」

易明堂忽然仰面狂笑，道：「好，你有勇氣將這件事說出來，有勇氣將這債還清，也不愧是我的好兄弟，我們『中原八義』總算沒有做丟人現眼的事！」

他笑聲聽來就像是梟之夜啼。

那樵夫忽然跪了下去，向鐵傳甲叩了個頭，又向易明堂拜了拜道：「二哥，我要先走一步了。」

易明堂笑聲已停頓！突又變得說不出的冷漠平靜，淡淡道：「好，你先走，我就趕來。」

樵夫道：「我等你。」

利斧揚起，鮮血飛濺，他死得更快、更平靜。

李尋歡若非親眼見到，簡直無法相信世上竟有這種視死如歸的人。

易明堂臉上，卻連一點表情都沒有，淡淡道：「我還沒有走，只因我還有話要對你說。」

李尋歡只能點頭。

他喉頭已哽咽，已說不出話來。

易明堂道：「你總該知道，我們一直都守候在這裡，因為我們知道鐵傳甲總有一天要回來的，所以我們知道很多你不知道的事。」

他慢慢的接著道：「上官金虹這陰謀，我們幾乎從一開始就知道——龍嘯雲也知道，我一直在奇怪，你怎麼會和這種人交朋友。」

李尋歡更無話可說。

易明堂道：「鐵傳甲知道這件事，就是龍嘯雲說出來的，他故意要鐵傳甲到這裡來送死，但卻未想到我們也會跟著來，因為我們絕不能讓鐵傳甲死在別人手上。」

他接著又道：「至於那位龍……林詩音林姑娘，她並沒有死，也沒有被上官金虹劫走，你現在到興雲莊去，一定還可以見著她。」

李尋歡只覺胸中又是一陣熱血上湧，也不知是感激？還是歡喜？

易明堂道：「現在我兄弟的恩怨都已了清，只望你能將我們合葬在一處，日後若有人問起『中原八義』，也希望你能告訴他們，這八個人活著時雖然常常做錯事，但死的時候總算已將債還清了。」

黃衣人不知何時卻悄悄溜走了，李尋歡縱然瞧見，也沒有阻攔。

他也沒有阻攔易明堂。

因為他知道易明堂的確已沒法子再活下去。

一個人只要死得心安，死又何妨？

死，在他們說來，簡直就不算是一回事。

但李尋歡現在瞧著滿地的屍體，卻覺得忍不住要發抖。

他發抖，並不是為了別的，只為了他了解「仇恨」的可怕。

可是，無論多深的仇恨，現在總算已了結。

易明堂說得不錯，這些人活著時雖然常常做錯事，但死的時候卻是堂堂正正，問心無愧的。

世上又有幾個人能像他們這麼樣死法。

李尋歡四肢冷得發抖，胸中的熱血卻像是一團火。

他又跪了下來，跪在他們的血泊中。

這是男子漢的血！

他寧願跪在這裡，和這些男子漢的屍體作伴，也不願到外面去瞧那些活人的醜惡嘴臉。

「大丈夫生而何歡，死而何懼！」一個人若能堂堂正正，問心無愧而死，死又算得了什麼。

只不過這麼樣死，可真不容易！

孫小紅一直沒有進來。

她不是不敢進來，而是不忍進來，看到了這些男子漢的死，她才忽然發覺真正的男人的確是和女人不同的。

她第一次覺得能做女人實在是自己的運氣。

夜。

小店裡只有一盞燈，兩個人。

燈光很黯，他們的心情卻比燈光更黯，更消沉。

燈，就在李尋歡面前，酒，也在李尋歡面前，但他卻似乎已連舉杯的力氣都沒有了，只是坐在那裡，癡癡的望著酒杯發怔。

燈蕊挑起，又燃盡。

也不知過了多久，李尋歡忽然長長嘆了口氣，道：「走吧。」

孫小紅道：「我……我也去？」

李尋歡道：「我們一起來的，當然一起回去。」

孫小紅道：「回去？你不到興雲莊去了？」

李尋歡搖了搖頭。

孫小紅很詫異，道：「但你這次來，豈非爲了要到興雲莊去瞧瞧？」

李尋歡：「現在已不必。」

孫小紅道：「爲什麼？」

李尋歡望著閃動的燈光，緩緩道：「易明堂既然說她還在，就已足夠。」

孫小紅道：「聽了他的一句話，你就已放心？」

李尋歡道：「像他那種人，無論說什麼我都相信。」

孫小紅眨著眼，道：「可是……你難道不想去看看她？」

李尋歡沉默了，很久緩緩道：「相見爭如不見，她既然無事，我又何必去看。」

孫小紅道：「你既已來了，又何必不去看？」

李尋歡又沉默了很久，忽然笑了笑，道：「乘興而返，既然已來了，看不看也就沒什麼分別了。」

孫小紅嘆了口氣，苦笑道：「你真是個怪人，做的事總是教人不明白的。」

李尋歡淡淡道：「你慢慢就會明白的。」

孫小紅呆了半晌，又道：「可是，你至少也該等埋葬了他們的屍體再走。」

李尋歡緩緩道：「他們可以等一等，上官金虹卻不能等。」

他笑了笑，笑得很淒涼，接著又道：「死人總比活人有耐性，你說是麼？」

八一 可怕的錯誤

孫小紅嘟起了嘴，冷冷道：「原來你也並不十分夠義氣，至少對死人就沒有對活人夠義氣。」

李尋歡忽然問道：「昨天我們是什麼時候出發的？」

孫小紅沉吟著，道：「晚上，就和現在差不多的時候。」

李尋歡道：「今天我們是什麼時候趕到這裡的？」

孫小紅道：「戌時前後，天還沒有黑。」

李尋歡道：「我們是怎麼來的。」

孫小紅道：「我們先坐車走了段路，然後就用輕功，到了今天早上，再換快馬。」

李尋歡道：「所以現在我們就算用同樣的法子趕回去，最快也得要到戌時前後才到得了，對不對？」

孫小紅道：「對。」

李尋歡道：「但現在我們已有很久未休息，體力絕對已不如昨天晚上好，縱然還能施展輕功，也絕不會比昨天晚上快。」

孫小紅嫣然道：「昨天晚上我就已趕不上你，難怪爺爺說你的輕功並不比你的刀慢多少。」

李尋歡道：「所以，我們就算現在動身，也未必能及時趕去赴上官金虹的約會。」

孫小紅忽然不說話了。

李尋歡忽然抬起頭，凝注著她，沉聲道：「所以你本該催我快走才對，你總該知道我從不願失約。」

孫小紅垂著頭，咬著嘴唇，彷彿在故意逃避著李尋歡的目光。

過了很久，她才輕輕嘆息了一聲，道：「我只求你一件事。」

李尋歡道：「什麼事？」

孫小紅道：「這次我們坐車趕回去，不換馬，也不用輕功趕路。」

李尋歡道：「你要我在車上休息。」

孫小紅道：「不錯，否則你就無法及時趕到，你一到那裡只怕就得躺下，你總不能睡在地上和上官金虹決鬥吧。」

李尋歡沉吟著，終於笑了笑，道：「好，我就聽你的，我們坐車。」

孫小紅立刻就高興了起來，展顏笑道：「我們還可以把酒帶到車上去，你若睡不著，我就陪你喝酒。」

李尋歡道：「酒一喝多了，自然就會睡著的。」

孫小紅笑道：「一點也不錯，只要你能在車上好好睡一覺，我保證上官金虹絕不是你的對手。」

李尋歡笑道：「你對我倒很有信心。」

孫小紅眨著眼道：「當然，我對你若沒有信心，又怎會……」

她的臉忽然紅了，忽然一溜煙竄了出去，吃吃笑道：「我去僱車，你準備酒，若是時間充裕，你也不妨去瞧瞧她，我絕不會吃醋的。」

她的辮子飛揚，轉眼間就跑得瞧不見了。

李尋歡目送著她，又癡了半晌，才緩緩的站起來，走出門。

猛抬頭，高牆內露出小樓一角。

小樓的孤燈又亮了。

小樓上的人呢？

她是不是又在爲她的愛子在縫補著衣服？

慈母手中的線，長得好像永遠都縫不完似的。

但卻還是比不上寂寞，世上最長的就是寂寞。

一年又一年，一日又一日，縫不完的線，縫不完的寂寞——

她已將自己的生命埋葬，這小樓就是她的墳墓。

一個人，一個女人，若是已沒有青春，沒有愛情，沒有歡樂，她還要生命作什麼？

「詩音，詩音……你實在太苦，你實在已受盡了折磨。」

李尋歡又彎下腰，不停的咳嗽，又咳出了血！

他心裡又何嘗不想去看看她？

他的人雖然站在這裡，心卻早已飛上了小樓。

他的心雖然已飛上了小樓，但他的人卻還是不得不留在這裡。

他不敢去看她，也不能去看她，縱然是最後一次，也不能——相見爭如不見，見了又能如何？

她已不屬於他，她有她自己的丈夫、兒子，有她自己的天地。

他已完全被摒絕在這天地之外。

她本是他的，現在卻連看她一眼也不能了。

李尋歡用手背擦了嘴角的血漬，將嘴裡的血又嚥下。

連血都彷彿是苦的，苦得發澀。

「詩音，詩音，無論如何，只要你能平平安安，我就能心滿意足，天上地下，我們總有相見的時候。」

但林詩音真的能平安麼？

風淒切，人比黃花瘦。

李尋歡孤零零的木立在西風裡，是不是希望風能將他吹去？

不知道什麼時候，孫小紅已回來了，癡癡的瞧著他，道：「你……你沒有去看她？」

李尋歡搖了搖頭，道：「你沒有去叫車？」

孫小紅嘆了口氣，道：「車就停在巷口，你若真的不想去看她，我們就走。」

李尋歡道：「走！」

車在路上顛沛，酒在杯中搖晃。

是陳年的老酒。

車卻比酒更老，馬也許比車還老。

李尋歡搖著頭笑道：「這匹馬只怕就是關公騎的赤兔馬，車子也早已成了古董，你居然能找得來，可真不容易。」

孫小紅忍不住笑了，立刻又板起臉，道：「我做的事你總是覺得不滿意，是不是？」

李尋歡道：「滿意，滿意，滿意極了。」

他閉上眼睛，緩緩道：「一坐上這輛車，就讓我想起了很久很久以前的事。」

孫小紅道：「哦？讓你想起了什麼？」

李尋歡道：「讓我想起小時候玩的那匹木馬，現在我簡直就好像在馬車上的搖籃裡。」

他話還沒有說完，忽然覺得有樣東西進了他的嘴。

孫小紅吃吃笑道：「那麼你吃完了這棗子，就趕快睡吧。」

李尋歡苦笑道：「若能一睡不醒，倒也不錯，只可惜……」

孫小紅打斷了他的話，道：「我叫這輛車，就爲的是要讓你好好睡一覺，只要你能真的睡著，明天早上我們再換車好不好？」

李尋歡舉杯一飲而盡，道：「既然這麼樣，我就多喝幾杯，也好睡得沉些。」

孫小紅立刻爲他倒酒，嫣然道：「不錯，就算是孩子，也得先餵飽奶才睡得著。」

杯中的酒在搖晃，她的辮子也在搖晃。

她的眼波溫柔，就如車窗外的星光。

星光如夢。

李尋歡似已醉了。

在這麼樣的晚上，面對著這麼樣的人，誰能不醉？

既已醉了，怎能不睡？

李尋歡斜倚著，將兩條腿蹺在對面的車座上，喃喃道：「古來聖賢皆寂寞，唯有飲者留其名……但飲者又何嘗不寂寞？……」

聲音漸低，漸寂。

他終於睡著。

孫小紅脈脈的凝注著他，良久良久，才輕輕伸出手，輕撫他的頭髮，柔聲道：「你睡吧，好好睡吧，等你睡醒時，所有的憂愁和煩惱也許都成了過去，到了那時，我就不會讓你喝得太多了。」

她的眸子漆黑而亮，充滿了幸福的憧憬。

她還年輕。

年輕人對世上的事總是樂觀的，總認爲每件事都能如人的意。

卻不知世上「不如意事常八九」，事實永遠和人願差著很大的一段距離，現在她若知道他們想的和事實相差得多麼遠，她只怕早已淚落滿衣。

趕車的也在悠悠閒閒的喝著酒。

他並不急。

因爲僱他車的姑娘曾經吩咐過他！

「慢慢的走，我們並不急著趕路。」

趕車的會心微笑，他若和自己的心上人坐車，也不會急著趕路的。

他很羨慕李尋歡，覺得李尋歡實在很有福氣。

但他若知道李尋歡和孫小紅會遇著什麼樣的事，他的酒只怕也喝不下去。

現在已經是「明天」。

李尋歡醒的時候，紅日已照滿車窗。

他不至於睡得這麼沉的，也許是因爲太累，也許是因爲這酒。

李尋歡拿起酒杯嗅了嗅，又慢慢的放了下去。

馬車還在一搖一晃的走著，走得很慢，趕車的有一搭、沒一搭的哼著小調，彷彿正在打瞌睡。

孫小紅也已睡著，就枕在李尋歡的膝上。

她長長的頭髮散落，柔如泥水。

李尋歡探出頭，地上看不到馬車的影子。

日正當中。

走了段路，路旁有個石碑，刻著前面的村名。

現在已快到正午，距離上官金虹的約會已不到三個時辰。

但他們卻只不過走了一半路。

李尋歡忽然覺得自己的手在發冷、發抖。

他有時憂慮，有時悲哀，有時煩惱，有時痛苦，他甚至也有過歡喜的時候，但卻很少動怒。

現在他縱未動怒，也已差不多了。

孫小紅突然醒了過來，感覺到他的人在發抖，抬起頭，就看到了他臉上的怒容，她從未見過他臉色如此可怕。

她垂下頭，眼圈兒已紅了，囁嚅著道：「你在生我的氣？」

李尋歡的嘴閉著，閉得很緊。

孫小紅淒然道：「我知道你一定會怪我，但我還是要這麼樣做，你打我、罵我都沒關係，只要你明白我這麼樣做是爲了什麼。」

李尋歡忽然長長嘆了口氣，整個人已軟了下來，心也軟了下來。

孫小紅這麼樣做，的確是爲了他。

她做錯了麼？只要她是真心對他，無論做什麼都不能算錯。

李尋歡黯然道：「我明白你，我不怪你，可是，你爲什麼不明白我？」

孫小紅道：「你……你真的認爲我不明白你？」

李尋歡道：「你若明白我，就該知道你這次就算能拖住我，讓我不能去赴上官金虹的約，但以後呢？我遲早還是難免要和他見面的，也許就在明天。」

孫小紅道：「等到明天，一切事就變得不同了。」

李尋歡道：「明天會有什麼不同？」

孫小紅悠悠道：「明天上官金虹說不定已死了，他也許連今天晚上都活不過。」

她說話的方式很奇特，彷彿充滿了自信。

李尋歡想不通她爲何會如此有信心，所以他要想。

孫小紅又道：「今天你就算失約，卻也沒有人能怪你，因爲這本是上官金虹逼著你這麼做的，否則你又怎會要趕到興雲莊？若不走這一趟，你又怎會失約？」

李尋歡還在想，臉色卻已漸漸變了。

孫小紅的神情卻已愉快了起來，坐在李尋歡身旁，道：「等到上官金虹一死，更不會有人說你……」

李尋歡忽然打斷了她的話，道：「是不是你爺爺要你這樣做的？」

孫小紅眨著眼，嫣然道：「也可以說是，也可以說不是。」

李尋歡道：「難道他今天晚上要替我去和上官金虹決鬥？」

孫小紅笑了，道：「不錯，你該知道，上官金虹一見了我爺爺，簡直就好像老鼠見了貓，這世上也許就只有我爺爺一個人能制得住他。」

她輕輕拉起李尋歡的手，還想再說些話。

她沒有說，因爲她忽然發覺他的手冷得像冰。

一個人的心若沒有冷，手絕不會這麼冷，一個人心裡若是沒有恐懼，手也絕不會這麼冷。

他恐懼的是什麼？

看到李尋歡的神情，孫小紅更連問都不敢問了。

李尋歡卻問道：「是你爺爺自己要去的？還是你求他去的？」

孫小紅道：「這……這難道有什麼分別？」

李尋歡道：「有，不但有分別，而且分別還很大。」

孫小紅道：「是我求他老人家去的，因爲我覺得像上官金虹那樣的人，人人都得而誅之，並不一定要你去動手。」

李尋歡慢慢的點著頭，彷彿已承認她的話很對。

但在他臉上的卻完全是另外一種表情。

他不但恐懼，而且憂慮。

孫小紅忍不住問道：「你在擔心？」

李尋歡用不著回答這句話，他的表情已替他回答。

孫小紅道：「我不懂你在擔心什麼？……爲我爺爺？」

李尋歡忽然沉重的嘆了口氣，道：「是爲了你。」

孫小紅道：「你在爲我擔心？擔心什麼？」

李尋歡緩緩道：「每個人都會做錯事，有些事你雖然做錯了，以後還可以想法子挽回，但還有些事你若一旦做錯，就永遠也無法補救。」

他凝視著孫小紅，接著又道：「一個人一生中只要鑄下一件永遠無法補救的大錯，無論他的出發點是爲了什麼，他終生都得爲這件事負疚，就算別人已原諒了他，但他自己卻無法原諒自己，那種感覺才真正可怕。」

他當然很了解這種感覺。

爲了他這一生中唯一做錯的一件事，他付出的代價之大，實在大得可怕。

孫小紅瞧著他，心裡忽也感覺到一種莫名的恐懼，顫聲道：「你在擔心我會做錯事？」

李尋歡沉默了很久，忽又問道：「這些年來，你一直跟你爺爺在一起？」

孫小紅道：「嗯。」

李尋歡道：「你有沒有看到過他使用武功？」

孫小紅沉吟著，道：「好像沒有……」

八二 無心鑄大錯

孫小紅很快的接著又道：「但那只不過是因爲他根本沒有機會使用武功，也沒有必要。」
李尋歡道：「沒有必要？」
孫小紅道：「因爲他根本沒有對手。」
李尋歡道：「上官金虹呢？」
孫小紅道：「他也……」
她聲音忽然停頓，像是忽然想起了什麼？
李尋歡道：「上官金虹的所做所爲，你爺爺是否已覺得不能忍受。」
孫小紅道：「他……他的確對上官金虹很憤怒。」
李尋歡道：「但他卻沒有向上官金虹下手。」
孫小紅垂下頭，道：「他沒有……」
李尋歡道：「他爲什麼一直在忍受？爲什麼要等你去求他時才肯出手？」
孫小紅忽又抬起頭，目中的恐懼之意更重，道：「你……你難道認爲他老人家……」
她忽然覺得嘴裡發乾，連話都說不出了。
李尋歡緩緩道：「一個人的武功若是到了巔峰，心裡就會產生一種恐懼，生怕別人會趕上他，生怕自己會退步，到了這種時候，他往往會想法子逃避，什麼事都不敢去做。」

他黯然嘆息，接著道：「愈不去做，就漸漸會變得真的不能做了，有些人就會忽然歸隱，有些人甚至會變得自暴自棄，甚至一死了之……自古以來，這樣的例子已有很多，除非他真的能超然物外，做到『太上忘情』的地步，對世上所有的一切事都不再關心。」

孫小紅只覺自己的身子在漸漸僵硬，冷汗已濕透了衣服。

因爲她知道她爺爺並不能「忘情」。

他還在關心很多事，很多人。

李尋歡又長長嘆息了一聲，道：「但願我的想法不對，只不過……」

孫小紅忽然撲過去，緊緊抱住了他。

她的身子抖得像是弓弦下的棉花。

她在怕，怕得很。

李尋歡輕撫著她的頭髮，也不知是同情，是憐惜，還是悲哀？

一個完全沒有情感的人，就絕不會做出這種事。

這種人幾乎從來也不會做錯任何事。

但老天爲什麼總是要多情的人鑄下永無挽回的大錯呢？

一個人若是多情，難道他就已錯了麼？

孫小紅抽搐著，流著淚道：「求求你，帶我趕回去，只要能及時趕到那裡，無論要我做什麼我都願意。」

窗外有馬嘶，是個馬市。

李尋歡雖非伯樂，卻能相馬——有很多人都知道，李尋歡對馬和女人都是專家，要做這樣的專家並不容易。

因爲馬和女人都是很難了解的。

他選了兩匹最快的馬。

最美麗的女人並不一定就是最可愛的，最快的馬也不一定最強壯——美女往往缺少溫柔，快馬往往缺少持久力。

快馬倒下。

人狂奔。

暮色漸臨，漸深。

人仍在狂奔，他們既不管路人的驚訝，也不顧自己的體力。

他們已不顧一切。

夜色漸臨，漸深。

路上已無人行。

又是個無星無月的晚上，也看不到燈光。

路旁一片暗林，林外一幢亭影。

那豈非就是上官金虹約戰的地方？

黑沉沉的夜色中，彷彿看到長亭中一點火光。

火光忽明忽滅，亮的時候，就能隱約看到一個人影。

孫小紅忽然長長鬆了口氣，整個人都軟了下去。

她一直能支持到現在，也許是奇蹟，也許是因爲她的恐懼。

恐懼往往能激發人的潛力。

但現在，她終於已看到了，她最希望看到的，她一口氣忽然衰竭。

她倒了下去。

李尋歡也不禁長長鬆了口氣。

他已看出這點火光明滅之間，彷彿有種奇異的節奏，有時明亮的時候長，有時熄滅的時候長。

忽然間，這點火光亮得好像一盞燈。

那天，在另一座城外，另一座長亭裡，李尋歡也看到過這種同樣的火光。

那天，是孫老先生在長亭裡抽著旱煙。

除了孫老先生外，李尋歡從未看到過另一個人抽旱煙時，能抽出這麼亮的火光來。

李尋歡只覺目中似乎忽然有熱淚盈眶。

孫小紅已伏在地上，低低的哭泣了起來。

這是歡喜的淚，也是感激的淚。

老天畢竟沒有要她鑄下大錯。

李尋歡扶起了她，再往前去，走向長亭。

長亭中彷彿迷漫著一重煙霧，人，就坐在煙霧中。

這煙的香氣，也正是孫小紅所熟悉的。

她心裡只覺一陣熱血上湧，掙脫李尋歡扶著她的手，飛奔了過去。

她一心只想衝到她爺爺的懷抱中，向他說出心裡的感激。

她忍不住放聲大呼：「爺爺，我們回來了……我們回來了！」

長亭中的火光忽然熄滅。

然後，就響起了一個人平靜的聲音，一字字道：「很好，我正在等著你們！」

聲音冷漠、平靜、堅定，既沒有節奏，也完全沒有感情。

孫小紅突然怔住，胸中的熱血立刻冰冷，冷得幾乎要將她整個人都凍僵。

這聲音就像是一個棒子，一下子就將她從天堂打下地獄！

突然間，四盞燈籠亮起。

四盞金黃色的燈籠，用細竹竿高高的挑著。

金黃色的燈光下，坐著一個人，冷得像黃金，硬得像黃金，連他的心都像是用黃金鑄成的。

他正在抽著旱煙。

他抽的是孫老先生的旱煙。

上官金虹！

坐在長亭裡抽煙的人，赫然竟是上官金虹！

風淒切，雨飄零。

誰也不知道這雨是從什麼時候開始下的。

孫小紅木立在雨中，已完全僵硬，完全麻木。

她想吶喊，可是她沒力氣，她想衝進去，可是她不能動。

她的胃在痙攣，收縮，想嘔吐。

可是她卻連眼淚都已流不出來。

李尋歡本就走得比她慢，現在還是在慢慢的走著，腳步並沒有停。

但他的呼吸卻似已將停頓。

他慢慢的走到長亭外，面對著上官金虹。

上官金虹甚至沒有瞧他一眼，只是凝注著手裡的旱煙，淡淡道：「你來晚了。」

李尋歡沉默了很久，才緩緩道：「我來晚了。」

他只覺自己的嘴裡很乾燥、很苦，舌頭就好像在舐著一枚已生了鏽的銅板上，也說不出是什麼滋味。

難道這就是恐懼的滋味？

上官金虹道：「來晚了總比不來的好。」

李尋歡道：「你本該知道我遲早總要來的。」

上官金虹道：「只可惜該來的人來遲，不該來的人反而先來了。」

這句話說完，兩人忽然全都閉上了嘴，就這樣面對面的站著，動也不動。

他們顯然要等到有把握的時候才動。

這一動就不可收拾！

風雨中，暗林裡，還有兩個人，兩雙眼睛。

兩雙眼睛都在眨也不眨的凝視著李尋歡和上官金虹！其中一雙眼睛溫柔如水，明亮如星！

你走遍天下，也很難再找到一雙如此美麗動人的眼睛。

另一雙眼睛卻是死灰的，幾乎已和這陰森的夜色溶爲一體，就算是在地獄中，只怕也很難找到如此可怕的眼睛。

黑暗中就算有鬼魅隱藏，此刻也應該早已溜走。

這雙眼睛連鬼魅見了都將爲之戰慄。

林仙兒和荆無命竟先來到這裡，而且彷彿已來了很久。

林仙兒倚在荆無命的身旁，緊緊抓著荆無命的膀子。

荆無命不響，也不動。

林仙兒忽然道：「你若要殺他，現在就是最好的機會，再好也沒有了。」

荆無命冷冷道：「現在已有人殺他，已用不著我出手。」

林仙兒道：「我不是要你去殺李尋歡。」

荊無命道：「殺誰？」

林仙兒道：「上官金虹，殺上官金虹！」

她興奮得全身都在發抖，指甲都已嵌入荊無命的肉裡。

荊無命不動，似也不疼。

但他目中卻已露出了一種奇特的光芒，就像是地獄中的火。

林仙兒道：「他現在正全心全意要對付李尋歡，絕沒有餘力再對付別人，何況，他還不知道你右手的秘密，你一定可以殺了他！」

荊無命還是不動。

林仙兒道：「金錢幫的秘密，只有你知道得最多，你殺了他，你就是金錢幫的幫主。」

她低低喘息著。

她的喘息聲並不十分好聽，就像是條動了情的母狗。

她喘息著又道：「你就算不想當金錢幫的幫主，但也該讓他看看你的厲害，讓他下了地獄後還要後悔，以前爲什麼那樣對待你。」

荊無命眼睛中若是藏著地獄的火種，現在火就已燃燒。

林仙兒道：「去，快去，錯過這機會，後悔的就是你，而不是他了。」

荊無命終於點了點頭，道：「好，我去！」

林仙兒吐出口氣，嫣然道：「快去吧，我就在這裡等著你，只要你成功，我以後就永遠是你的人了。」

荊無命道：「你用不著等我。」

林仙兒怔了怔道：「爲什麼？」

荊無命道：「因爲你也要跟我一起去！」

林仙兒忽然覺得事情有點不對了。

她美麗的眼睛裡剛露出驚懼之色，荊無命已擰住了她的手。

林仙兒並不時常流淚，她認爲一個女人若只有用眼淚才能打動男人的心，那女人不是很愚蠢，就是很醜陋。

她有許許多多更好的法子。

但現在，她卻疼得立刻就流出了眼淚。

她幾乎能聽得到自己骨頭折斷的聲音，顫聲道：「我做錯了什麼？你要這樣對我？」

荊無命緩緩道：「你這一生中，也許只做錯了一件事。」

林仙兒道：「什麼事？」

荊無命道：「你不該認爲每個人都和阿飛一樣愛你！」

李尋歡背對著樹林。

他並沒有看到從林中走出來的林仙兒和荊無命，他只看到上官金虹臉上突然起了一種很奇異的變化。

上官金虹的注意力竟突然分散了。

他從未給過別人這樣的機會，以後也絕不會再給。

但李尋歡卻並沒有把握住這機會，他的飛刀竟未出手。

因爲他也已感覺到背後有種可怕的殺氣。

他的飛刀並不單只是用手擲出去的，而是用他的全副精神，全部精力，他的飛刀若出手，就再無餘力來防禦身後的攻擊。

他的腳步一滑，滑出了七尺，立刻就看到了荆無命。

荆無命已來到他身後。

然後，他才看到林仙兒，他從未想到她也會變得如此狼狽。

雨更大了。

每個人身上都已濕透。

高挑著的燈籠雖已移到長亭簷下，卻還是照不遠。

荆無命就站在燈光照不到的地方，他整個人就像是個影子，彷彿根本就不存在。

但李尋歡的眼睛卻已從上官金虹身上移開，盯著他。

上官金虹的眼睛也已從李尋歡的身上移開，也在盯著他。

因爲他們都已感覺到這一戰勝負的關鍵已不在他們本身，而在荆無命的手上。

荆無命突然笑了，大笑。

他這一生從未如此大笑過，他笑得彎下了腰。

上官金虹忽然長長嘆了口氣，道：「你笑吧，因爲你的確應該笑。」

荆無命道：「你不想笑？」

上官金虹道：「我笑不出。」

荆無命道：「爲什麼？」

上官金虹道：「你知道是爲了什麼。」

荆無命道：「不錯，我知道，我的確知道。」

他突然停住笑聲，慢慢的站直，緩緩接著道：「因爲現在只有我才能決定你們的死活，但你們卻不敢向我出手。」

他說的不錯，的確沒有人敢向他出手。

上官金虹若向他出手，就算能殺了他，自己的背部便掌握在李尋歡手裡。他當然不會給李尋歡這機會。

李尋歡的情況也一樣。

荆無命緩緩道：「也許我可以幫你殺了李尋歡，也可以幫他殺了你。」

上官金虹道：「我相信你可以。」

荆無命道：「你相信？在你眼中，我豈非已是個殘廢？」

上官金虹又嘆了口氣道：「每個人都有看錯的時候。」

荆無命道：「你怎麼知道你看錯了？也許我的確是個殘廢。」

上官金虹道：「你的右手比左手更有力。」

荊無命道：「你看得出？」

上官金虹道：「林仙兒並不是個弱不禁風的女人，無論誰想要用一隻手制住她，都不容易。」

荊無命慢慢的點了點頭，道：「你果然看出來了，只可惜太遲了些。」

上官金虹也慢慢的點了點頭，道：「我不但看錯，也做錯了。」

荊無命道：「你也知道不該那樣對我？」

上官金虹一字字道：「我的確不該那樣對你，我本該殺了你的！」

荊無命道：「你為什麼沒有殺？」

上官金虹道：「我不忍。」

荊無命臉上突也起了種奇異的變化，嘎聲道：「你也有不忍的時候？」

上官金虹淡淡道：「我也是人。」

荊無命道：「所以你認為我也不忍殺你？」

上官金虹瞟了林仙兒一眼，道：「她一定也想要你來殺我。」

荊無命道：「不錯。」

上官金虹道：「你若真要殺我，就不會將她帶來了。」

林仙兒忽也大笑了起來。

她的人本已倒在泥濘中，此刻忽然笑了，實在令人吃驚。

她大笑著道：「他的確不敢殺你，因為你若死了，他也活不下去，我現在才明白，他這人本就是為你而活著的，他到這裡來，就為了要在你面前證明他自己是多麼重要，可是在別人眼中，他根本連一文都不値。」

上官金虹道：「但他要殺你卻很容易。」

林仙兒道：「你以爲他敢殺我？……你要殺我，他卻救了我，你可知道是爲了什麼？」

上官金虹道：「因爲他要親手在我面前殺你。」

林仙兒道：「你錯了，他並不是要自己親手殺我，而是要看你親手殺我……」

她大笑著道：「我和你在一起的時候，他嫉妒得發瘋，那時我本以爲他是爲了我，現在我才知道他是爲了你，只要是你喜歡的人，他都恨，甚至連你的兒子也不例外……你可知道你兒子是誰殺死的？」

上官金虹面上全無表情，淡淡道：「他若是爲了我而殺人，無論殺誰都沒關係。」

林仙兒瞧著他，臉上的笑漸漸消失，終於長長嘆了口氣，道：「我一向總認爲我很能了解男人，可是我卻實在不了解你們，實在想不通你們兩個人究竟是什麼樣的關係。」

她冷笑著接道：「我只知道無論那是種什麼樣活見鬼的關係，都一定令人噁心得要命，所以你們就算想告訴我，我也不想聽。」

上官金虹道：「你知道的不多，說的卻太多了。」

林仙兒道：「但我無論說什麼，也沒法子要你殺他的，是不是？」

上官金虹道：「你沒法子！」

林仙兒轉過臉，轉向荆無命，道：「我當然也沒法子要你殺他，是不是？」

荆無命道：「是。」

林仙兒又嘆了口氣，道：「看來我只有讓你們兩個人來殺我了，問題是誰動手呢？是他？還是你？」

荊無命不再說話。

他的手一抬，就將林仙兒摔了出去，摔在上官金虹腳下。

林仙兒這次既不再掙扎，也不再動，就這樣蜷曲在地上。

但她畢竟是女人。

你可以令她不動，不反抗，卻不能要她不說話。

八三　無言的慰藉

你若是多加注意，就會發覺一個女人死的時候，身上最後僵硬的一個地方就是她的舌頭。這只因女人舌頭上的肌肉永遠都比其他任何地方靈敏得多。

林仙兒道：「不錯，當然是你，他把我帶到這裡來，爲的就是要看你親手殺我，只有用這法子他心裡才會覺得舒服些？」

上官金虹道：「你呢？死在我手上，你是不是也覺得舒服些？」

林仙兒道：「那就要看你用什麼法子來殺我了，我倒不希望死得很快，因爲只有慢慢的死，才能真正領略到死的滋味。」

她忽又笑了笑，道：「一個人一生中只有一次這麼樣的機會，縱然要我多忍受些痛苦，也是值得的。」

上官金虹淡淡道：「而且死得若慢些，你也可以多說幾句話，因爲說話不但能減輕你的痛苦，也能減輕你的恐懼。」

林仙兒道：「你當然也不會很快就殺了我的，是不是？你本就喜歡看著人慢慢的死，何況，我對你總算不錯，至少我辛辛苦苦存的一點私房錢，已全都被你想法子弄走了，你叫人去殺我的時候，就已經把我刮得乾乾淨淨。」

上官金虹道：「不錯，你現在的確已一文不值，所以我根本已懶得殺你。」

他忽然一腳將林仙兒踢了出去，踢到李尋歡面前。

這次她連話都說不出了，濕透了的衣服，緊貼在她身上。

她的胴體依然是美麗的。

這本是武林中的第一美人，不但美，而且聰明。

她本可以活得很好。

但現在，她卻連死也不能好好的死。

她本是雲端上的仙子，但現在卻變得就像是條泥漿中的野狗。

這是爲了什麼？

是不是因爲她從不知道對自己應該珍惜的東西多加珍惜？

雨更大了。

李尋歡瞧著倒在泥濘中的林仙兒，心裡忽然很悲哀很同情。

他並不是同情她，而是同情阿飛。

她本是自作自受，但阿飛呢？

阿飛並沒有錯。

他雖然愛錯了人，但愛的本身並沒有錯。也許這才是最值得悲哀的。

上官金虹卻在瞧著李尋歡，緩緩道：「我不殺她，只因我覺得你比我更有理由殺她，我讓給你。」

李尋歡沉默了很久，忽然長長嘆了口氣，道：「看來你又低估了我。」

上官金虹也沉默了很久，才慢慢的點了點頭，道：「不錯，我又低估了你，你也不會殺她的。」

他慢慢的接著道：「殺人，要殺氣，你的殺氣要全部留著來對付我，怎麼會浪費在她這種人身上呢？」

李尋歡道：「人不對固然不能殺，地方不對也不能動手。」

上官金虹道：「這地方不對？」

李尋歡道：「本來是對的，現在卻不對了。」

上官金虹道：「有什麼不對？」

李尋歡道：「這地方現在太擠。」

上官金虹又笑了，道：「是他令你不安？」

李尋歡道：「是。」

他並不想隱瞞，荊無命縱然不出手，對他也是種威脅。

何況荊無命隨時可能出手的。世上絕沒有任何人能抵擋他和上官金虹的聯手一擊。

上官金虹的臉又沉了下去，道：「我明白你的意思，只不過他既然已回來，就沒有人再能要他離開，是不是？」

這最後一句話自然是問荊無命的。

荊無命道：「是。」

他還是站得很遠，但無論誰都能感覺到他和上官金虹已又結成了一體，結成了一股無堅不摧的力量，沒有人能摧毀，也沒有人能抵禦。

李尋歡嘆了口氣，忽然想起了阿飛。阿飛若是在這裡……

上官金虹似已看透了他的心意，悠然道：「阿飛若在這裡，你們也許還有機會，只可惜……他卻很令人失望。」

李尋歡道：「我並沒有對他失望，有些人無論倒下去多少次，還是能站得起來的。」

上官金虹道：「你認爲他是這種人？」

李尋歡道：「他當然是。」

上官金虹淡淡道：「就算你沒有看錯，但等他站起來的時候，你必已倒了下去，我可以保證這次你一倒下去，就永遠無法站起！」

李尋歡道：「現在……」

上官金虹道：「現在你絕對沒有機會，一分機會都沒有。」

李尋歡忽然笑了笑，道：「所以你至少應該讓我選個地方，一個人若非死不可，他至少有權選擇在那裡死！」

上官金虹道：「你又錯了，殺人的才有權，被殺的人什麼都沒有，只不過……」

他逼視李尋歡，緩緩道：「對你，我也許會破例一次，你不但是個很好的朋友，也是個很好的對手。」

李尋歡道：「多謝。」

上官金虹道：「你想死在那裡？」

李尋歡緩緩道：「一個人若是活得太辛苦，就忍不住會想要死得舒服些。」

上官金虹道：「無論怎麼樣死，都不會太舒服的。」

李尋歡道：「我只不過想找個沒有雨的地方，換套乾淨的衣服，我不喜歡濕淋淋的死，不喜歡倒在濕淋淋的地方。」

他又笑了笑，接著道：「老實說，除了洗澡的時候，我都寧願自己的身上是乾著的。」

上官金虹突然嘆了口氣，道：「我常聽人說你不怕死，但卻一直不相信，因爲我根本不信世上真有不怕死的人，直到現在──現在我才有點相信了。」

李尋歡道：「哦。」

上官金虹道：「一個人若在臨死前還能說這種話，可見他對生死的確已看得很淡，所以我才更覺得奇怪。」

李尋歡道：「奇怪？」

上官金虹道：「千古艱難唯一死，除死之外無大事，一個人若連死都不在乎，又怎麼會在乎他死的時候身子是濕是乾呢？」

他盯著李尋歡，緩緩接著道：「所以我想，你這麼樣做，一定另有目的。」

李尋歡道：「你認爲是什麼目的？」

上官金虹道：「有些人也許會認爲你這只不過是故意在拖時間，因爲一個人就算已明知必死無疑卻還是要盡量想法子拖一拖，希望能有奇蹟出現，至少能多活一刻也是好的。」

李尋歡道：「你也這麼想？」

上官金虹道：「我當然不會這麼想，我一直沒有低估你。」

他接著道：「你當然知道絕不會有奇蹟出現，這世上根本已沒有任何一個人能救得了你，何況，你根本就不怕死。」

李尋歡道：「那麼，你怎麼想？」

上官金虹道：「我想，你這麼樣做，只不過是在找機會讓她們逃走而已，因爲你知道我在殺你之前，絕不會殺別的人，這正如一個人若知道有山珍海味可吃，就絕不會先用饅頭大餅來塡飽肚子，免得壞了胃口。」

李尋歡淡淡笑道：「這比喻並不好。」

上官金虹道：「不好，但卻不假。」

李尋歡笑得已有些勉強，道：「就算不假，但你難道會將她們的死活放在心上？」

上官金虹道：「我不必。」

他的確不必。

她們活著，對他已全無威脅。

他若要她們死，隨時隨地都方便得很。

李尋歡幾乎不忍再去瞧孫小紅一眼。

但無論如何，她現在總算還有生命，還能呼吸。

這已足夠。

除此之外，他還能爲她做什麼呢？

上官金虹道：「我已說過，我爲你破例一次，因爲你和別的人全無關係。」

他一字字接著道：「你活得很乾淨，我至少總不能讓你死得太齷齪——至少總不能讓你像野狗般死在泥巴裡。」

死，是怎麼樣死，死在那裡？

這都不重要。

重要的是要死得安心，死得乾淨。

孫小紅呢？

李尋歡一直不忍去看她，也不能去看她。

他的注意力絕不能分散。

他甚至沒有聽到孫小紅的聲音。

但現在他就要走了，她當然也知道他這一走，以後也許就永遠沒有見面的時候，這一走也許不是生離，而是死別。

她怎麼能就這樣看著他走？

他生怕她會趕過來，要跟他一起走，要陪著他一起死。

她若這樣做，他只有狠下心，將她打暈，或者點住她的穴道，然後再告訴她，要她好好的活下去。

那種場面一定很悲傷，很感人。

但李尋歡卻不希望她這樣做，現在，他心裡的負擔已夠重，她若這麼樣做了，他的情感說不定就會崩潰。

他的性格雖堅強，情感卻很脆弱。

孫小紅並沒有這麼樣做，她甚至沒有過來和李尋歡話別。

這是爲了什麼？

李尋歡終於忍不住回過頭，瞧了她一眼。

她並沒有暈過去，也沒有走。

她也正在瞧著李尋歡。

她神情雖悲傷，但目光卻那麼溫柔，那麼堅定，她的嘴雖沒有說話，但她的眼睛卻在告訴李尋歡：「既然這是你非做不可的事，你就只管放心去做吧，我絕不會拉住你，也不會打擾你，無論你做什麼，我都知道你一定會做得很好，做得很對。」

雖然只瞧了一眼，李尋歡的心情就已不再那麼沉重了。

因爲他已明白她是個堅強的女人，絕不會要他操心，用不著他說，她也會好好的活下去。

她對他只有安慰，只有鼓勵。

他心裡真是說不出的感激，因爲只有他自己才知道她這麼做對他的幫助有多麼大。

他忽然覺得自己能遇著這樣的一個女人實在是運氣。

李尋歡終於走了，走的時候，步履已遠比來的時候堅定。

孫小紅靜靜的瞧著他走，過了很久，才將目光轉到林仙兒身上。

林仙兒正掙扎著從泥濘中站起來。

她盡力想做出驕傲高貴的樣子，但她自己也知道無論怎麼做都是沒有用的，因爲她自己也覺得自己很狼狽。

孫小紅仍在瞧著她，沒有一點表情。

沒有表情就是種輕蔑的表情。

林仙兒突然冷笑道：「我知道你看不起我，可是你知不知道我更看不起你？」

孫小紅道：「不知道。」

林仙兒道：「你害了你爺爺，也害了李尋歡，但你卻只不過像個木頭人似的站在這裡。」

孫小紅道：「你認爲我應該怎麼樣？」

林仙兒道：「你自己應該知道……你難道不知道自己做錯了事？」

孫小紅道：「我知道。」

林仙兒道：「那麼你就應該懺悔，應該難受。」

孫小紅道：「你怎麼知道我不難受？一個人若是真覺得懺悔，覺得難受，並不要用嘴來說的，要用行動來表示。」

林仙兒道：「你表示了什麼？做了什麼？」

孫小紅道：「現在我能做什麼？」

林仙兒道：「你明知李尋歡這一去必死無疑，至少應該拉住他……」

孫小紅道：「我能拉得住他麼？」

她嘆了口氣，道：「我若去拉他，只有使他的心更亂，死得更快。」

林仙兒道：「可是你……你甚至連一滴眼淚都沒有流下來。」

孫小紅沉默了半晌，緩緩道：「我的確想流淚，想大哭一場，但卻不是現在。」

林仙兒冷笑道：「你要等到什麼時候？」

孫小紅道：「明天……」

林仙兒道：「但明天還有明天的。」

孫小紅道：「就因爲永遠有明天，所以永遠有希望。」

她慢慢的接著道：「我雖然做錯了，但那已過去了，我縱然要流淚，也不妨等到明天，因爲今天我還有別的事要做！」

只有懦夫和呆子才會永遠爲「昨天」的事而流淚。

真正有勇氣承認自己錯誤的人，也就會同樣有勇氣面對現實，絕不會將自己埋葬在眼淚裡。

眼淚並不能洗清恥辱，更不能彌補錯誤，你若是真的懺悔，就得拿出勇氣來，從今天從頭做起。

林仙兒怔住了。

她說這些話，爲的就是要打擊孫小紅。因爲她知道孫小紅看不起她，她也想要孫小紅自己看不起自己。

但她卻失敗了。

孫小紅遠比她想像中堅強，遠比她想像中有勇氣。

八四 偉大的愛心

過了半晌，林仙兒才咬著牙，道：「今天有很多事要做？你做了什麼？」

孫小紅緩緩道：「一個女人要幫助她的男人，並不是要去陪他死，為他拚命。而是要鼓勵他，安慰他，讓他能安心去做他的事，讓他能覺得自己是重要的，並沒有被人忽視。」

林仙兒冷笑道：「這已夠了麼？」

孫小紅嘆息了一聲，道：「除此之外，我又還能為他做什麼呢？」

她不必再做什麼。

這已足夠。

無論那個男人遇到她這樣的女人，都應該十分感激。

孫小紅忽然又道：「我知道你是在想法子打擊我，但我並不怪你，因為我忽然覺得你很可憐。」

林仙兒冷笑道：「可憐？我有什麼好可憐的？」

孫小紅道：「你以為自己很年輕，很美，很聰明，以為世上的男人都會拜倒在你腳下，所以別人真心的對你好，你反而看不起他，認為他是呆子，可是你總有一天會發現，世上對你真心的原來並沒有你想像中那麼多，真情並不是用青春和美貌就可以買得到的。」

她幽幽的接著道：「到了那時，你就會發現你原來什麼都沒有得到，什麼都是空的——一個女人要是到了這種時候才是最可憐的時候。」

林仙兒道：「你……你認為我現在已到了這種時候？」

她聲音顫抖，因為她全身都在發抖，也不知是氣憤？是冷？還是恐懼？

孫小紅沒有說話，只是冷冷的瞧著她臉上的烏青，滿身的泥污，這已經比說任何話都要令她難受。

林仙兒突然笑了，大笑道：「不錯，我的確看不起他，我一直把他當做呆子，可是我現在要去找他，他還是一樣會爬著來求我的。」

孫小紅道：「你為何不去試試？」

林仙兒道：「我不必試就知道，沒有我，他根本活不下去。」

她嘴裡雖在說不必，但人已轉身奔了出去。

她走得那麼快，已用出了所有的力量，因為她知道這已是她最後一個機會，這機會若再錯過，她才真的活不下去。

孫小紅癡癡的怔了半晌，才緩緩轉過頭。

大地一片黑暗，霧一般的雨絲中，又出現了一條人影……

這人也不知是在什麼時候來的，彷彿也已在這裡等候了很久。

孫小紅第一眼就看到了她的眼睛。

這雙眼睛並不明亮，也許是因為淚流得太多，所以目光看來有些呆滯，但其中含蘊的那種悲哀幽怨之意，連鐵石人看了也要動心。

然後，孫小紅就看到了她的臉。

她的臉也不是完美無瑕的。

她的臉色太蒼白，就像是已有很久很久未曾見到陽光。

也不知為了什麼，孫小紅從第一眼看到她，就認為她是自己這一生中所見到的最美麗的女人。

她的頭髮已凌亂，衣衫已濕透，看來當然也應該很狼狽，奇怪的是無論如何也不會覺得她狼狽。

她看來還是那麼清麗，那麼高貴。

無論在任何情況下，她都能令人感覺到她那種獨特的氣質，獨特的魅力。

孫小紅以前並沒有見過這個人，但只瞧了一眼，已猜出她是誰了。

林詩音！

只有她這樣的女人，才能令李尋歡那樣的男人顛倒終生。

孫小紅心裡在嘆息！

「為什麼別人都要說林仙兒是江湖中的第一美人，第一美人應該是她才對，莫說她年紀輕的時候，就是現在，她還是比林仙兒強得多。」

她這麼想，也許因為現在是雨夜，也許因為她是女人。

女人看女人的眼光，總和男人不同的。

林詩音也在看著她，正慢慢的走了過來，柔聲道：「你……你就是孫姑娘？」

孫小紅點了點頭，忽然道：「我也知道你，我常常聽他說起你。」

林詩音笑了笑，笑得很淒涼。

她當然知道孫小紅說的「他」是誰。

孫小紅道：「你也早就來了。」

林詩音垂下頭，道：「我聽說他要在這裡決鬥，本來想趕來跟他說幾句話的，可是，我已有很多年沒有出過門，已經連路都不認識了。」

她忽又黯然一笑，接著道：「但這也沒什麼關係，我要對他說的話，跟你說也一樣。」

她說話的聲音很輕，很慘，彷彿每說一句話，都要先考慮很久。

她無論說什麼都是清清的，淡淡的，要是別人聽了一定會認爲她是個很冷漠、很無情的女人。

但孫小紅卻很了解，她能夠說出這種冷漠清淡的話來，那只因她已痛苦得太多，所受的折磨也太多了。

孫小紅心裡只覺得說不出的同情和憐惜，忍不住道：「我知道他也想見你，你既然來了，爲什麼不肯跟他見面呢？」

林詩音道：「我……我不能。」

她本來是想和李尋歡見面的，但她來的時候，已有別人在旁邊，所以她才不敢現身，因爲她怕別人看破她和李尋歡之間的情感。

因爲她知道自己要是和李尋歡見了面，自己就再也不能控制自己。

這些話她縱然沒有說出來，孫小紅也很了解。

孫小紅嘆道：「以前我總不明白，爲什麼有些人總要聽別人的擺佈，讓別人改變自己的命運？現在我才明白，你聽別人的話，並不是因爲你怕他，而是因爲你愛他，你知道他無論做什麼都是爲了你好。」

林詩音本來一直在控制著自己，但現在，她卻再也控制不住了。

她眼淚已湧泉般流了出來。

因爲孫小紅的這些話，每個字都說到她心裡去，每個字都像是一根針，刺得她心疼。

她曾經問過自己：「現在我什麼都沒有得到，什麼都是空的，正如林仙兒一樣，但這情況是誰造成的呢？難道是我的錯麼？」

她曾經埋怨過李尋歡，恨過李尋歡。

這種悲慘的結局，豈非正是李尋歡所造成的？

但現在她知道錯的並不是李尋歡，而是她自己。

「那時我爲什麼要聽他的話？爲什麼不明明白白的告訴他，我是愛他的，除了他之外，我誰也不嫁。」

孫小紅柔聲道：「我雖然不太清楚你們之間的事，可是我知道……」

林詩音忽然打斷了她的話，道：「現在我也已知道，我看到你，才知道我錯了。」

孫小紅愕然道：「爲什麼？」

林詩音道：「因爲……我要是也和你一樣有勇氣，和你　樣堅強，今天就不會有這樣的結局。」

孫小紅道：「可是你……」

林詩音道：「我現在才知道我本就不配做他的妻子，只有你才配得上他。」

孫小紅垂下頭，道：「我……」

林詩音根本不讓她說話，又道：「因爲只有你才能安慰他、鼓勵他，無論他做什麼，你對他的信心都不會改變，而我……」

她黯然嘆息，眼淚又流下。

孫小紅垂著頭，過了很久，忽然笑了笑，道：「但你以後還是有機會見著他的，以前的事都已過去，以後你們還是可以……」

林詩音又打斷了她的話，道：「你認爲他還有機會？還有希望？」

孫小紅道：「他當然有！」

她又笑了笑，道：「別人看他那樣子，一定會認爲他對自己已全無信心，一個人若連自己都對自己失卻了信心，那還有什麼希望？」

林詩音黯然道：「正是如此。」

孫小紅道：「但我卻知道，他做出那樣子來，只不過是因爲故意要上官金虹輕視他，上官金虹若有了輕敵之心，就難免有疏忽。」

她眼睛裡閃著光，緩緩道：「只要上官金虹一有疏忽，他就能殺了他！」

林詩音嘆了口氣，道：「他對自己有信心，也許就因爲知道你對他有信心，你對他的幫助有多麼大，也許連你自己都不知道。」

孫小紅垂下頭，抿嘴一笑，道：「我知道。」

她不但對李尋歡有信心，對自己也有信心。

林詩音瞧著她，心裡忽然覺得有種說不出的滋味，也不知是羨慕？是酸楚？是爲自己難受？還是在爲李尋歡高興。

李尋歡半生潦倒，心力交瘁，也實在只有孫小紅這樣的女人才能安慰他，否則他這次縱能戰勝，以後還是要倒下去。

縱然沒有別人能擊倒他，他自己也會將自己擊倒的！

林詩音長長嘆息，道：「他能遇到你，也許正是上天對他的補償，這本是他應得的，可是……」

她忽然問道：「荊無命呢？他就算能擊敗上官金虹，卻無論如何也不能抵擋他們兩個人。」

孫小紅沉吟著，道：「荊無命也許不會出手，因爲上官金虹既然自覺有必勝的把握，就根本不用他出手，那麼，等他想出手時，就已太遲了。」

她說的不錯，這正是李尋歡唯一的機會。

他們要擊倒李尋歡，也只有一次機會——小李飛刀絕不會給任何人第二次機會。

問題是，誰能把握住這一次機會？

林詩音道：「你的意思是說，荊無命若不出手，他才有機會？」

孫小紅道：「不錯。」

林詩音道：「你怎麼能確定荊無命不出手呢？」

孫小紅道：「我不能。」

她很快的接著又道：「但我卻能確定，在一個時辰之內，他們誰都不會出手。」

林詩音道：「就算你說的不錯，在一個時辰內，也不會有奇蹟出現的。」

孫小紅道：「會有。」

林詩音道：「什麼奇蹟？」

孫小紅道：「阿飛。」

林詩音雖然沒有說什麼，但表情卻很失望。

無論誰都已對阿飛失望。

孫小紅道：「大家都認爲阿飛已不行了，那只因他身上背了副枷鎖。」

林詩音道：「枷鎖？」

孫小紅道：「嗯，枷鎖，他的枷鎖也許只有一個人能解開。」

林詩音道：「誰？」

孫小紅道：「解鈴還需繫鈴人。」

林詩音道：「你是說……林仙兒？」

孫小紅道：「不錯，等他真正發現林仙兒並不值得他愛的時候，他的枷鎖就解開了。」

林詩音沉默了半晌，道：「你說的也許不錯，可是，他已墮落很久，又怎能在短短一個時辰中振作起來？」

孫小紅道：「爲了別的原因，他當然不能，但爲了李尋歡，他也許能的。」

她緩緩接著道：「一個人爲了他自己所愛的人，往往就能做出許多他平日做不到的事。」

林詩音長長嘆了口氣，道：「但願如此……」

孫小紅道：「所以我現在要去找阿飛，將這種情形告訴他。」

林詩音道：「等一等，我……我還有些話要告訴你。」

孫小紅道：「我在聽著。」

林詩音道：「我已有很久沒有到外面來走動，但外面這些人的事我都知道得很清楚，你不覺得奇怪麼？」

孫小紅笑了笑，道：「我不奇怪，因爲我知道你有個很聰明的兒子。」

林詩音又垂下了頭，道：「無論如何，他總是我的兒子，我什麼都沒有，只有他，所以……我希望你轉告他，要他原諒……」

孫小紅嘆道：「他從沒有恨過任何人，你總該知道的。」

林詩音沉吟著，彷彿有些話不知道怎麼才能說出口。

孫小紅道：「你是不是要我告訴他那『憐花寶鑑』的事？」

林詩音有些驚訝，道：「這件事你也知道？」

孫小紅笑了笑，道：「這件事本就是我告訴他的，我二叔……」

林詩音恍然道：「不錯，王老前輩來的時候，孫二先生也在。」

孫小紅道：「這麼說，那本憐花寶鑑的確是在你手上了？」

林詩音道：「是的，但我卻一直沒有將這件事告訴他。」

孫小紅道：「爲什麼？」

林詩音道：「因爲那時我覺得武功非但對他沒有任何幫助，反而害了他，他的武功愈高，麻煩也愈多，所以……」

孫小紅道：「所以你才將他瞞住，因爲你只要他做一個平平凡凡的人，平平凡凡的過一生。」

林詩音淒然道：「這正是最大的原因，別人也許不會相信……」

孫小紅道：「我相信。」

她嘆了口氣，幽幽道：「我若是你，做法只怕也會和你一樣。」

只有女人才了解女人的想法。

只有女人才知道一個少女爲了她所愛的男人，是無論什麼都做得出的，在別人眼中看來，她所做的事也許很可笑，但在她們自己看來，世上所有的原因都沒有這一點重要。

林詩音道：「但現在我卻很後悔，覺得不應該瞞著他的。」

孫小紅道：「你瞞著他，也是爲他好，有什麼不應該的。」

林詩音道：「因爲……他若練了『憐花寶鑑』上的武功，今天上官金虹和荊無命縱然要聯手對付他，也沒關係了。」

孫小紅道：「所以你覺得很內疚，希望他能原諒你。」

林詩音點了點頭，黯然道：「我也知道他無論如何都不會怪我，可是我……我若不將這件事說出來，心裡就更難受。」

孫小紅道：「但你卻錯了。」

林詩音道：「我錯了？」

孫小紅道：「他若練了『憐花寶鑑』上的武功，也許更不是上官金虹的對手。」

林詩音道：「爲什麼？」

孫小紅道：「你可知道阿飛的劍爲什麼可怕？」

林詩音道：「因爲他快，比任何人都快。」

孫小紅道：「他怎麼能比別人快？」

林詩音道：「因爲他……」

孫小紅道：「他快，只因爲他比別人專心，『小李飛刀』也一樣，他們若是練了別的武功，反而會分心，也許就不能這麼快了。」

林詩音垂著頭，想了很久，緩緩道：「無論如何，我還是希望能將我的意思告訴他。」

孫小紅咬著嘴唇，道：「你們以後還有見面的機會，你爲什麼不自己告訴他？」

八五 忽然想通了

林詩音又沉默了很久，才抬起頭。

她臉上的神色忽然變得很平靜，道：「以後我們也許沒有見面的機會了。」

孫小紅皺眉道：「爲什麼？」

林詩音道：「因爲……因爲我就要到一個很遠很遠的地方去。」

孫小紅道：「你……你一定要去？」

林詩音道：「一定！」

孫小紅道：「爲什麼？」

林詩音道：「因爲我已下了決心。」

孫小紅說不出話了。

林詩音忽又笑了笑，淒然道：「我這一生最大的弱點，就是我做事從來沒有決心，這也許是我第一次下決心，我不希望有人再想來要我改變。」

孫小紅道：「可是……可是我們才第一次見面，現在說話的時候也不多了，你總該讓我再見你一次，我也有很多話要對你說。」

林詩音想了想，道：「好，明天我就在這裡等你，明天早上。」

林詩音也走了。

現在，天地間彷彿就只剩下孫小紅一個人。

她一直沒有流淚，但現在，她眼淚卻突然泉水般流了出來。

她也下了決心。

只要李尋歡不死，她一定要將他帶到這裡來。

自從她第一次看到李尋歡，她就決心要將自己這一生交給他。

這決心她從未改變。

但現在，她卻覺得自己太自私，她決心要犧牲自己！

因爲她忽然覺得林詩音比她更需要李尋歡！

「他們都已受了太多苦，都比我更有權力享受人生，我無論用什麼法子，都要將他們撮合在一起。」

她本就屬於他的，無論什麼人都不該拆散他們。

「龍嘯雲也不能，他根本不配！」

「至於我……」

她決心不想自己，咬著嘴唇，擦乾了眼淚。「就算要流淚，也得留到明天，今天我還有許多事要做……」

她抬起頭。

不錯，現在的確很黑暗，因爲夜已更深。

但黑夜既來了，光明還會遠麼？

有些人認爲世上只有兩種人，一種好人，一種壞人。

男人如此，女人也一樣。

林仙兒當然是屬於壞人那一類，但林詩音和孫小紅呢？

她們當然都是好人，但她們也不一樣。

無論是什麼事，林詩音總是忍受、忍受……

她認爲女人最大的美德就是「忍受」！

孫小紅卻不同，她要反抗！

只要她認爲是錯的，她就反抗！

她堅定、明朗、有勇氣、有信心，她敢愛、也敢恨，你在她身上，永遠看不到黑暗的一面！

就因爲世上還有她這種女人，所以人類才能不斷進步，繼續生存。

「永恆的女性，引導人類上昇。」

這句話也正是爲她這種女人說的。

「只要我去找他，無論什麼時候，他還是會爬著來求我的。」

「沒有我，他根本活不下去。」

林仙兒真的這麼有把握？

她的確有把握，因爲她知道阿飛愛她愛得要命。

但阿飛現在在什麼地方呢？

「他一定還在那屋子裡，因爲那是『我們的家』，那裡還有我留下的東西，留下的味道。」

「他一定還在等著我回去。」

想到這裡，林仙兒心裡忽然覺得舒服多了。

「這兩天他一定什麼事都不想做，一定還是在整天喝酒，那地方一定被他弄得亂七八糟，甚至連那些屍都還沒有搬走。」

想到這裡，林仙兒又不禁皺了皺眉。

「但是沒關係，只要我一見他，無論什麼事，他都會搶著去做了，根本不用我動手。」

林仙兒滿足的嘆了口氣，一個人已到了她這種時候，想到還有個地方可以回去，還有人在苦苦的等著她，這種感覺實在令人愉快。

「以前我對他也許的確太狠了些，將他逼得太緊，以後我也要改變方針了。」

「男人就像是孩子，你要他聽話，多少也得給他點甜頭吃吃。」

想到這裡，她忽然覺得心裡有點發熱。

「無論如何，他畢竟不是個很令人討厭的人，甚至比我所遇見的那些男人全都強得多。」

她忽然發覺自己還是有點愛他的。

她這一生中，假如還有個人能真的令她動一點感情，那人就是阿飛了，想得愈多，她就愈覺得阿飛的好處比別人多。

「我真該好好的對他才是，像他這樣的男人，世上並不多，以後我也許再也找不到了。」

愈想她愈覺得不能放棄他。

也許她一直都在愛著他，只不過因爲他愛得太深了，所以才令她覺得無所謂。

他愛她愛得若沒有那麼深，她說不定反而會更愛他。

這就是人性的弱點，人性的矛盾。

所以聰明的男人就算愛極了一個女人，也只是藏在心裡，絕不會將他的愛全部在她面前表現出來。

「阿飛，你放心，以後我絕不會再令你傷心了，我一定天天陪著你，以前的事全已過去，現在我們再重頭做起。」

「只要你還像以前那麼樣對我，我什麼事都可以依著你。」

但阿飛是不是還會像以前那麼樣對她呢？

林仙兒忽然覺得並不十分有把握，對自己的信心已動搖。

她以前從未有過這種感覺，那只因她以前從未覺得阿飛對她有如此重要，無論阿飛對她是好是壞，她都全不放在心上。

一個人只有在很想「得到」的時候，才會怕「失」。

這種患得患失的感覺，也正是人類許多種弱點之一。

可悲的是，你想「得到」的人愈急切，「失去」的可能就愈大。

林仙兒抬起頭，已看到小路旁的屋子。

屋子裡居然有燈。

她忽然停下來，將貼身小衣的衣襟撕下了一塊，就著雨水洗了洗臉，又用手指做梳子，梳了梳頭髮。

她不願讓阿飛看到她這種狼狽的樣子。

因爲她絕不能再失去他。

屋子裡的燈還在亮著。

燈在桌上。

燈的旁邊，還有一大鍋粥。

屋子裡並不像林仙兒想像中那麼髒，屍體已搬走，血漬已清掃，居然打掃得十分乾淨。

阿飛正坐在桌旁，一口一口的喝著粥。

他吃東西的時候一直很慢，因爲他知道食物並不易得，所以要慢慢的享受，要將每一口食物都完全吸收，完全消化。

但現在，他看來卻並不像是在享受。

他臉上甚至帶著種厭倦的神色，顯然是在勉強自己吃。

他爲什麼要勉強自己吃？是不是因爲他不想倒下？

夜已深。

一個人面對著孤燈，慢慢的喝著粥。

沒有看到過這種景象的人，絕不會想到這景象是多麼寂寞、多麼淒涼。

然後，門輕輕被推開了。

林仙兒忽然出現在門口，瞧著他。

在看到阿飛的這一瞬間，她心裡忽然覺得有一陣熱血上湧，就好像流浪已久的遊子驟然見到親人一樣。

就連她自己都不知道她自己怎會有這種感覺。

她的血本是冷的。

阿飛卻似乎根本沒有發覺有人進來，還是低著頭，一口一口的喝著粥，就好像世上只有這碗裡的粥才是真實的。

但他臉上的肌肉卻似在逐漸僵硬。

林仙兒忍不住輕喚了一聲：「小飛……」

這呼喚的聲音還是那麼溫柔，那麼甜蜜。

阿飛終於慢慢的抬起頭，面對著她。

他的眼睛還是很亮，是不是因爲有淚呢？

林仙兒的眼睛似也有些濕了，柔聲道：「小飛，我回來了……」

阿飛沒有動，也沒有說話。

他似已僵硬得不能有任何動作了。

林仙兒已慢慢的向他走了過來，輕輕道：「我知道你會等我的，因爲我到現在才知道這世上只有你一個人是真的對我好。」

這一次她沒有用手段。

這一次她說的是真話，因爲她已決定要以真心對他。

「我現在才知道別的人都只不過是利用我……。我利用他們，他們利用我！這本沒有什麼吃虧的，只有你，無論我怎麼樣對你，你對我總是真心真意。」

她沒有注意阿飛臉上表情的變化。

因爲她距離阿飛已愈來愈近了，已近得看不清許多她應該看到的事。

「我決心以後絕不再騙你，絕不會再讓你傷心了，無論你要怎麼樣，我都可以依著你，都可以答應你……」

「澎」的，阿飛手裡的筷子突然斷了。

林仙兒拉起他的手，放在自己胸膛上。

她的聲音甜得像蜜。

「以前我若有對不起你的地方，以後我一定會加倍補償你，我會要你覺得無論你對我多好，都是值得的。」

她的胸膛溫暖而柔軟。

無論任何人的手若放在她胸膛上，絕對再也捨不得移開。

阿飛的手忽然自她胸膛上移開了。

林仙兒眼睛裡忽然露出絲恐懼之意道：「你……你難道……難道不要我了？」

阿飛靜靜的瞧著她，就好像第一次看到她這個人似的。

林仙兒道：「我對你說的全都是真話，以前我雖然也和別的男人有……有過，但我對他們那全都是假的……」

她聲音忽然停頓，因爲她忽然看到了阿飛臉上的表情。

阿飛的表情就像是想嘔吐。

林仙兒不由自主後退了兩步，道：「你……你難道不願聽真話？你難道喜歡我騙你？」

阿飛盯著她，良久良久，忽然道：「我只奇怪一件事。」

林仙兒道：「你奇怪什麼？」

阿飛慢慢的站了起來，一字字道：「我只奇怪，我以前怎麼會愛上你這種女人的！」

林仙兒忽然覺得全身都涼了。

阿飛沒有再說別的。

他用不著再說別的，這一句話就已足夠。

這一句話就已足夠將林仙兒推入萬劫不復的深淵。

阿飛慢慢的走了出去。

一個人若已受過無數次打擊和侮辱，絕不會不變的。

一個人可以忍受謊言，卻絕不能忍受那種最不能忍受的侮辱——女人如此，男人也一樣。

做妻子的如此，做丈夫的也一樣。

林仙兒只覺自己的心在往下沉，往下沉……

阿飛已拉開了門。

林仙兒忽然轉身撲過去，撲倒在他腳下，拉住他的衣服，嘶聲道：「你怎麼能就這樣離開我……我現在已只有你……」

阿飛沒有回頭。

他只是慢慢的將衣服脫了下來。

他精赤著上身走了出去，走入雨中。

雨很冷。

可是雨很乾淨。

他終於甩脫了林仙兒，甩脫了他心靈上的枷鎖，就好像甩脫了那件早已陳舊破爛的衣服。

林仙兒卻還在緊緊抓著那件衣服，因爲她知道除了這件衣服外，就再也抓不住別的。

「到頭來你總會發現你原來什麼也沒有得到，什麼都是空的……」

林仙兒淚已流下。

到這時她才發現她原來的確是一直愛著阿飛的。

她折磨他，也許就因爲她愛他，也知道他愛她。

「女人爲什麼總喜歡折磨最愛她的男人呢？」

到現在，她才知道阿飛對她是多麼重要。

因爲她已失去了他。

「女人爲什麼總是對得到的東西加以輕蔑，爲什麼總要等到失去時才知道珍惜。」

也許不只女人如此，男人也是一樣的。

林仙兒突然狂笑起來，狂笑著將阿飛的衣服一片片撕碎。

「我怕什麼，我這麼漂亮，又這麼年輕——只要我喜歡，要多少男人就有多少男人，我每天換十個都沒有關係。」

她在笑，可是這笑卻比哭更悲慘。

因爲她也知道男人雖容易得到，但「真情」卻絕不是青春和美貌可以買得到的……

林仙兒的下場呢？

沒有人知道。

她好像忽然就從這世上消失了。

兩三年以後，有人在長安城最豪華的妓院中，發現一個很特別的「妓」女，因爲她要的不是錢，而是男人。

據說她每天至少要換十個人。

開始時，當然有很多男人對她有興趣，但後來就漸漸少了。

那並不僅是因爲她老得太快，而是因爲大家漸漸發現她簡直不是個人，是條母狼，彷彿要將男人連皮帶肉都吞下去。

她不但喜歡摧殘男人，對自己摧殘得更厲害。

據說她很像「江湖中的第一美人」林仙兒。

可是她自己不承認。

又過了幾年，長安城裡最卑賤的娼寮中，也出現了個很特別的女人，而且很有名。

她有名並不是因爲她美，而是因爲醜，醜得可笑。

最可笑的是，每當她喝得爛醉的時候，就自稱是「江湖中的第一美人」。

她說的話自然沒有人相信。

雨很冷。

冷雨灑在阿飛胸膛上，他覺得舒服得很，因爲這雨令他覺得自己並不是麻木的，兩年來，這或許是他第一次有這種感覺。

而且他覺得很輕鬆，就像是剛卸下了一個沉重的包袱。

遠處有人在呼喚：「阿飛……」

呼聲很輕，若在幾天前，他也許根本聽不見。

但現在，他的眼睛已不再瞎，耳朵也不再聾了。

他停下，問：「誰？」

一個人奔過來，兩條長長的辮子，一雙大大的眼睛。

是個很美麗的女孩子，只不過顯得有些焦急，也有些憔悴。

孫小紅終於也找到了他。

她奔過來，幾乎衝到阿飛身上，喘息著道：「你也許不記得我了……」

阿飛打斷了她的話，道：「我記得你，兩年前我看到過你一次，你很會說話，前兩天我又見過你一次，你沒有說話。」

孫小紅笑了，道：「想不到你的記性這麼好。」

她的心境忽然開朗，因爲她發現阿飛又已站了起來，而且站得很直。

「有些人無論被人擊倒多少次，都還是能站得起來的。」

她覺得李尋歡的確是阿飛的知己。

阿飛雖然知道她找來一定有事，但卻沒有問。

他知道她自己會說出來的。

孫小紅卻沒有說，她還不知道該怎麼說。

阿飛終於道：「無論什麼話你都可以說，因爲你是李尋歡的朋友。」

孫小紅眨著眼，道：「你見過她了？」

阿飛道：「嗯。」

孫小紅道：「她呢？」

阿飛道：「她是她，我是我，你爲何要問我？」

以前每當有人在他面前提起林仙兒時，他都會覺得一陣說不出的激動，就連她的名字對他說來都彷彿有種奇異的魔力。

但現在他卻很平靜。

孫小紅凝視著他，忽然長長鬆了口氣，嫣然道：「你果然已將你的枷鎖甩脫了。」

阿飛道：「枷鎖？」

孫小紅道：「每個人都有他自己的蒸籠，也有他自己的枷鎖，只有很少人才能將自己的枷鎖甩脫。」

阿飛道：「我不懂。」

孫小紅笑道：「你不必懂，你只要能做到就好了。」

阿飛沉默了很久，忽然道：「我懂了。」

孫小紅道：「你真的懂？……那麼我問你，你是怎麼樣將那副枷鎖甩脫的？」

阿飛想了很久，忽然笑了笑，道：「我只不過忽然想通了。」

「忽然想通了」，這五個字說來簡單，要做到可真不容易。

我佛如來在菩提樹下得道，就因為他忽然想通了。

達摩祖師面壁十八年，才總算「忽然想通了」。

無論什麼事，你只要能「忽然想通了」，你就不會有煩惱，但達到這地步之前，你一定已不知道有過多少煩惱。

孫小紅也想了很久，才嘆了口氣，道：「一個人若能想通了，付出的代價一定不少……」

阿飛似乎已不願再提起這些事，忽然問道：「是他要你來找我的？」

孫小紅道：「不是。」

阿飛道：「他呢？」

孫小紅突然不說話了，笑容也已不見。

阿飛悚然動容，道：「他怎麼樣了？」

孫小紅囁嚅著黯然，道：「老實說，我既不知道他現在在那裡，也不知道他現在是死是沽？」

阿飛變色，道：「你這是什麼意思？」

孫小紅道：「我也許可以找得到他，只不過他的死活……」

阿飛道：「他的死活怎麼樣？」

孫小紅凝視著他，一字字緩緩道：「他是死是活，全都得看你了！」

八六　錯的是誰呢

外面雖下著雨，屋子裡卻還是很乾燥，因爲這麼大的屋子，只有一個窗戶，窗戶很小，離地很高。

窗戶永遠都是關著的，陽光永遠照不進來，雨也灑不進來。

牆上漆著白色的漆，漆得很厚，誰也看不出這牆是土石所築，還是銅鐵所鑄？但誰都能看得出這牆很厚，厚得足以隔絕一切。

屋子裡除了兩張床和一張很大的桌子外，就再也沒有別的——沒有椅，沒有凳，甚至連一隻杯子都沒有。

這屋子簡直比一個苦行僧所住的地方還要簡陋。

江湖中聲名最響，勢力最大，財力也最雄厚的「金錢幫」幫主，竟會住在這麼樣的地方。

李尋歡也不禁怔住。

上官金虹就站在他身旁，瞧著他，悠然道：「這地方你滿意了麼？」

李尋歡沉默了很久，終於笑了，道：「這地方至少很乾燥。」

上官金虹道：「的確很乾燥，我可以保證連一滴水都沒有。」

他淡淡接著道：「這地方一向沒有茶，沒有水，沒有酒，也從來沒有人在這裡流過一滴眼淚。」

李尋歡道：「血呢？有沒有在這裡流過血？」

上官金虹冷冷道：「也沒有——就算有人想死在這裡，還沒有走到這裡之前，血就已流乾了。」

他冷冷接著道：「我若不想要他進來，無論他是死是活，都休想走進這屋子。」

李尋歡又笑了笑，道：「老實說，活著住在這裡雖然不舒服，但死在這裡倒不錯。」

上官金虹道：「哦？」

李尋歡道：「因爲這地方本來就像是墳墓。」

上官金虹道：「既然你喜歡，我不妨就將你埋在這裡。」他目中又露出一絲殘酷的笑意，指了指腳下的一塊地，接著道：「就埋在這裡，那麼以後我每天站在這裡的時候，就會想到『小李探花』就在我的腳下，我做事就會更清醒。」

李尋歡皺了皺眉，道：「清醒？」

上官金虹道：「因爲我若不能保持清醒，也一樣會被人踩在腳下的，一想到你的榜樣，我當然就能警惕自己。」

李尋歡淡淡道：「但一個人清醒的時候若是太多了，豈非也痛苦得很。」

上官金虹道：「我不會痛苦，從來沒有過。」

李尋歡道：「那只因你也從來沒有快樂過……有時我很想問問你，你究竟是爲了什麼而活著的？」

上官金虹眼角在跳動，過了半晌，才緩緩道：「有些人也許真不知道自己是爲了什麼而活著的，但還有些卻更可憐，他們甚至不知道自己是爲了什麼而死的。」

李尋歡道：「哦？」

上官金虹盯著他，道：「也許你就不知道自己是爲了什麼而死的。」

李尋歡道：「也許我根本不想知道。」

上官金虹道：「你不想？」

李尋歡道：「因爲我已知道死也並不是什麼大不了的事。」

他不等上官金虹說話，接著又道：「在你眼中，看來我現在已經是個死人了，是不是？」

上官金虹道：「你倒很有自知之明。」

李尋歡道：「既然我已死定了，就不必再爲任何事操心，也不再煩惱，你呢？」

他忽然坐了下去，就坐在地上，長長伸了個懶腰，帶著笑道：「現在我想坐，就坐下來，想閉起眼睛，就閉起眼睛，你能不能？」

上官金虹的拳握緊。

李尋歡道：「你當然不能，因爲你還要擔心很多事，還要提防我。」

他坐得更舒服了些，悠然道：「所以，至少現在我總比你舒服多了。」

上官金虹忽然也笑了笑，道：「我既然已答應過不讓你濕淋淋的死，本想等你衣服一乾透就出手的，可是現在我主意又變了。」

李尋歡道：「哦？」

上官金虹道：「現在我不但要給你套乾淨的衣服，還要給你一壺酒，因爲你說的話實在很有趣，能聽到死人說如此有趣的話，實在不容易。」

龍小雲蜷曲在被窩裡，似已睡著，但地上卻有幾個濕淋淋的腳印還未乾透。

燃著燈，燈蕊已將燃盡，黯淡的燈光使這半舊的客棧看來更陰森森的，彷彿全無生氣。

林詩音悄悄推開門，悄悄走了進來。

慈母的腳步永遠那麼輕，她們寧可自己徹夜不眠，也不忍驚醒孩子的夢。

龍小雲也許已不再是孩子了，也許比大多數人都深沉世故，但當他睡著了的時候，他看來卻還是個孩子。

他的臉還是這麼小，這麼蒼白，這麼瘦弱，無論他做過什麼事，他畢竟還是個孤獨而無助的孩子，對人生還是充滿了迷惘。

林詩音悄悄的走到床前，凝視著他，心裡只覺得一陣酸楚。

這是她唯一的骨肉，是她的血中之血，肉中之肉，是她在這世上唯一的安慰，唯一的寄託。

她本來寧死也不願離開他的。

可是現在……

林詩音猛然回身，將燈蕊挑起。

「無論如何，我都要再看他幾眼，多看他幾眼，以後……」

以後的事她不敢再想，不忍再想。

她眼淚已奪眶而出。

龍小雲眼睛雖然閉得很緊，但眼角似也有淚痕留下。

他身子突然發抖，是太冷？還是在做噩夢？

林詩音俯下身，想爲他將被拉緊些。

她忽然發覺被是濕的，龍小雲的衣服也是濕的，濕透。

林詩音怔住，怔了很久，才長長嘆了口氣，輕輕道：「原來你也出去過。」

龍小雲還是閉著眼，閉著嘴，閉得更緊。

林詩音道：「你是不是一直都在後面跟著我？」

龍小雲終於點了點頭。

林詩音道：「我剛才說的話，你也全都聽見了。」

龍小雲忽然從被窩裡拿出個用油紙包著的小包，高高舉起，道：「拿去。」

林詩音皺了皺眉，道：「這是什麼？」

龍小雲還是閉著眼，道：「你不知道這是什麼？你豈非正是爲了要拿這東西才回來的麼？」

林詩音目中露出了痛苦之色，道：「我……我是回來看你的。」

龍小雲道：「若不是爲了這東西，你還會回來看我？」

他忽然張開眼睛，盯著他的母親。

他目中也充滿了痛苦之色，道：「你本就打算離開我，若不是爲了這樣東西，你只怕早就走了。」

林詩音黯然道：「我的確準備到一個很遠很遠的地方去，可是我……」

龍小雲打斷了她的話，道：「用不著你說，我也知道你要到那裡去。」

林詩音道：「你知道？」

龍小雲道：「你要去救李尋歡，是不是？」

林詩音又怔住了？

龍小雲嘎聲道：「你準備用這本『憐花寶鑑』去救李尋歡，是不是？」

他將手裡的油紙包拋到林詩音面前，嘶聲道：「那麼你爲什麼還不拿去？爲什麼還不去？」

林詩音身子搖了搖，似已支持不住。

龍小雲道：「有了這本『憐花寶鑑』，上官金虹一定會見你的，因爲他也是練武的，見了這種東西也會心動。」

他咬著牙，接著又道：「你想利用這機會跟他拚命，但你當然也知道要他死並不容易，所以你這麼做，只不過是想將他先抱住，能將他多抱住一刻，李尋歡就能多活一刻，阿飛也許就能及時趕去救他！」

林詩音黯然無語。

龍小雲的確是個極聰明的孩子，每句話都說到她心裡去了。

她已沒有什麼話可說。

龍小雲道：「李尋歡的確對你很好，你爲了他就算連自己的兒子、自己的性命都不要了，也沒有人能說你不對。」

他抖得更厲害，接著又道：「可是你有沒有替別人想過，有沒有替我想過，我畢竟是你的兒子……我……我……」

林詩音的心就像是被針在刺著，忍不住握緊了她兒子的手，道：「我當然也替你想過，我……」

龍小雲用力甩脫了她的手，道：「你替我想過，我知道，你要我明天早上到那裡去等他們，你既已爲他死了，他們見到我！自然一定會好好的照顧我。」

他嘎聲接著道：「可是你又怎知一定能救得了他呢？他若看到你死了，心裡豈非更亂，更難受，就算阿飛能趕去，他也未必能活得了。」

林詩音的身子也已開始發抖。

龍小雲道：「何況，就算他能活下去，就算他肯照顧我，我也不會跟著他的，我根本連看都不願看他一眼。」

林詩音淒然道：「爲什麼？」

龍小雲咬著牙，道：「因爲我恨他！」

林詩音道：「但是你已經……」

龍小雲又打斷了她的話，道：「我恨他，並不是因爲他廢了我的武功。」

林詩音道：「那麼你是爲了什麼？」

龍小雲嘶聲道：「我恨他爲什麼不是我的父親，我也恨我自己，爲什麼不是他的兒子，我若是他的兒子，你豈非就不會離開我了，一切事豈非全都會好得多？」

他突然伏在枕上，放聲痛哭了起來。

林詩音心已碎了，整個人已崩潰。

她只覺再也支持不住，終於倒了下去，倒在身後的椅子上。

「這孩子若是他的兒子，他若是我的丈夫……」

這念頭她連想都不敢去想，但在她心底深處，她又何嘗沒有偷偷的想過？

不幸的父母，生出來的孩子更不幸，更痛苦。

但錯的只是父母，孩子並沒錯，爲什麼也要跟著受懲罰，跟著受苦？

林詩音掙扎著爬起，撲在她兒子身上，淚如雨下，嘎聲道：「孩子，我對不起你，對不起你……像我們這樣的父母，做我們的孩子實在不容易……」

窗外忽然傳入一聲淒涼而沉重的嘆息。

一人哽咽著道：「你並沒有對不起他，是我對不起你。」

龍嘯雲。

以前見過他的人，絕對想不到他也會變得如此狼狽，如此憔悴。

他就站在門口，竟似沒有勇氣走進這屋子。

龍小雲抬起頭，嘴唇動了動，彷彿想喚他一聲：「爹。」

但他卻沒有發出聲音來！

龍嘯雲長長嘆了口氣，道：「我知道，你不願做我的兒子。」

林詩音猝然回首。

龍嘯雲目光轉向她，黯然道：「我也知道你不願做我的妻子，我這人活著本就是多餘的。」

林詩音道：「你……」

龍嘯雲不讓她說話，又道：「可是我卻一心要做你們的好父親、你們的好丈夫，只不過……看來我並沒有做好，我什麼事全都做錯了。」

林詩音瞧著他。

他本是個最講究衣著、最著意修飾的人，他本來也是個像貌堂堂的男子漢，永遠都生氣勃勃。

但現在呢？

林詩音心裡忽也湧起一種憐惜之意，黯然道：「我也對不起你，我也沒有做你的好妻子。」

龍嘯雲笑了笑，笑得很淒涼，道：「這不能怪你，只怪我，我若沒有遇見你，沒有遇見李尋歡，你們全都不會變成這樣子，全都會很幸福。」

可是他自己的命運豈非也是因此而改變的？

他若沒有遇到李尋歡，豈非也不會變成這樣子？

林詩音淚又流下，道：「無論你做過什麼事，你至少也是爲了要保護你的家，保護你的妻子，所以……你也沒有錯，我絕不能怪你。」

龍嘯雲淒然笑道：「也許我們都沒有錯，那麼錯的是誰呢？」

林詩音目光茫然遙視著窗外的風雨，喃喃道：「錯的是誰呢？……錯的是誰呢？……」

他無法回答。

沒有人能回答。

世界上本就有許多事是人們無法解釋、無法回答的。

龍嘯雲緩緩道：「我本不想再來見你們的，這次你出來，我就知道你已下了決心要離開我，所以我既沒有勸你留下，也不想求你回去，因爲……」

他長嘆，流淚道：「我自己也知道我所做的那些事，不但令你傷心，也令你失望，但我還是忍不住要偷偷的跟你們一起出來，只要能遠遠的看你們一眼，我就滿足。」

林詩音失聲痛哭，道：「求求你不要再說了，求求你……」

龍嘯雲慢慢的點了點頭，道：「我的確不該再說了，因為現在無論說什麼都已太遲。」

林詩音流淚道：「你知道，我欠他的太多，我不能眼看著他死。」

龍嘯雲道：「我也欠他的，欠得更多，所以，有些事你應該讓我去做。」

他似已下了決心，忽然大步走了過去。

林詩音嘎聲道：「你想做什麼？你難道……」

龍嘯雲忽然出手，點了她的穴道，咬著牙道：「你不能死，也不應該死，該死的是我，我活著，大家都痛苦，我死了，你們反而能好好的活下去。」

他一把攫起了那本用油紙包著的「憐花寶鑑」，人已衝了出去。

只聽他話聲自風中遠遠傳來，道：「孩子，好好照顧你的母親，至於我這父親……你承不承認都沒關係。」

龍小雲瞪大了眼睛，望著門外的風雨。

他已不再流淚。

但他那種眼神，卻比流淚更令人心碎。

也不知過了多久，他忽然放聲大呼，道：「我承認，只有你才是我的父親，我也只願意做你的兒子，除了你，什麼人我都不要，無論什麼人……」

這是兒子對父親的懺悔，也是父子間獨有的感情，世上絕沒有任何事能代替。
只可惜做父親的已聽不到了。
只要是人，都有覺悟的時候。
縱然他覺悟只不過是因爲已被逼得走投無路，也還是同樣値得尊敬。
血濃於水。
只有血才能洗清一切羞侮、一切仇恨。
生命的歸宿是血。
但新的生命，也正是在血中誕生的。

八七 血洗一身孽

這是座很廣闊的莊院。

這座莊院看來和別的豪富人家的莊院也並沒有什麼兩樣。

但你只要走得近些，一走上大門前的石階，你就會立刻覺得有種陰森森的殺氣，令人不寒而慄。

龍嘯雲已走上了石階。

院子裡靜悄悄的，彷彿連一個人都沒有，但他一踏上石階，忽然間就有十幾個人幽靈般出現了。

是十八個黃衣人，龍嘯雲根本無法分辨他們的面目。

但這並不重要，因爲他根本不必分辨這些人的面目——所有金錢幫的屬下，幾乎都是完全一樣的。

他們都沒有嘴，因爲他們根本不說話，縱然說話，也都是上官金虹的聲音。

他們沒有眼睛，因爲他們根本不用看——他們能看得到，也全都是上官金虹要他們看的。

他們只有一個很小的耳朵，因爲他們只聽得見上官金虹一個人的聲音。

他們都沒有靈魂，但每個人的四肢都很靈敏，在一刹那間已將龍嘯雲圍住。

龍嘯雲長長吸了口氣，道：「看來金錢幫的總舵果然在這裡。」

有人道：「你是誰？來幹什麼？」

龍嘯雲道：「找人。」

有人道：「找誰？」

龍嘯雲道：「你們的幫主上官金虹是不是已回來了？」

「上官金虹」這名字就似有種神奇的魔力，他們的態度立刻改變了些。

「幫主已回來了，請問足下……」

龍嘯雲道：「我要見他，有樣東西想送給他。」

「請稍候，幫主現在不見客。」

龍嘯雲又吐出口氣，道：「他是不是還和李尋歡在裡面？」

「是。」

龍嘯雲道：「那麼我現在就要見他。」

「請問尊姓大名。」

龍嘯雲厲聲道：「姓龍，我有樣極重要的東西現在非交給他不可，你們若是耽誤了大事，這責任誰能擔當得起？」

「姓龍……前兩天要和幫主結拜的，莫非就是你？」

龍嘯雲道：「是。」

「是」字剛出口，寒光已飛起。

一把刀，兩柄劍，同時閃電般向他刺了過來。

龍嘯雲怒道：「你們這是幹什麼？」

他的喝聲雖響亮，卻沒有人再聽，也沒有人再回答。

龍嘯雲狂吼，揮拳。

他的武功並不弱，他的拳法剛猛迅急，一拳擊出，虎虎生威。

但他只有一雙拳。

對方的兵刃卻有二十二件，其中有鉤、雙劍、雙鞭、雙筆。

筆最短，也最險，使的赫然正是昔日「生死判」嫡傳的打穴心法，這人在兵器譜中的排名，絕不會在「風雨雙流星」向松之下。

劍是松紋劍，劍法隱然有古意，出手蕭疏，竟在劍先。

當代使劍的高手，絕不會有十人以上能勝得過他。

最狠的還是刀。

九環刀，環聲一震一銷魂，七刀劈下，刀風已籠罩龍嘯雲。

判官筆就打上了龍嘯雲的穴道。

沒有呼聲，沒有呻吟。

因為他的喉管已被刺穿，聲帶已被砍斷。

只有血。

血，箭一般自他喉管流出來。

他的人倒下。

血剛好灑落在他自己身上。

死不瞑目。

龍嘯雲的眼睛還是在瞪著他們，眼珠子似已凸出。

他本是爲了求死而來，可是他們爲什麼不讓他見上官金虹一面？

因爲「看到龍嘯雲就殺！」這是上官金虹的命令！

因爲無論什麼人，都不能讓他走進這院子一步！

這也是上官金虹的命令！

上官金虹永遠令出如山！

用油紙包著的「憐花寶鑑」，自懷中掉了出來，也已被血染紅。

沒有人看它一眼。

像龍嘯雲這種人身上帶著的東西，又怎會被人重視？

於是這本神奇的「憐花寶鑑」也和世上其他許多本武功秘笈一樣，從此絕傳。

這是人類的幸運？還是不幸？

油紙包又被塞入龍嘯雲懷中，屍體被抬走。

金錢幫屬下對於處理死人的屍體也是專家，他們處理屍體有一套很簡單，也很特別的方法。

人，的確很奇怪。

他們往往會爲一些莫名其妙的原因去尋找、去搶奪某樣東西，甚至不惜拚命，但等到這樣東西真的出現時，他們卻又往往會不認得，往往會看不見。

這是人類的愚昧？還是聰明？

阿飛沒有劍。

但是這不重要，因爲他忽然又有了勇氣和信心。

路旁有片竹林，站在這裡，已可看到金錢幫的家院。

阿飛砍下段竹子，從中間剖開，剖成三片，削尖，削平，撕下條衣襟，纏住沒有削尖的一端，就算做劍柄。

他的動作很迅速、很確實，絕沒有浪費一分力氣。

他的手很穩。

孫小紅一直在旁邊靜靜的瞧著，彷彿覺得很新奇，很有趣。

但她還是不免有些懷疑，拿起柄竹劍，掂了掂，輕得就像是柳葉。

她忍不住問道：「用這樣的劍也能對付上官金虹？」

八八　重生

阿飛沉默了半晌，緩緩道：「無論用什麼樣的劍也不能對付上官金虹。」

孫小紅想了想，道：「那麼……要用什麼才能對付他？」

阿飛沒有回答這句話。

他知道要用什麼去對付上官金虹，可是他說不出。

世上本就有很多事都是說不出的。

孫小紅輕輕嘆了口氣，道：「除了上官金虹外，你也許還要對付很多人。」

阿飛道：「我只問你，上官金虹是不是已回到這裡。」

孫小紅道：「我想絕不會錯。」

阿飛道：「爲什麼？」

孫小紅道：「他在這地方無論做什麼，都絕不會有人看到。」

阿飛道：「能殺李尋歡，並不丟人，他爲什麼不願被人看到？」

孫小紅又嘆息了一聲，道：「一個人在做他最喜歡做的事時，往往都不願被人看到。」

阿飛道：「我不懂。」

孫小紅道：「你最喜歡吃什麼？」

阿飛道：「什麼都喜歡。」

孫小紅道：「我最喜歡吃核桃，每次吃核桃的時候，我都覺得是種享受，尤其是冬天的晚上，一個人躲在被窩裡偷偷的吃。」

她笑了笑，道：「但若有很多人在旁邊眼睜睜的瞧著我吃，那就不是享受了。」

阿飛沉吟，道：「你認爲上官金虹將殺他當做種享受？」

孫小紅嘆道：「所以我才能確定上官金虹絕不會很快的殺了他。」

阿飛道：「爲什麼？」

孫小紅道：「假如我只有一個核桃，我一定會留著慢慢的吃，吃得愈慢，我享受的時候愈長，吃完的時候，我總會覺得有點難受。」

其實那種感覺並不是難受，而是空虛。

只不過「空虛」這兩個字她也說不出。

她接著又道：「在上官金虹眼中，這世上唯一的敵人就是李尋歡，殺了李尋歡，他一定也會有我吃完核桃那種感覺，而且一定比我更難受得多。」

阿飛慢慢的將劍插入腰帶，突然笑了笑，道：「我殺了他絕不會覺得難受。」

這句話沒有說完，他已大步走了出去。

他走得並不很快，因爲他先要準備——對付上官金虹那樣的人，當然一定要先作準備。

走路的時候他往往會覺得四肢漸漸協調，緊張漸漸鬆弛，這正是種最好的準備。

他終於走上石階，走進門。

突然間，人已出現——十八個黃衣人。

這正是金錢幫總舵所在地的守衛，當然也就是金錢幫的精銳。

阿飛長長吸了口氣，道：「我雖不願殺人，也不願有人擋我的路。」

一人冷笑，道：「我認得你，擋了你的路能怎樣？」

阿飛道：「就得死！」

那人大笑，道：「你連條狗都殺不死。」

阿飛道：「我不殺狗，你不是狗！」

沒有劍光，竹劍沒有光。

但竹劍也能殺人——在阿飛的手中就能殺人。

那人還沒有笑完，咽喉已被刺穿。

現在竹劍有了光。

血光！

判官筆、雙鉤、九環刀，五件兵刃帶著風聲擊向阿飛！

兩柄銳利的刀去削他手裡的劍。

孫小紅在擔心，她知道阿飛與人交手的經驗並不多，縱然和人交手，也大都是一對一，很少被人夾擊圍攻。

他的劍對付一個人固然已夠快，但若對付這麼多人呢？

孫小紅想衝過去，助他一臂之力。

她還沒有衝過去，就已看到三個人倒下。

她明明看到刀鋒已削及阿飛手裡的竹劍，但也不知爲了什麼，竹劍偏偏沒有被削斷。

她明明看到判官筆已點著了阿飛的穴道，但也不知爲了什麼，倒下去的偏偏不是阿飛！

這原因只有使判官筆的人自己知道。

他認穴一向極準，出手一向極重，他自己也覺得自己明明已打著了阿飛的穴道。

但就在他筆尖觸及阿飛衣衫的那一刹那，他全身的力氣突然消失。

竹劍已刺穿他的咽喉。

阿飛並不比他快很多，只快一分。

一分就已足夠了。

孫小紅終於還是衝了過去，身子就像是隻穿花的蝴蝶。

江湖中的女子高手，特長往往是輕功和暗器一類，較小巧而不吃力的武功，很少聽說有女子的內力深，掌力強的。

孫小紅也不例外。

她暗器的出手極快，身法更快，腳步的變化更奇詭繁複，簡直令人無法捉摸。

但她最大的目的並不是殺人，而是保護阿飛。

她始終認爲阿飛的劍對付一個人固然有餘，對付這麼多人則不足。

阿飛運劍的方法奇特，完全和任何一家門派的劍法都不同。

他的劍法沒有「削」，沒有「截」，只有「刺」！

刺，本來只有向前刺。

但阿飛無論往那個方向都能刺，無論往那個部位都能刺！

他能往臂下刺，往胯下刺，從耳旁刺。

他能向前刺，向後刺，向左右刺。

忽然間，一人著地滾來，刀花翻飛。

地趟刀！

這種刀法極難練，所以練成了就極有威力。

但阿飛的身後也似長著眼睛，身子突然一縮，避開了迎面刺來的槍，劍已自胯下反手向後刺出，刺入了那地趟刀名家的咽喉。

這時另一人已自使槍的身後搶出，掌中一雙兵刃以「推山式」向阿飛推出，不但招式奇特，兵刃也奇特。

他用的是一雙鳳翅流金鏜。

這種兵器江湖中更少人用，鏜上滿是倒刺，此刻用的雖是「推」字訣，但卻同時兼帶「撕、掛」兩訣的妙用。

無論誰只要被它沾著一點，皮肉立刻就要被撕得四分五裂，——這一著「推窗望月」下面的招式，正是「野馬分鬃」！

阿飛本該向後退躍。

他若向後退，就難免失卻先機，別的兵刃立刻就可能致他的死命！

但他當然更不能向前迎，若向前迎，流金鐺立刻就要致他的死命。

這道理無論誰都能想得通。

誰知阿飛卻像是偏偏想不通，他身子偏偏向前迎了上去。

孫小紅眼角瞥見，幾乎已將失聲驚呼。

就在這剎那間，阿飛的劍已自袴下挑起，自雙鐺之間向上刺出。

「哧」的，劍刺入了對方的咽喉。

流金鐺雖已推上阿飛的胸膛，但使鐺的人只覺喉頭一陣奇特的刺激，全身突然收縮，無論如何也無法將鐺翅再推出半分。

他雙眼漸漸凸出，全身的肌肉都漸漸失卻控制，突然覺得袴子一片冰涼，大小便一起湧出，雙腿漸漸向下彎曲。

他臉上充滿了驚訝和恐懼。

他實在不能相信世上竟有這麼快的劍，這麼準的劍！

可是他非相信不可！

突然間，四下一片死寂，沒有人再出手。

每個人都在眼睜睜的瞧著這流金鐺名家可怕的死法，每個人都已嗅到從他身上突然發出的惡臭。

有的人胃裡已在翻騰，忍不住要嘔吐。

令他們嘔吐的並不是這惡臭，而是恐懼，他們彷彿直到現在才突然發現「死」竟是如此可怕，如此醜惡。

他們並不怕死，但這種死法卻實在令人無法忍受！

阿飛沒有再出手，從人群中靜靜的穿過。

剩下的還有九個人，眼睜睜的瞧著，一個人突然彎腰嘔吐，一個人突然放聲痛哭，另一個人突然倒在地上，抽起筋來。

還有個人突然轉身飛奔而出，奔向廁所。

孫小紅又何嘗不想痛哭嘔吐？她心裡不但恐懼，也很悲哀，她想不到人的生命有時竟會變得如此卑賤。

阿飛在前面走，手裡提著劍。

劍猶在滴血。

就是這柄劍，不但奪去了人的生命，也剝奪了人的尊嚴。

劍竟是如此無情！

他的人呢？

甬道的盡頭有扇門。

門關得很緊，而且從裡面上了栓。

這就是上官幫主的寢室，上官幫主就在裡面，那李尋歡也在裡面。

上官金虹還沒有出來，李尋歡顯然還沒有死。

孫小紅心裡一陣歡躍，大步衝了過去，衝到門前。

她整個人突然僵住！

門是鐵鑄的，至少有一尺厚，世上絕沒有任何人能撞開。

上官金虹自然更不會自己在裡面將門打開。

孫小紅突然覺得一陣暈眩，就像是一腳踩空，落入了萬丈深淵！

她再也站不起，人倒在門上，淚如雨下。

她整個的計劃都已成空，所有的心血全都白費。

這計劃若是從頭就失敗，也許反倒好些，最痛苦的是，明明眼看著它已到了成功的邊緣，才突然失敗。

這種打擊才最令人不能忍受！

阿飛怔在那裡，突然間，他就像已變成了一隻瘋狂的野獸，用盡全力向鐵門上撞了過去。

他的人被撞得彈了出去，跌倒，再衝出，全力刺出一劍！

劍折斷。

世上也沒有任何一柄劍能洞穿這鐵門，何況是柄竹劍？

八九 勝敗

阿飛的腿彎下，整個人都似在抽搐，他又有了那種「無可奈何」的感覺，這種感覺每次都要令他發瘋。

但發瘋也沒有用。

李尋歡就在這扇門裡，慢慢的受著死的折磨。

他們卻只能在外面等著。

等什麼呢，等上官金虹自己開門走出來？

他若出來的時候，李尋歡就不會再活著。

等什麼呢？難道不過是在等死而已？

上官金虹自然也絕不會讓他們活著，他出來的時候，也就是他們死的時候。

孫小紅突然走過來，用力拉起阿飛，道：「你快走吧。」

阿飛道：「你……你叫我走？」

孫小紅道：「你非走不可，我……」

阿飛道：「你怎麼樣？」

孫小紅用力咬著嘴唇，過了很久，才垂頭道：「我跟你不同。」

阿飛道：「不同？」

孫小紅道：「我早就說過，他死了，我也不能獨活，可是你……」

阿飛道：「我並不想陪他死。」

孫小紅道：「那麼你就該走。」

阿飛道：「我也不想走。」

孫小紅道：「為什麼？」

阿飛道：「你應該知道我是為了什麼。」

孫小紅道：「我知道你一定要為他報仇，但那也用不著急在一時，你可以等……」

阿飛道：「我不能等。」

孫小紅道：「不能等就……就……」

阿飛道：「就怎麼樣？」

孫小紅的嘴唇已咬出血，道：「就死！」

阿飛凝視著竹劍上的血跡。

血已乾枯。

孫小紅道：「我也知道你一定還想試試，但那也沒有用的。」

阿飛道：「你留在這裡陪他死又有什麼用？」

孫小紅說不出話來了。

阿飛緩緩道：「你留下來，只因有件事你縱然明知做了沒有用，還是非做不可。」

孫小紅長長嘆息了一聲，黯然道：「你說話的口氣愈來愈像他了。」

阿飛沉默了很久，無言的點了點頭。

他承認，不能不承認。

只要是人，只要和李尋歡接觸較深，就無法不被他那種偉大的人格感動。

若不是遇見李尋歡，阿飛只怕早已對人類失去了信心。

「絕不要信任任何人，也絕不要受任何人的好處，否則你必將痛苦一生。」

阿飛的母親這一生顯然充滿了痛苦和不幸，阿飛幾乎從未看到她笑過，她死得很早，只因她對人生已毫無希望。

「我對不起你，我本該等你長大後再死的，可是我已不能等，我實在太累了……我什麼都沒有留給你，除了那幾句話，那是我自己親身得到的教訓，你絕不可忘記。」

阿飛從來也沒有忘記。

他從荒野中走入紅塵，並不是爲了要活得好些，而是爲了要向人類報復，爲他的母親報復。

但他第一個人就遇見了李尋歡。

李尋歡使他覺得人生並不如他想像中那麼痛苦，人類也並不像他想得那麼醜惡，他在李尋歡身上發現了很多很多美德。

他本來根本不相信世上有這些美德存在。

他這一生受李尋歡的影響實在太多，甚至比他的母親還多。

因爲李尋歡教給他的是「愛」，不是恨。

愛永遠比恨容易令人接受。

可是現在，他卻不能不恨！

他恨得想毀滅，毀滅別人，毀滅自己，毀滅一切。

他覺得這太不公平，像李尋歡這樣的人，本不該這麼樣死的。

孫小紅忽又嘆了口氣，淒然道：「上官金虹若知道我們就在這裡等著，一定開心得很。」

阿飛咬著牙，道：「就讓他開心吧，這世上本就只有好人才痛苦，開心的本就是惡人！」

突聽一人道：「你錯了！」

鐵門雖沉重，但開門的聲音卻不會發出任何聲音。

不知何時門已開了。

從門裡慢慢走出來的人，赫然竟是李尋歡。

他看來顯得很疲倦，但卻還是活著的。

活著，這才是最重要的事！

阿飛和孫小紅猝然回首，怔住，眼淚慢慢的流了下來。

這是歡喜的眼淚，喜極時也和悲哀時一樣，除了流淚外，什麼話都說不出，什麼事都不能做，甚至連動都無法動。

李尋歡也已有熱淚盈眶，嘴角卻帶著笑，緩緩道：「你錯了，這世上的好人是永遠不會寂寞的，惡人痛苦的時候也永遠要比開心的時候多得多。」

孫小紅突然撲過去，撲在他懷裡，不停的啜泣起來。

她實在忍不住要喜極而泣。

又過了很久，阿飛才長長吐出口氣，卻還是忍不住要問。

「上官金虹呢？」

李尋歡輕撫著孫小紅的柔髮，道：「想必也很痛苦，因爲他畢竟還是做錯了一件事！」

阿飛道：「他做錯了什麼？」

李尋歡道：「他的確有很多機會能殺我，他甚至可以令我根本無法還手，可是他卻故意將機會錯過了。」

像上官金虹那樣的人，怎會將機會錯過？

孫小紅也忍不住問道：「爲什麼？」

李尋歡笑了笑，道：「因爲他心裡始終想賭一賭。」

孫小紅道：「賭？賭什麼？」

李尋歡道：「賭他自己是不是能躲得過我的出手一刀。」

孫小紅眸子裡發出了光，道：「他當然不信『小李飛刀，例不虛發』這句話的。」

李尋歡道：「他不信──任何人他都不信，這世上根本沒有一件能讓他相信的事。」

孫小紅道：「結果呢？」

李尋歡淡淡道：「他輸了！」

他輸了！

這只不過是簡簡單單的三個字。

決定勝負也只不過是一剎那間的事！

但這一剎那卻是何等緊張，何等刺激的一剎那！

這一剎那對江湖的影響又是何等深遠！

那一閃的刀光又是何等驚心！何等壯麗！

孫小紅只恨自己沒有親眼看到這一剎那間發生的事！

甚至不必親眼看到，只要去想一想，她呼吸都不禁為之停頓！

流星也很美，很壯麗。

流星劃破黑暗時所發出的光芒，也總是令人興奮，感動。

但就連流星的光芒也無法和那一閃的刀芒比擬。

流星的光芒短暴。

這一閃刀光所留下的光芒，卻足以照耀永恆！

門已開了。

沒有人能永遠將整個世界都隔離在門外。

你若想和世人隔絕，必先被世人摒棄！

阿飛走進了這扇門。

第一眼，他就看到了那柄刀，那柄神奇的刀。

小李飛刀！

刀並沒有直插入上官金虹的咽喉，但卻足以致命！

刀鋒是從喉結下擦著鎖骨斜斜向上刺入的，這一刀出手的部位顯然很低。

這一代梟雄死的時候，也和其他那些他所卑視的人沒什麼兩樣，也同樣會驚慌，同樣會恐懼。

生命原是平等的，尤其是在死的面前，人人都平等，但有些人卻偏偏要等到最後結局時才懂得這道理。

上官金虹臉上也充滿了驚懼，懷疑，不信。

他也像別人一樣，不信這一刀會如此快！

甚至連阿飛都很難相信，他甚至想不通這一刀是如何出手的。

他恨不得李尋歡能將當時的情況說得詳細些，但他也知李尋歡不會說。

那一瞬間的光芒，那一刀的速度，根本就沒有人能說得出。

「他輸了！」

上官金虹的手緊握，彷彿還想抓住什麼，他是不是還不認輸？

只可惜現在他什麼都再也抓不住了。

阿飛心裡忽然覺得很悶，忽然對這人覺得很同情，這連他自己都不知道是爲了什麼？

也許他同情的不是上官金虹，而是他自己。

因爲他是人，上官金虹也是人，人都有相同的悲哀和痛苦。

他雖然沒有輸，可是他又抓住了什麼？得到了什麼？

過了很久，阿飛才轉過頭。

他這才看到荊無命。

荊無命卻似乎根本沒有發現別人進來，他雖然就站在阿飛身旁的那張大桌子後面，卻彷彿是站在另一個世界裡。

他眼睛雖是在瞧著上官金虹，其實卻是在瞧著他自己。

上官金虹的生命就是他的生命，他就是上官金虹的影子。

生命若已消失，那裡還有影子？

無論在什麼時候，只要荊無命在那裡，每個人都會感覺到一種無形的威脅，無形的殺氣。

但現在，這種感覺已不存在了。

阿飛走進這屋子裡的時候，甚至根本沒有感覺到有他這個人存在。

他雖然活著，卻已只不過剩下一個空空的軀殼而已，正如一柄無鋒的劍，就算還能存在，也已失去了意義。

阿飛又不禁在暗中嘆息，他很了解荊無命此時的心情。

也不知過了多久，荊無命忽然走過來，用一隻手托起了上官金虹的屍首。

他還是沒有看別人一眼，慢慢的向外走，眼看已將走出門。

阿飛忽然道：「你不想復仇？」

荊無命沒有回頭，連腳步都沒有停。

阿飛冷笑道：「你不敢？」

荊無命腳步驟然停下。

阿飛道：「你腰上既然還有劍，爲何不敢抽出來？難道你的劍只是擺擺樣子的麼？」

荊無命霍然回身。

屍體已落下，劍已出手！

劍光一閃，刺向阿飛的咽喉。

他出手還是很快，甚至還是和以前同樣快，但也不知爲了什麼，這一劍距離阿飛咽喉還有半尺時，阿飛手裡的竹劍已先到了他咽喉。

阿飛削了三柄劍，這是第二柄。

他凝注著荊無命，緩緩道：「你還是很快，但不能殺人了，你可知道這是爲了什麼？」

荊無命的劍垂下。

阿飛道：「這只因你比別人更想死，當然就殺不了別人。」

荊無命本已全無生命的眼睛裡，忽然露出一絲沉痛淒涼之色，又過了很久，才黯然道：「是。」

阿飛道：「我卻能殺你。」

荊無命道：「是。」

阿飛道：「但我不殺你。」

荊無命道：「你不殺我？」

阿飛道：「我不殺你，只因你是荊無命！」

荊無命的臉忽然扭曲。

他已憶起這幾句話正和那天他第一次遇到阿飛時完全一樣，只不過那天他說的話，現在卻變成阿飛在說了。

他仔細咀嚼著這幾句話，眼睛裡似有火焰燃起，就像是一堆死灰復燃。

阿飛凝視著他，忽又道：「你可以走了。」

荊無命道：「走？……」

阿飛道：「你給了我一次機會，我也給你一次……最後一次。」

阿飛瞧著荊無命走了出去，心裡也不知是什麼滋味。

「以牙還牙，以血還血！」

荊無命以前所給他的，現在他已同樣還給了荊無命。

一個人的心若已死，只有兩種力量才能令他再生。

一種是愛，一種是恨。

阿飛自己就是靠了愛的力量而重生的，現在，他卻要以恨的力量來激發荊無命生命的潛力。

他想要荊無命活下去。

假如這也算報復，那麼這種報復只怕就是世上最偉大的報復了，假如世人的報復都和他一樣，人類的歷史必定更輝煌，人類的生命必將永存。

無論如何，報復總是愉快的。

但阿飛現在真覺得很愉快麼？

他只覺很疲倦，很疲倦……他手裡的劍已掉了下去。

孫小紅一直靜靜的瞧著，直到現在，才忍不住輕輕嘆了口氣。

「要殺一個人很容易，但若要他好好的活著，就難得多了。」

這是李尋歡說的話。

無論對什麼人，對什麼事，他的出發點都是愛，不是恨，因為他知道恨所造成的只有毀滅，愛卻可令人永生。

他的心胸永遠是那麼寬闊，人格永遠是那麼偉大。

現在，孫小紅發現阿飛也幾乎變得和他完全一樣了。

她忍不住瞟了他一眼。

李尋歡彷彿也很疲倦，疲倦得連話都不想說。

孫小紅凝視著他，良久良久，忽然笑了笑，道：「世上武功最高的兩個人已被你們擊敗了，天下勢力最大的一個幫會也已在你們手中瓦解，你們本該覺得很開心、很得意才對，但你們看起來卻連一點高興的樣子都沒有，簡直就好像敗的是你們自己一樣。」

九十　蛇足

李尋歡沉默了很久，才嘆了口氣，緩緩道：「一個人勝利後，總會覺得很疲倦、很寂寞的。」

孫小紅道：「爲什麼？」

李尋歡道：「因爲他已經完全勝利，完全成功了，已沒有什麼事好再讓他去奮鬥的，一個失敗了的人精神反而會振作些。」

孫小紅咬著嘴唇，悠悠道：「這麼樣說來，成功的滋味豈非也不好受？」

李尋歡又沉默很久，忽然笑了笑，道：「雖然也不太好受，但至少總比失敗好得多。」

勝利和成功並不能令人真的滿足，也不能令人真的快樂。

真正的快樂是在你正向上奮鬥的時候。

你只要經歷過這種快樂，你就沒有白活。

長亭，自古以來就是人們餞別之地，離別總令人黯然神傷，這使得「長亭」這兩個字的本身就彷佛帶著凄涼蕭索之意。

雨已住，荒草凄凄。

長亭外，小道邊，正有一雙少年男女在殷殷話別。

英挺的少男，多情的少女，他們顯然是相愛的，他們本該廝守在一起，享受青春的歡愉，爲什麼要輕言離別呢？

少男的身上負著劍，但無論多鋒利的劍也斬不斷多情兒女的離愁別緒，他眼睛紅紅的，彷彿也曾流過淚。

「送到這裡就夠了，你回去吧。」

少女垂著頭，道：「你什麼時候回來呢？」

少男道：「不知道，也許一兩年，也許……」

少女的淚又流下，道：「你爲什麼要我等這麼久？爲什麼一定要走？」

少男的腰挺得更直，道：「我早就說過，我要找到那些人，將他們擊敗！」

他凝注著遠方，眼睛裡發著光，接著道：「那些在兵器譜上列名的人，上官金虹、李尋歡、郭嵩陽、呂鳳先……我要讓他們知道，我比他們更強，然後……」

少女道：「然後怎麼樣？我們現在已經很快樂了，你將他們擊敗後，我們難道會更快樂？」

少男道：「也許不會，可是我一定要去做。」

少女道：「爲什麼？」

少男道：「因爲我不能就像這樣默默無聞的過一輩子，我一定要成名，要像上官金虹和李尋歡那麼樣有名，而且我一定能做到！」

他緊握著拳，顯得那麼堅決，那麼興奮。

少女望著他，目中帶著敘不盡的柔情蜜意，終於輕輕嘆息了一聲，柔聲道：「我知道你一定能做到的，無論你要去多久，我都等你。」

他們心裡充滿了離別的痛苦，也充滿了對未來幸福的憧憬。

他們當然不會注意到別人。

林下卻有人一直在注意他們。

直到那少年昂首闊步，踏上征途，孫小紅才嘆了口氣，悠悠道：「這少年若知道上官金虹的結局，只怕就不會離開他的情人了……」

一個人成名後又怎麼樣呢？

孫小紅凝視著李尋歡，目中似也有淚，悄悄接著道：「他想和你一樣有名，可是你……你是不是就比他快樂？我想……你若是他，一定就不會像他這麼樣做的。」

李尋歡的目光還停留在那少年的身影消失處，過了很久，才沉聲道：「我若是他，也會這麼樣去做。」

孫小紅愕然道：「你？……」

李尋歡道：「人活著，就要有理想，有目的，就要不顧一切去奮鬥，至於奮鬥的結果是不是成功，是不是快樂，他們並沒有放在心上。」

他嘴角帶著微笑，眼中發著光，緩緩道：「有些人也許會認爲這種人傻，但世上若沒有這種人，這世界早就不知變成什麼樣子了。」

孫小紅目中忽也充滿了和那少女同樣的柔情蜜意，她也和那少女一樣，正爲她的男人驕傲。

阿飛站在更遠些，現在才慢慢的走了過來。

但孫小紅還是緊緊拉著李尋歡的手，沒有鬆開，她並不害羞，因爲她覺得她的感情並沒有羞於見人的地方。

她簡直恨不得將她的感情當著全世界的人表露出來。

阿飛突然道：「我想她一定不會來了。」

他們本是在這裡等林詩音的。

林詩音和龍嘯雲發生了什麼事，他們並不知道，正如上官金虹的遭遇，那少年也不知一樣。有些事不知道反而比知道好。

聽到「她」想到林詩音，孫小紅的手才不知不覺移開。

但她立刻又握緊，握得更緊，道：「她跟我約好，一定會來。」

阿飛道：「她不會來！」

孫小紅道：「爲什麼？」

阿飛道：「因爲她自己也該知道，她已不必來。」

這句話本是孫小紅問他的，但他在回答的時候，眼睛卻在凝視著李尋歡。

李尋歡也沒有放開孫小紅的手。

以前他每次聽別人說起林詩音，心裡總會覺得有種無法形容的歉疚和痛苦，那也正像是一把鎖，將他整個人都鎖住。

他總認爲自己必將永遠負擔著這痛苦。

但現在，他的痛苦卻似已不如昔日強烈，是什麼力量將他的鎖解開的呢？

他和林詩音的情感是慢慢累積的，所以才會那麼深邃。

孫小紅和他的情感雖較短暫，但卻經過了最大的患難折磨，經過了出生入死的危險。

這種情感是不是更強烈？

這時林詩音已離開他們很遠了。

阿飛說的不錯──她沒有來，因爲她也覺得不必來。

龍小雲曾經問過她：「你爲什麼不讓我去見他最後一次？」

林詩音就又問她的兒子：「你爲什麼還要去見他？」

龍小雲回答的時候咬著牙，道：「我至少要讓他知道，我父親是爲了什麼死的。」

龍嘯雲無論做錯過什麼事，現在都已用血洗清了。

做兒子的自然希望別人知道。

但林詩音卻不這麼想：「他這麼樣做，只因爲他自己覺得應該這麼樣做，並不是要求別人原諒，也並不是想要別人知道。」她頓了頓，又道：「他不但爲自己洗清了債，也爲我們還清了債，只要我們能好好的活下去，他在九泉之下也就瞑目了。」

她不想再去見李尋歡，因爲她知道見了只有令彼此痛苦。

他們也沒有再去尋找龍嘯雲的屍身，因爲江湖中人都知道，金錢幫對處理屍體的方法不但很特別，而且很迅速。

他們若去找，找到的也只有痛苦——這也正如孫小紅所知道的一樣，她爺爺的屍身也是永遠找不到的了。

世上本就有很多無可奈何的事，無論誰都無能爲力。

這種事雖痛苦，但一個人若要活著，就得想法子將這種痛苦甩掉。

他們都決心要好好的活下去！因爲死也不是解決這種問題的好法子——死根本就不是解決任何事的法子。

長亭中又有人在餞別。

這次要去的是阿飛，他說他要到「海上」去看看，找找是不是真有長生的仙草，不死的神仙。

他說的當然不是真話，但李尋歡也並沒有阻攔他。

因爲他的身世始終是個謎，甚至在李尋歡面前，他也從來不願提起，但每當李尋歡說起沈浪、熊貓兒、王憐花、朱七七，這些傳奇人物的傳奇故事時，他臉上總會現出一種很奇特的表情。

難道他和這些前輩名俠有某種很奇特微妙的關係？

他這次要遠遊海外，爲的就是要去尋訪他們？

李尋歡並沒有問。

因爲他認爲一個人的身世並不重要——人既不是狗，也不是馬，一定要「名種」的才好。

一個人要成爲怎麼樣的人，全都要看他自己。

這才是最重要的。

朋友間的離別總少不了祝福，也免不了傷感，但他們的離別卻只有祝福，沒有傷感。

因為他們確信彼此都會好好的活著，確信以後還有見面的日子。

尤其當阿飛看到李尋歡的手時，他覺得更放心了。

李尋歡的手還是和孫小紅的緊緊握在一起。

這雙手握刀的時候太多，舉杯的時候也太多了，刀太冷，酒杯也太冷，現在正應該讓它享受溫柔的滋味。

世上還有什麼比情人的手更溫柔的呢？

阿飛知道孫小紅一定會比任何人都珍惜這雙手的，這雙手上縱然還有劍痕，也一定會漸漸平癒。

至於他自己，他當然也有過劍傷。

但他不願再想。

「過去的，全都已過去……」

這句話看來彷彿很簡單，其實真能做到的人並不多。

幸虧李尋歡和阿飛全都已做到了。

阿飛忽然道：「三年後，我一定會回來。」

他微笑著，瞧著他們的手，又道：「我回來的時候，你們當然要請我喝酒。」

李尋歡道：「當然，只可惜三年未免太長了些。」

阿飛道：「我要喝的那種酒很特別，不知道你們肯不肯請？」

孫小紅搶著道：「你要喝什麼酒？」

阿飛道：「喜酒。」

喜酒，當然是喜酒。

就因爲要喝喜酒，所以才得等三年——無論爲誰守喪，三年都已足夠。

孫小紅的臉紅了。

阿飛道：「我什麼酒都喝過，就是沒喝過喜酒，只希望你們莫要令我失望。」

孫小紅的臉更紅，垂下頭，卻又忍不住偷偷去瞧李尋歡。

李尋歡的神情很特別，「喜酒」這兩個字，似乎令他有些不知所措，過了很久，他才緩緩道：「我什麼酒都請人喝過，就是從未請人喝過喜酒，你可知道爲了什麼？」

阿飛當然不知道，李尋歡也不想要他回答。

李尋歡自己說了出來，道：「因爲喜酒太貴了。」

阿飛怔了怔，道：「太貴？」

李尋歡笑了笑道：「因爲一個男人若要請人喝喜酒，那就表示他一輩子都得慢慢的來付這筆帳，只可惜我又偏偏不願令朋友失望。」

孫小紅「嚶嚀」一聲，投入他懷裡。

阿飛也笑了。

他已有很久很久沒有這麼樣笑過。

這一笑，使他驟然覺得自己又年輕了起來，對自己又充滿了勇氣和信心，對人生又充滿了希望。

就連那凋零的木葉，在他眼中都變得充滿了生機，因爲他知道在那裡面還有新的生命，不久就要有新芽茁長。

他從不知道「笑」竟有這麼大的力量。

他不但佩服李尋歡，也很感激，因為一個人能使自己永保笑音，固然已很不容易，若還能讓別人笑，才真正偉大！

「畫蛇添足」不但是多餘的，而且愚蠢得可笑。

但世人大多煩惱，豈非就因為笑得太少？

笑，就像是香水，不但能令自己芬芳，也能令別人快樂。

你若能令別人笑一笑，縱然做做愚蠢的事又何妨？

全書完，相關情節請續看《邊城浪子》

多情劍客無情劍（下）

作者：古龍
發行人：陳曉林
出版所：風雲時代出版股份有限公司
地址：10576台北市民生東路五段178號7樓之3
電話：(02) 2756-0949　　傳真：(02) 2765-3799
封面原圖：明人出警圖（原圖為國立故宮博物館典藏）
封面影像處理：風雲編輯小組
執行主編：劉宇青
業務總監：張瑋鳳
出版日期：古龍珍藏限量紀念版2024年4月二刷
ISBN：978-626-7369-33-3

風雲書網：http://www.eastbooks.com.tw
官方部落格：http://eastbooks.pixnet.net/blog
Facebook：http://www.facebook.com/h7560949
E-mail：h7560949@ms15.hinet.net
劃撥帳號：12043291
戶名：風雲時代出版股份有限公司

風雲發行所：33373桃園市龜山區公西村2鄰復興街304巷96號
電話：(03) 318-1378　　傳真：(03) 318-1378
法律顧問：永然法律事務所 李永然律師
北辰著作權事務所 蕭雄淋律師

行政院新聞局局版台業字第3595號 營利事業統一編號22759935

定價：340元

國家圖書館出版品預行編目資料

多情劍客無情劍／古龍 著.　-- 三版.--
臺北市：風雲時代出版股份有限公司，2024.01
冊；公分.（Ｉ小李飛刀系列）古龍珍藏限量紀念版
ISBN 978-626-7369-31-9（上冊：平裝）
ISBN 978-626-7369-32-6（中冊；平裝）
ISBN 978-626-7369-33-3（下冊；平裝）
857.9　　112019701